U0528153

有一种力量，叫文学；
有一种美好，叫回忆；
有一种感动，叫青春；
有一种生命，在鲁院！

被轻视的英雄

鲁迅文学院·百草园文集

库玉祥 ◎ 著

BEI QINGSHI DE YINGXIONG

刚正不阿、工作出色，却得不到应有的待遇，上级的忽视，妻子的背叛，女儿的误解，让他一度绝望，英雄将如何重生？

知识出版社

图书在版编目（CIP）数据

被轻视的英雄/库玉祥著. --北京：知识出版社，2017.1
（鲁迅文学院百草园文集）
ISBN 978-7-5015-9400-9

Ⅰ.①被… Ⅱ.①库… Ⅲ.①中篇小说-小说集-中国-当代②短篇小说-小说集-中国-当代 Ⅳ.①I247.7

中国版本图书馆 CIP 数据核字（2017）第 015543 号

被轻视的英雄

出 版 人	姜钦云
责任编辑	易晓燕
装帧设计	游梽渲
出版发行	知识出版社
地 址	北京市西城区阜成门北大街 17 号
邮 编	100037
电 话	010-88390659
印 刷	北京一鑫印务有限责任公司
开 本	787mm×1092mm　1/16
印 张	17.25
字 数	280 千字
版 次	2017 年 2 月第 1 版
印 次	2020 年 2 月第 2 次印刷
书 号	ISBN 978-7-5015-9400-9

定 价　48.00 元

版权所有　翻印必究

目录 Contents

被轻视的英雄 …………………… 1
为爱而行 ………………………… 58
爱与不爱 ………………………… 124
不再为爱尴尬 …………………… 144
徒劳的抵赖 ……………………… 167
悲喜爱情 ………………………… 188
疑似命案 ………………………… 217
毒　戒 …………………………… 234

被轻视的英雄

1

耿禹最不愿意开会了。他不愿开会的原因有两点：第一，他认为坐在主席台讲话的局领导，话讲得虽然铿锵有力，但落实起来并不是那码事了；再一个，开会是要着警服的，他今年47岁了，可他肩上扛的却是三级警督的警衔，当他看着与自己年龄相仿的人肩上扛的警衔比自己的高，不免自惭形秽。

可这天早晨耿禹刚进办公室，搭档丁毅就对他说："祁大队说9点钟到党政办公中心开会。"

耿禹问："开什么会？"

"新来的副市长兼公安局长郑正义主持召开的大会。"

"原来郑正义到任了。"耿禹早就听说省厅副厅长兼刑警总队长郑正义到丹江市任副市长兼公安局长，不过前任走了两个月后他才到任。他打开衣柜拿出半截袖警服说："真不愿开会。"

耿禹刚换上警服，他裤兜里的手机就响了起来。他掏出手机接听，手机里传出妻子何冬梅的声音："姑娘刚在网上查到高考成绩，她只考了473分，她到丹江医学院临床系分数够，但离她要去的影像系差10多分……你想办法找找人。"

耿禹平时对女儿管教是严格的，在女儿中考的时候，他曾对女儿说，"咱家里可没钱，你能考什么学校就上什么学校，你别指望靠家里拿钱帮你上重点高中。"女儿耿芳菲倒也争气，考入了一所重点高中。耿禹明白，现在可不能说没钱不管孩子的话了，他虽知道自己没什么办法，但还是安慰妻子说："好吧，我想想办法。"

何冬梅不放心地在电话里嘱咐他："孩子的事可是大事，你别再忙起工作把这事忘了。"

"忘不了。"耿禹不耐烦地挂断了手机。

这时，刑警大队长祁国军出现在门口："你俩别去开会了。刚才有个农村妇女在林业医院被盗3万元钱，你俩到林业医院出趟现场。"

本不愿开会的耿禹听了这话，忙脱下警服说："好的，我俩现在就出现场。"

丢钱的妇女是郊区菜农，叫唐凤英。她丈夫因肝癌住进了林业医院，这几天她丈夫要手术，她回家奔波了两天才凑齐了3万元的手术费用，谁知她在收费窗口要交手术费时，发现挎包里的3万元钱不翼而飞。唐凤英见挎包里的钱没了，瘫在地上愣怔半天后，便号啕大哭起来。

耿禹和丁毅到了林业医院保安部，唐凤英还在哭哭啼啼。

耿禹因立功受奖多，在南江分局是响当当的人物，保安部徐部长对他很是钦佩。徐部长见了耿禹，就指着他安慰唐凤英说："这个警察了不起，他接手的案件都能破。"

唐凤英听了徐部长的话，从坐着的椅子上溜下来跪在了耿禹的跟前。

"你这是干什么？"耿禹忙上前将唐凤英扶起。

耿禹很同情唐凤英的遭遇，他给唐凤英做了笔录，而后和丁毅到医院的监控室用U盘复制下了收费大厅的录像。

在回分局路过丹江医学院时，耿禹想到妻子吩咐的女儿的事。他让丁毅停车，说自己到医学院办点事。

耿禹虽在南江分局当了21年警察，丹江医学院也在南江分局辖区，可他平时工作刻板、不善交际，所以当自己有事的时候，便感觉到有些茫然。他在医学院门口踌躇了半天，才想起自己两个月前办理一起抢劫案时，那个被害者柯晓燕是医学院的教授。他掏出手机给柯晓燕打了电话，他在电话里说想麻烦她点事。柯晓燕问什么事？耿禹说："我现在医学院大门口，我见面跟你说。"柯晓燕说："你到我办公室来。"她告诉了耿禹自己所在办公楼的地址。

柯晓燕当时被抢的挎包里有一枚昂贵的钻戒，她在饮水机前给耿禹沏着茶说："那次我挎包被抢多亏了你，你要是不帮我把挎包找回的话，那我损失就大了。"

耿禹说："工作嘛，应当的。"

柯晓燕把水杯放在耿禹跟前的茶几上，有些知恩图报地说："有什么事尽管说。"

柯晓燕的话，让耿禹的心舒展了些。他说："我女儿今年高考，因为你们学校的影像专业热门，所以高考志愿就报了你们学校的影像专业；谁知，她只考了473分，而你们影像专业的录取分数线是490分，不知你能否帮忙做做工作。"

"这……"柯晓燕显然没想到耿禹所提的是这样的要求，她显出为难的样子，犹豫地说："这事我还没办过。这样吧，我领你找招生处朴处长，跟他商量下怎么办。"

"那好吧，麻烦你了。"

"你知道你女儿的准考证号吧？"

"这我还不知道。"耿禹说着，给女儿打了电话，让她把准考证号发在自己的手机上。

朴处长戴着眼镜看似斯文，实则是牛哄哄的一个人。柯晓燕言明耿禹是她的亲戚，朴处长让耿禹写下他女儿的姓名和准考证号，把纸条夹在台历本里，叼烟仰头跟耿禹说，"如果可以的话，我会给你打电话。"

离开医学院，耿禹接到了柯晓燕的短信：耿警官，你女儿的事，我没有把握能帮上你，你再想想别的办法。

柯晓燕的实话，让耿禹恍然明白，只有单独给朴处长送钱或许才有希望。他给柯晓燕回短信：你把朴处长的手机号告诉我。柯晓燕再回的短信是一个手机号码。

没走过后门给别人送过钱的耿禹，决定为女儿调系给朴处长送钱。

耿禹下班回家时，在一家经常去的彩票站打了五注彩票。卖彩票的女子说："你还守着这36选7不放呢，现在双色球出奖率高，改打双色球吧。"

耿禹说："这36选7我都坚守10年了，我得接着买下去，说不上哪天时来运转中个500万。"

"最近忙什么？连胡子都没时间刮。"

卖彩票女子的提醒，使耿禹侧脸对着镜子照了下，他见自己不仅胡子长，有些花白的头发也乱蓬蓬的。

耿禹出了彩票站，便进了街边的一家理发店。

耿禹理完发，犯了酒瘾，又走进了一家羊肉串店。

耿禹往家走时已有些醉意。他刚迈进筒子楼，没留意被一块西瓜皮滑倒，他的右膝盖磕碰在楼梯上生疼，他坐在楼梯上把手放在右膝盖上揉搓了半天。

耿禹的家住在这幢筒子楼的二楼，房子是他继承的父母的财产，使用面积只有27平方米，还没有物业。前些年他想贷款买房，下岗后在超市打工的妻子说，孩子考大学需要钱，攒点钱过几年再买吧。可是过后他再攒钱也赶不上房价上涨的速度，买房的事成了他的奢望。

耿禹见女儿住的冲走廊的小屋已熄灯，就以为家人都睡了。他刚把钥匙插进锁眼，门却被何冬梅推开。她闻到他的酒气，带着怨气地问："你真行，还有闲心喝酒。给你打电话怎么不接？"

"没听着呗。"耿禹脱鞋进了大屋，见女儿耿芳菲面带愁容地坐在沙发上看着电视。

耿芳菲见到父亲，把电视闭了问："爸，我的事怎么样了？"

"爸正给你办着。"耿禹说，"挺晚了，回屋睡觉吧。"

耿芳菲在沙发上起身回了小屋。

何冬梅接着女儿的话题问:"姑娘的事办的怎样了?"

耿禹站在窗前默然地点燃一支烟,吸了起来;待听到女儿关屋门的声音后,才说:"我通过别人找了招生处的朴处长,不过调系得送钱。"

"得送多少钱?"提到钱,何冬梅不免紧张。

耿禹思忖下:"得两万元钱吧。"

"那么多。"何冬梅愁苦地说,"这几年孩子补课没少花钱,加上你父母相继病逝的花销,咱俩也没攒下多少钱。现在家里只有5万元钱。"

耿禹叹口气:"没办法。"

"你在南江分局20多年,难道你就找不到欠你人情的恰当人,让咱们能够不花钱或少花钱办事。"

"我一个小警察,上哪儿找恰当人去。"

耿禹的话引起了何冬梅的牢骚:"你这么多年警察算是白干了,职级没提上去,自己家的事也帮不上忙。"

何冬梅对耿禹的牢骚已发几年了,每当这时,耿禹都是哑言相对。耿禹把烟蒂捻灭在烟灰缸里出屋到厨房洗漱去了。

睡觉的时候,何冬梅背对着耿禹。耿禹想跟何冬梅亲热,可他刚把手放在何冬梅的腰际,手就被何冬梅打了回来。

第二天早,何冬梅冷着面孔没跟耿禹说一句话。耿芳菲沉闷着也没话。耿禹草草地吃了口饭,沉郁地拿着家里的存折出了家门。耿禹给祁国军打电话说在外办点事,晚去单位一会儿。

耿禹到工商银行取了两万元钱,到了医学院朴处长的办公室。

朴处长对耿禹说,"招生还有段日子结束,如果影像系招生名额不够的话,我会考虑你女儿的。"耿禹把装钱的信封放到朴处长的办公桌上说,"我女儿的事就拜托你了,这是我的一点心意。"朴处长看了眼信封,随即把信封推给耿禹说,"你这么做多不好,况且你和柯晓燕还是亲戚。"当耿禹把信封推回朴处长一侧时,朴处长一副认真的样子说,"你把这钱拿走,我希望你尊重我。"

朴处长的做派让耿禹一时摸不着头脑。他出了朴处长的办公室,给柯晓燕打电话，把自己给朴处长送钱对方拒收的事说了，问她怎么办好？柯晓燕见耿禹如此问，只好实话告诉他，丹江医学院唯有影像系毕业生好就业，所以调影像系的学生不少；现在调系怎么也得送个五六万的。

耿禹出了医学院正一筹莫展时，忽见一个熟悉的身影。他眼前的身影不是别人，正是昨天上午在林业医院丢了3万元钱的唐凤英。唐凤英买了一颗大白菜让小商贩免她3毛钱的零头。小商贩不耐烦地给她免了零头。

唐凤英离开小商贩也看到了耿禹，她愁苦的脸上露出一丝笑容说："耿警官你好。"

耿禹疑惑地问："你在这儿买菜到医院怎么做呀？"

"我丈夫在林业医院住院有段日子了，我在这附近租个小房，我每天给他做饭送去。"

耿禹想回避她丈夫的话题，可他还情不自禁地问："你丈夫手术了吗？"

"这几天家里的亲戚正在筹钱，筹够钱就手术。"唐凤英眼睛噙着泪问，"耿警官，我昨天丢钱的案子搞得咋样了？"

耿禹这两天忙活孩子上学的事了，唐凤英的问话，让他心生愧意，他有些不自然地说："你被窃的案子正在搞，有了消息我会告诉你。"

"那麻烦耿警官了。"唐凤英用手擦了下眼角。

唐凤英的神情，使耿禹心酸酸的。他从衣兜里摸出200元钱递给唐凤英说："你丈夫重病在身需要营养，这点钱是我的一点心意。"

唐凤英顿觉意外，用手挡着耿禹递过来的钱说："这可使不得。耿警官，我怎么能要你钱呢？"

这时一辆公交车驶入了站点。耿禹把钱塞进唐凤英装菜的塑料袋里，边奔向公交车边说："你就别推辞了。"

耿禹回到单位，把在林业医院调取的收费大厅录像在电脑上播放。8点5分，他看到唐凤英进了收费大厅，排在缴费队伍后，她身后跟上来一个穿灰色半截袖衣服的男子。8点11分，男子趁唐凤英不备，拉开唐凤英背在肩上的挎包拉锁，掏出装钱的纸包逃跑。因收费大厅摄像头的角度问题，耿禹没能看到扒窃男子的容貌。

下午，耿禹和丁毅围绕着林业医院附近的银行等单位在门口的摄像头，调取了案发时间段的录像。丁毅下班时说有事走了，耿禹则在办公室仔细看着新调取的录像，以期能发现扒窃唐凤英男子的完整画面。

就在耿禹打印出从录像画面截取的犯罪嫌疑人的照片时，何冬梅给他打电话，问他怎么还没回家？他说马上回家。

耿禹回家把给女儿办事的经过说给了妻子。何冬梅一听说医学院调个系要送五六万，不由面带愁苦地说："咱家就5万元钱，若是为了调系都送出去，那日后女儿上学的费用都得借了。"

耿禹说："要不就不给女儿调系了，就让她学临床医学吧。虽然学临床别人说不好安排工作，但我想，女儿念好了，大学毕业后再考研究生，我就不信找不着工作。"

耿芳菲揉着眼睛从小屋过来说："爸，调个系那么难吗？"

耿禹用惯有的思维说："像你这种由低分数段向高分数段的系调，毕竟不是正当的行为，所以就难。"

耿芳菲激动地说："从小你就看不上我，说我这也不行，那也不行的。现在到了人生关键时刻了，我调个系，你还说是不正当的行为，别人能调，我怎么就调不了？"

"我说你不行的话，那是管束你。"耿禹说，"你若听从我的管束，高中不谈恋爱，学习努力的话，你高考的成绩肯定要比现在高。"

或许是因为爸爸揭了自己的短处，耿芳菲大声地嚷着："没有关怀，没有鼓励的管束，肯定是失败的。我谈恋爱是你粗暴管束的结果，我结束早恋，把心用在学习上，是源于我妈对我的劝说。你这个当爸的等于对我什么也没做！"

何冬梅劝说女儿："芳菲，这么晚了你嚷什么？"

耿禹清楚，女儿如此个性，都是妻子在她面前埋怨自己和对她的娇惯造成的。他叹口气对耿芳菲说："爸爸整天忙于工作，确实对你的关爱不够。可是芳菲,你今年已经20岁了,应当懂些事理了。"他接着感喟地说:"你爸半辈子没求过人,更没跟别人卑躬屈膝过;而我为了给你调系,低三下四给人送钱,却又被人冷落。咱家条件不好,送不起过多的钱给你调系,我刚才跟你妈商量,要不你学临床吧。"

耿芳菲坐在父亲的身边,犟犟地说:"学临床不好找工作,难道你让我毕业就失业吗?"

"你可以大学毕业后考研嘛,读完研究生就能好找工作。"耿禹点燃了一支烟。

"你现在调系都没钱送礼,我考研究生你能供起我吗?"耿芳菲被父亲的烟呛得咳嗽一声,她夺下父亲嘴里的香烟,折断扔在烟灰缸里说:"没钱你还抽烟?还经常喝酒?"

女儿的言行,最终惹恼了耿禹,他抬手给了女儿一个嘴巴。

女儿半边脸顿时红了。

耿芳菲哭喊着说:"你这是什么父亲呀!不讲理还打人。"

何冬梅在床上操起枕头砸在耿禹的头上:"当个小警察,啥也干不成,就能在家逞能耐。"

耿禹在沙发上起身,拿起衬衣出了家门。

天空下起了蒙蒙的雨,耿禹在雨中踽踽独行……

2

耿禹把扒窃唐凤英的犯罪嫌疑人照片递给丁毅时,丁毅怔了一下。

耿禹问:"怎么?你认识?"

丁毅忙摇头:"不认识。"

"那咱俩分头摸排这个嫌疑人。"

两人一起下楼,丁毅上了捷达车掏出了手机。他跟一个叫大象的通了话,他让大象半个小时后在北山公园等他。

大象便是扒窃唐凤英的小偷,他是丁毅养的所谓的"特情",他是半年前从阳明区窜到南江区开始偷窃的。他一次在商场扒窃一个急着赶火车的妇女时,被丁毅抓了个现行。丁毅是不干净的警察,他见没有证人,便搜出了大象身上的5000元钱,给他一个上厕所的机会,放跑了他。之后大象很明事理地主动找到丁毅,向他撂了几个小偷,并时常打点丁毅。丁毅根据大象提供的情况把几个小偷送进了看守所,又得到了实惠,便长期跟大象保持着灰色的关系。丁毅不能不管大象,所以他只好约大象商量对策。

北山公园位于丹江市的最北端,依托林木葱茏的北山和北山南麓的"抗日战争暨人民解放战争殉难烈士纪念碑"建的。建成后的北山公园,楼台亭榭掩映在苍松翠柏之中,山下九曲回廊的小径,多处大面积的花坛,造型各异的灯饰和长椅,这些怡人的景观加上清新的空气,吸引着众多的游人。

丁毅把捷达车停在北山公园的大门外,他登上北山,步入半山腰的一个亭中。

丁毅掏出烟和打火机要点时,发现亭下的一棵树晃动。他哈腰观察树下的情况,见一对男女以树为依托站立着正做苟且之事。

丁毅悄然到了那对男女跟前,先是用手机录下了那对男女,而后厉声一句:"干什么呢?"那对男女惊慌地停止了动作,继而男的忙提裤子,女的松开抱树的双手往下捋着裙子。

丁毅打量了下眼前的男女,见男的四十来岁,穿戴讲究;女的三十多岁,不仅穿戴时尚,还有一张漂亮的脸蛋。

丁毅亮出人民警察证,说:"我是警察,你俩大白天的就在这……"

男的没等丁毅说完,就过来打着哈哈说:"啊,是警察同志呀,我跟你单独说两句吧。"

男的说,他跟女的是对象关系,两人今天到北山游玩,按捺不住便做了不该在外边做的事。丁毅管男的要身份证,男的推脱说没带。

丁毅说:"那就只好麻烦你俩跟我到分局一趟了,以便查证你俩是否存在卖淫嫖娼行为。"男的见难以脱身,就从钱包里掏出2000元钱递给丁毅让他通融。丁毅忽觉得男的面熟，他挡着男的递过来的钱，带有诈的成分说，"我见过你。"男的以为丁毅认出他是谁，就红着脸说，"作为领导干部在外边真不应该做这种事；还望你宽容我一回，过后有事找我。"丁毅说，"那你给我张名片吧。"男的赶紧掏出名片递给丁毅。丁毅看名片上有南江区副区长几个字样，不由心想，这是条大鱼，日后说不上能为我所用。这时他手机响起，他把名片揣进裤兜接听电话。电话里大象问他在哪呢？他说，"你到半山腰的亭子来吧。"丁毅接过电话，对男的说，"你俩走吧，我改天去找你。"男的连说了几声谢谢，就和女的走了。

丁毅见到大象，横了他一眼："你干大活怎么不告诉我一声？"

"我、我……"大象装傻充愣，"我最近没干什么大活呀。"

"前天林业医院患者家属被盗3万元钱是谁干的？"

大象摇头："不是我干的。"

"你既然这么说，那咱俩也没啥唠的了。"丁毅扔下这句话，出了亭子。

大象看着丁毅的背影，立马觉得不对劲，他像演戏似的疾步追上丁毅满脸堆笑说："林业医院那活是我干的，我只是没来得及跟你说。"

丁毅拍了下大象的脑袋说："你再不跟我说实话，你就死定了。"

"那怎么办？"大象恐慌地说，"要不我把钱退回去？"

"你傻呀？你把钱退回去岂不更证明你有事了吗？耿禹肯定把你送进看守所。"

对于耿禹的名字，大象是打怵的，他不由得问："是耿禹把我查出来的？"

"若是我查出来你，岂不就好办了。"丁毅后悔的是，若是当初他保存影像资料，过后就跟耿禹说没查到犯罪嫌疑人，那样耿禹没辙，大象还得感谢自己。

大象求丁毅想办法让耿禹放过自己。丁毅说："耿禹在分局是出了名的犟种，他不会听我的，你若是没有好办法的话，只能先躲躲了。"

耿禹是不用有前科的特情的，他的工作方法就是和群众打成一片，店铺的老板、小商小贩、丢失过东西痛恨窃贼而协助他的人，都给他提供过相关的案件线索。耿禹拿着犯罪嫌疑人的照片，到街面上逛了没出两小时，就有人指着照片说这不是大象吗？耿禹问，"大象是谁？"对方说，"大象叫什么不知道，我在阳明区做买卖时，曾看他在阳明区偷东西。"

耿禹到市局情报资料科，查找绰号叫"大象"的重点人员。没几分钟，情报资料科的民警就把查询结果告诉了他，绰号"大象"的人，丹江市就有一个，姓名叫朴飞宇，朝鲜族；于2009年8月因扒窃被阳明分局刑警大队劳动教养两年；他家住阳明区牡丹办事处3委18组。

朴飞宇的情况，让耿禹推测出他刚出劳教所不敢在阳明区再犯案了，便换了个地方到南江区偷来了。

耿禹从市局出来，直奔朴飞宇的住处。他心里有个想法，那就是趁朴飞宇还没花掉所窃钱财前，及时把他捕获，尽可能地给被害者返赃。然而，他扑了个空，朴飞宇住处的房门紧锁。

耿禹到街道办事处经了解，朴飞宇因父母在韩国打工，自己在家住，他前年劳教时，他的住处被亲戚出租了。

耿禹下午到单位，把上午工作的情况告诉了丁毅，他让丁毅摸排朴飞宇的落脚点。丁毅没想到耿禹这么快就确定了犯罪嫌疑人，他诧异地看了耿禹一眼。

耿禹一眼就看出了丁毅眼神中的内容，他直言不讳地说："丁毅，你如果认识朴飞宇的话，就跟我直说。朴飞宇的案子在你那不好办的话，你可以回避，我找别人协助我。"

"看你说的，我要认识朴飞宇岂不就把他抓来了。"丁毅尴尬地笑了下，辩解说，"我这人跟小偷从没有理不清的关系，不用回避。"

两人正说话间，办公室的门被推开，祁国军领着一个帅气小伙走了进来。

祁国军介绍帅气小伙说："这位是新分到咱们这儿的中国人民公

安大学毕业的贾永旭。从今天开始，小贾就在你们中队工作了。"

耿禹故作受宠若惊状，双手握着祁国军的手说："哎呀我的祁大队，你能给我们增添新生力量，真是太感谢了！"

祁国军指着耿禹对贾永旭说："这是你们中队长耿禹。"

贾永旭伸出手说："耿队长你好。"

耿禹握下贾永旭的手说："往后别管我叫队长，叫我老耿就可以了。"接着耿禹把丁毅介绍给贾永旭。

祁国军像想起了什么似的问："对了，在林业医院丢失3万元钱的案子，你们搞得怎么样了？"

耿禹说："我们已查出……"

丁毅插嘴说："这个案子有了些眉目，正在搞。"

耿禹见丁毅如此说，就没再接着说什么。

"有眉目就好，这个小偷太可恨了，竟把别人救命钱偷了。"祁国军随后说了句，"你们忙吧。"就离开了耿禹他们的办公室。

耿禹对贾永旭说："咱们中队主要的工作是打击扒窃拎包违法犯罪，这个活看似简单，其实要干好了也不易。"

"我喜欢抓小偷。"贾永旭面带兴奋地说，"你教教我工作经验吧。"

耿禹说："扒窃拎包案件大都发生在商场、公交车上、饭店和网吧；当你看见在人群中乱挤，目光游移不定，眼睛始终往别人衣兜、背包处踅摸，一旦与人眼神相对，就迅速躲避的人，那么你发现的这个人，极有可能是个小偷。有些小偷还使用一些'道具'来掩护，比如报纸、杂志纸袋等物品遮挡被偷者的视线，然后下手……"

耿禹传授了半天的经验，看下手表说："纸上谈兵是不行的，这快到下班的时间了，咱们到街面转转。"

丁毅从抽屉里拿出手铐并递给贾永旭说："眼睛睁大点，没准儿你工作第一天就会有收获。"

贾永旭把手铐别在腰际，颠颠地跟着两位师傅出了办公室。

三人下楼坐上了丁毅的捷达车。

耿禹因要接着打探朴飞宇的下落，他在向阳市场大门口下了车。

丁毅对耿禹说，"我和贾永旭到南江商城去了。"耿禹点下头，嘱咐道："有事打电话。"他又吩咐贾永旭多注意安全。

当车里只有丁毅和贾永旭时，丁毅说："我跟你说，小贾，耿队长传授你的经验只是一方面，更主要的是要把特情经营好，只要把特情经营好，上来线索，工作才能出成绩。"

贾永旭说："那是。"

"所以说，你要看见小偷正行窃时，在你没下手之前，你要先跟我打个招呼，以免把给咱们提供情况的特情给抓了。"

丁毅的话，让贾永旭一时犯了糊涂。

3

朴飞宇不敢再到街面去了，他每天魂不守舍地窝在住处摆弄电脑。

其实朴飞宇做贼，并不是因为手头拮据，而是由于欠缺管束。他父母早在十多年前就赴韩国打工，把16岁的他扔在家里让他叔叔照管；他叔叔不是别人，正是耿禹为女儿调系所求的丹江医学院招生处的朴处长。朴处长只有兄弟俩，且他的孩子是女儿，朴飞宇是朴家的单传，由此朴处长很是看重这个侄儿。朴处长不差钱，有多套住房，其中一套就在他住的隔壁。朴飞宇父母到韩国时，朴处长让侄儿到他的隔壁住。朴飞宇不愿让叔叔过多干涉自己的生活，他坚持一个人住在家里。虽然朴飞宇的父母每年都给他邮几万元钱的生活费，可他吃喝嫖赌，往往几个月就花光了几万元钱。他没钱后，就琢磨起偷来。他被阳明分局教养后，朴处长才知侄儿竟是个小偷。朴处长决心改掉侄儿的贼性，他在侄儿教养期间，把他的住处出租了。朴飞宇从劳教所出来，只得住叔叔家隔壁的房子，每天在叔叔家吃饭时，听叔叔唠叨般的教诲。

朴处长看出了朴飞宇情绪低落，这天早晨，他问埋头吃饭的朴飞宇："最近你是不是有什么事？"

朴飞宇身体激灵地抬起头说:"没什么事。"

虽然朴飞宇回答没什么事,但他身体的激灵让朴处长看出了端倪,他没再接着问下去;直至妻子和女儿出门上班和上学后,他才苦口婆心地说:"你肯定是有事瞒着我,否则你不可能在家窝这么多天。"

朴飞宇踌躇了下,最终吐口:"叔,我又闯祸了。"

"闯什么祸了?"

"我……"朴飞宇说,"我拿了别人3万元钱……有个叫耿禹的警察正在抓我。"

"你……"朴处长气得把跟前的一杯白水泼在了侄儿的脸上。

朴飞宇抹了下脸上的水渍哀求说:"叔,我这是最后一次闯祸,我不想再进看守所,你就帮帮我吧!"

朴飞宇被劳教时,朴处长没有管他。朴处长认为让他接受下教训或许日后能改好,他没料到侄儿的祸愈闯愈大,他心里清楚,这次若不管侄儿,侄儿可不仅是劳教的事了,而是要在监狱里蹲上几年。朴处长说:"既然你说这是最后一次闯祸,那我就权当信你一回,我争取不让你进看守所。不过你日后要干点什么,不然你无所事事的老毛病还会犯。"朴飞宇说:"叔叔你放心吧,我肯定听你的。"

朴处长认为摆平朴飞宇的祸事并非难事,他给好朋友南江分局盛副局长打电话,说:"有事想找耿禹通融一下,你看……"盛副局长打断他的话说:"你让我找南江分局任何一个人走后门都行,但唯独耿禹这事难办,这人不通情理,油盐不进。"

朴处长郁闷地刚撂下电话,他忽然心里一亮地想起耿禹曾找过自己给他考进医学院的女儿调系,他想若是以不追究朴飞宇的违法犯罪为条件给耿禹女儿调系的话,他应当能同意。他急切地在桌面上翻找着耿禹留下的纸条,当他找到那张纸条并拿起电话欲拨耿禹的手机号时,盛副局长的话又回响在耳际,这个人不通情理,油盐不进。

朴处长思忖了半天,放弃了跟耿禹直接联系的打算。他见耿禹还留下了女儿耿芳菲的手机号,于是他拨通了耿芳菲的电话。

朴处长在电话里说:"我是医学院招生处的,关于你调系的事,我想跟你母亲沟通下。"耿芳菲说："我妈妈上班了，我过会儿让妈妈打电话给你。"

没过5分钟，何冬梅的电话打进了朴处长的手机。朴处长说："我想跟你商量下你女儿调系的事，你到医学院我办公室来。"正在为女儿调系的事弄得焦头烂额的何冬梅，喜出望外地在电话里说："好，我马上过去。"

朴处长见到何冬梅，直截了当地说："你女儿调系的事，我可以给你办。但有个条件你得回去跟你丈夫商量下。"

何冬梅用期许的目光看着朴处长说："什么条件你尽管讲。"

"我有个不争气的侄儿叫朴飞宇，他犯了点小事，你丈夫正在抓他；若是你丈夫答应放他一马，你女儿过段时间开学后，就能直接到影像系学习。按道理这事我应跟你丈夫直接说，可经我了解他是很耿直的人……"

何冬梅打断朴处长的话，承诺说："你说的事没问题，我知道该怎么办。"

"那好，我等你或你丈夫的电话。"朴处长面带欣喜地说。

从朴处长办公室出来，何冬梅听见背后有人叫自己的名字，她扭头见是大学同学韩向军。韩向军微笑着向她走来说："我说老同学，多年不见你还是这么漂亮。"韩向军曾追求过何冬梅，可不知为何，何冬梅本能地对他有种说不清的反感。此时她见到他也唤不起老同学相见的热情，她记得他在市委宣传部工作，便不由淡笑问："你到医学院办事？"韩向军说："我调到医学院来了，我办公室在楼上，到我办公室坐会儿吧。"何冬梅说："我还有事，等哪天有空再聊。"韩向军有些不舍地说："我手机号没换，有事打电话。"

耿禹听完妻子转述朴处长给女儿调系所提的条件，说："他没说他侄儿犯的什么事吗？"

"他只说他侄儿犯了点小事。"

耿禹带着愤慨说："他侄儿把一个妇女给她丈夫手术的3万元救命钱给偷了，我若放过他侄儿，就是徇私枉法。"

"咱女儿调系可是关乎她前程的大事，她调了系毕业后就能就业，咱不能放弃这次机会呀。"何冬梅近乎哀求说，"你干了半辈子警察，始终耿直，为了自己的女儿，你就网开一面吧！"

耿禹不置可否地说："我看看吧。"

朴处长为女儿调系开出的条件，让耿禹纠结，可他还是动了心。上班的路上，耿禹开始考虑给朴飞宇网开一面会产生的不利于自己的后果，他知道，朴处长能够得知自己在抓他的侄儿，问题出在丁毅的身上，他肯定是跟朴飞宇有联系的。自己放朴飞宇一马肯定是件不该做的事，而且会让丁毅抓住自己的一个把柄，但因丁毅做了不该做的事比自己多，再加之他跟朴飞宇有联系，他不会在暗处给自己放冷箭。唐凤英丢失3万元钱一事刑警大队虽已立案，可大队领导并不知道自己已摸排出犯罪嫌疑人；那天祁大队问这个案子进展得怎么样了，自己要跟领导汇报案情时，不是让丁毅打断话，说有了些眉目正调查着吗？如果跟大队领导说案子没有摸排出线索也属正常。耿禹想到这，心中不禁有些释然；但他脑海中随即又闪现出唐凤英那愁苦的面容，他的心又紧缩起来⋯⋯

耿禹刚进办公室，丁毅跟他说："有人找我给朴飞宇走后门，我说朴飞宇拿了大钱，这事我做不了主，你得跟我们耿队商量。"

丁毅的话，耿禹若有所思没做反应。

这时办公桌上的内线电话响起，耿禹拿起电话说了声"喂。"话筒里传来祁国军的声音："耿禹你过来一下。"

耿禹进了祁国军的办公室，祁国军看着电脑说："你看看这警情信息。"

耿禹近前，跟祁国军一同看公安局域网上显示的上一天市区的发案情况，祁国军说："最近这段时间南江区的扒窃拎包案明显上升，昨天全市5个城区共发生扒窃拎包案件27起，咱们南江管内就有9起，你们中队防控打击力度怎么跟不上呢？"

耿禹深知南江区扒窃拎包案呈上升趋势，跟丁毅以培养特情的名义与小偷打成一片是分不开的，他很想说："我没有好的搭档，你让我怎么干活？可这句话此时因自己即将放纵一名小偷却难以说出口，他只得说:"给我一个星期时间,我会把扒窃拎包案件上升的趋势打压下去。"他考虑到可能出现的情况,又说:"祁大队,我抓了人后,你可要顶住说情。"

祁国军承诺说:"好,没问题。"

从祁国军办公室出来,耿禹打通了朴处长的手机,他在电话里说:"你先把你侄儿偷的钱返回来吧。"朴处长说:"你方便的话过来取吧,我有事还想跟你唠。"耿禹说:"半小时后我让别人去取。"便挂断了电话。

耿禹带着贾永旭开车到了医学院,他指着一个办公楼对贾永旭说:"你到一楼的招生处长办公室,跟姓朴的处长说耿禹让我过来取东西。"

"好的。"贾永旭下车奔向办公楼。

耿禹之所以不愿跟朴处长见面,是因他是否放过朴飞宇,内心还处在彷徨中。

不一会儿,贾永旭手拎着一个档案袋上了车。耿禹接过贾永旭手里的档案袋打开,见到三沓百元钞票。他放下档案袋,启动车向林业医院驶去。他要把3万元钱尽快返还给失主唐凤英,好用于她丈夫的手术。

不曾想的是,唐凤英的丈夫因手术费的丢失没能及时手术已经去世。当耿禹和贾永旭找到唐凤英丈夫所在的病房时,见护士把一辆载着蒙面尸体的平车推出病房,后面跟着啼哭的唐凤英……

唐凤英因家庭变故而伤心,特别是当耿禹返回给唐凤英3万元钱时,唐凤英愈发伤心地哭喊着"这钱还有什么用啊",这些话深深刺痛着耿禹的心。他为没能及时追回赃款和为一己私利而要放纵朴飞宇萌生自责。他眼睛湿润地从林业医院出来,坐进警车握着方向盘发呆。

贾永旭不知缘由,只看得出返回唐凤英的3万元钱是赃款,他带着安慰说:"耿队,咱们努力做的都做了,问心无愧就行了。"

耿禹答非所问地说:"小贾,从现在开始你跟我干,咱俩的工作计划,不要对丁毅说。"

贾永旭有些不解地点下头。

朴飞宇有叔叔答应为他平事，他便不再惶恐，而是安然地沉浸在网络游戏中。殊不知，朴处长跟耿禹沟通的结果，没有帮他平什么事，却让耿禹推测出他的藏身之处，引来耿禹对他的抓捕。

当敲门声由轻到重，朴飞宇才听到有人敲门，他关低电脑的音箱，起身到门厅问："谁呀？"

门外一男子说："收水费的。"

朴飞宇刚打开门，做贼的敏感使他一眼看出门口的两位男子像警察，他边关门边说："我是租房户，你们晚上等旁边这家人回来再收水费吧。"

耿禹倚住门说："门既然打开了，还能让你关上吗？"

贾永旭亮出传唤证说："朴飞宇，跟我们走吧。"

朴飞宇耷拉着脑袋从衣架上摘下外衣穿上，出了房门。

贾永旭给朴飞宇戴上了手铐。

到了南江分局刑警大队，朴飞宇见到丁毅刚要说什么，丁毅瞪了他一眼，他没言语。

丁毅不好再在单位待，他跟耿禹说外出办事。耿禹说："你忙你的吧。"

朴飞宇被锁在审讯椅上。耿禹说："铁板钉钉的事说吧。"他便竹筒倒豆子般地把扒窃唐凤英3万元钱的案子撂了出来。

当盛副局长领着朴处长来走后门的时候，耿禹已办完了朴飞宇的刑事拘留手续。

给朴飞宇保释无望的朴处长盯着耿禹说："算你狠。"

耿禹冷笑下："你提的条件对我也蛮有诱惑力的，不过我职责在身，身不由己。"

耿禹和贾永旭把朴飞宇送进看守所后，他俩又马不停蹄地到了南方商城，经过3个小时的蹲守，在下班人流高峰时，抓获两名正在实施扒窃的小偷。

耿禹审讯人手不够，就给丁毅打电话让他到单位。丁毅说在外边有事，待会儿回去。耿禹见指望不上丁毅，就让祁国军指派别人协助他们中队工作。

丁毅是晚间八点多钟到的单位，他来单位的目的，可不是为了工作，而是给一个叫于洪的小偷讲情的。他对耿禹说："于洪是我培养多年的特情，咱们通过他，也破过一些案子，这次能不能给他一个机会？"于洪是耿禹已掌握的3起扒窃案子的嫌疑人，耿禹怎能轻易放过他，他说："如果于洪只做了今天扒窃120元钱的一起案子，我可以给他个机会，可这小子作案多起，你说我怎么给他机会？"

丁毅在走廊跟耿禹给于洪讲情正僵持时，于洪在办公室跟贾永旭喊："我找丁毅，丁毅不来我什么都不会说的。"

丁毅说："我找于洪唠唠。"

耿禹虽知道丁毅找于洪唠的结果不利于审讯，但他看到了丁毅脸上的焦灼，只得点头。

丁毅进了办公室说要跟于洪单唠，贾永旭出了办公室。

丁毅打开于洪扣在审讯椅上的手铐，给他点燃了一支烟。

于洪抽着烟说："丁哥，你们干活怎么不告诉我一声？"

"耿禹今天上午把大象抓了，我哪知道他们下午还干活。"

"丁哥，我可不想进看守所，你得给我弄出去。"于洪很看着丁毅理直气壮地说。

"我何尝不想把你弄出去。"丁毅避开于洪的目光，"不过这次够呛，耿禹已掌握你多起案子。我刚才为你的事向他求情，他没答应。"

于洪没作声，他把烟蒂扔在地上，头仰在审讯椅上，眼睛滴溜溜地转着。

此时于洪的神态，似乎在告诉丁毅，"你若不帮我的话，或许你也有麻烦。"

"我找祁大队给你做工作。"丁毅说着给于洪戴上手铐，出办公室给祁国军打电话去了。

于洪是老贼，他原先是跑大轮的（在火车上偷窃），跟丁毅的关系可不是一天两天的了，对丁毅没少打点。3个月前刑警大队成立了由耿禹和丁毅组成的反扒中队后，于洪跟丁毅说跑大轮现在不好干，要在南江区地面玩。丁毅答应了于洪的要求，他说："反正反扒队就我和耿禹两人，他干活必须得带上我，有什么动向我会告诉你。"于洪有了丁毅的关照，便开始在南江区大胆地偷了起来，他一次跟踪一个俄罗斯商人出了南江区扒窃了6000美元。案子虽没发生在南江区，但以丁毅对于洪的了解，他确定外商的失窃案就是于洪所为，他给于洪打电话敲打了他几句。于洪很会看事地把帮别人讨账得来的半新不旧的捷达车送给了丁毅。所以丁毅必须得帮于洪。

耿禹接到了妻子打来的电话，何冬梅在电话里劈头盖脸第一句话就是："我要跟你离婚"，接着她在电话里针对耿禹抓捕朴飞宇使女儿失去了调系的机会大发肝火，说出了"窝囊废、不可理喻、对家庭毫无责任感"等让人寒心的话。耿禹在电话里没说一句话，他待妻子发完火，默然地挂断了手机。

耿禹刚推开办公室的门想好好审审于洪，祁国军的电话打进了他的手机，祁国军在电话里说于洪是丁毅的特情，他让耿禹给于洪办理取保候审手续。耿禹说："祁大队，我曾跟你说过要顶住走后门的。"祁国军在电话里叹口气，透着无奈说："我是一向支持你的，但我不能看着一个小偷进了看守所，一个警察接着被纪检委调查。"祁国军的话迫使耿禹不再坚持，他只得说："好吧，我听你的。"

接连两个电话，犹如两把穿心的箭，让耿禹纠结心疼。女儿是他的心头肉，可他把本能帮上女儿的大事，却因良心不可承受徇私枉法的交易，一下给搅黄了。抓小偷是他的本职，他内心实则也难以容忍与小偷同流合污的警察，可现在他把小偷抓了，却因领导庇护有污点的警察，而不得不给小偷网开一面。他想哭、想喊、想骂人，却不得不紧咬牙关抑制着自己的情绪，唯有他用力击打窗台的拳头，才显示出他内心的苦闷和无奈。

4

何冬梅这段时间没心思上班，在家陪女儿唉声叹气。

随着学校开学日子的一天天接近，这天何冬梅为女儿调系的事不得已给韩向军打了电话，她问韩向军在医学院做什么工作？韩向军说在医学院当副院长。她说:"我有事想麻烦你。"韩向军说:"咱们老同学谈什么麻烦不麻烦的,有事你就尽管吱声。"何冬梅说:"那我晚间找你吃点饭,咱俩谈谈。"韩向军说好。何冬梅说:"那你等我电话吧。"

何冬梅狠了狠心订了丹江市最好的酒店巨无霸海鲜公馆,而后给韩向军打电话告诉了他单间号。

何冬梅提前十多分钟到的酒店,她在单间里内心很复杂地对着镜子端详着自己,镜子里是一个美貌的少妇,蓝花白底的连衣裙裹着修长婀娜的身材,一袭披肩长发衬托出俊俏面容。何冬梅虽对自己的容颜和形体持有自信,但她靠近镜前,抚摸着几缕细细的眼尾纹,仍不免蹙蹙眉头。

人生叵测,何冬梅没想到自己竟会去求韩向军。她和韩向军都是丹江师范大学毕业的。在校期间,韩向军曾向她发动过猛烈的爱情攻势,学理科的韩向军具有文学的天赋,大学四年间,他曾给她写过多篇或婉约含蓄或大胆直白的爱情诗。应当说韩向军的各方面的条件都不错,可那时她心里装着的是她高中同学、高考进入警校的耿禹,所以她对韩向军的追求始终没有动过心。大学毕业后,她进入了丹江纺织厂工作,韩向军却凭借自己喜好考进了市委宣传部。她以为从此与韩向军不会再有联系。

现在想来,何冬梅为自己年轻时的选择不免感到怅然若失,她曾无数次问自己,当初自己为何会看上耿禹,难道是因为他棱角分明的容貌和他身上威仪的警服吸引了她?后来她也不得不承认,耿禹真正让她心仪的是他的真诚和正直。可如今,耿禹的真诚和正直给人留下不谙事理的印象,成为他仕途的羁绊,加之自己下岗后给别人打工,她便认为自己的生活分外地潦倒。

正在何冬梅思绪万千的时候,单间的房门被推开,韩向军微笑地走了进来。

何冬梅近前握着韩向军的手说:"你好,老同学。"

韩向军用柔情的目光打量着何冬梅说:"没有想到,能够跟你在一起共进晚餐。"

何冬梅想到以往对韩向军的漠然，歉意地调侃说："我甚是荣幸地能跟韩副院长，一个副厅级领导干部吃饭。"

何冬梅的话对韩向军很是受用，他欣欣然说："我跟你说，何冬梅，咱们老同学之间可没有什么领导干部一说。"

"坐吧，老同学。"何冬梅让座后，叫服务员拿菜单让韩向军点菜。

韩向军浏览了下菜单，就点出了清蒸梭子蟹焗鲜鲍等4个菜，并让服务员拿瓶水井坊酒。

何冬梅听到蟹和鲍的字眼就知道韩向军点的菜较贵，她不禁有些顾虑，自己带的2000元钱别再不够买单的。

酒菜上来后，韩向军问："你能喝点吧？"

何冬梅踌躇了一下说："能喝点。"

韩向军打开水井坊酒先给何冬梅斟着，当能装三两酒的杯斟到一半时，何冬梅说："好了，我只能喝这么多。"

韩向军拿酒瓶的手停顿下说："你斟一杯，其余的就都是我的，可以吧？"

何冬梅不好生硬拒绝，只得点头。

本来何冬梅找韩向军吃饭，有种求人临时抱佛脚的尴尬感觉，好在两人都是大学同学，以前的大学生活可做谈资；再则韩向军毕竟是官场中人，他圆滑的一面给人以和蔼可亲的感觉；更主要的是，已离婚的韩向军对何冬梅旧情难忘。于是两人谈吐风生，很是默契。

不知不觉间，何冬梅杯中的酒已见杯底，韩向军说："老同学，再喝点吧。"

何冬梅没有拒绝，只是摸了下绯红的面颊说："今天我可是超量了。"

韩向军又给何冬梅斟了些酒，把话引入正题："冬梅，你今天找我有什么事？"

"我今天找你……"何冬梅啜嚅了一下说，"我找你是为孩子上学的事，我孩子今年考入了你们医学院临床系，可医学院影像系不错，我想把孩子调到影像系。"

韩向军没有爽快地回复是否给办事，而是问："上次我在医学院见到你，你就是办孩子调系的事吧？"

何冬梅表情沮丧地说："是的，可事情没办成。"

"怎么个情况？你给我详细介绍下。"韩向军眼神透着关注。

"是这么回事……"何冬梅说了给女儿调系没成的经过。

"你丈夫可真是够固执的了。"

"这事是不是办夹生了，不好办？"

"是有些不好办。"韩向军思忖下，"我给你办办看。你把你女儿的姓名和考号过后打电话告诉我。"

虽然韩向军没有完全应承下来何冬梅托办的事，但何冬梅还是喜出望外地举杯说："这些酒我敬你，先谢了。"

韩向军跟何冬梅碰杯，两人把酒喝下。

何冬梅出单间时有些晃，韩向军搀扶她，何冬梅前走几步，摆脱他的搀扶说："我没事。"

何冬梅先奔到前台买单，服务员说："有位先生已买完单了。"

何冬梅才知，韩向军借外出打电话的功夫把单买了。她问："消费多少钱？"

服务员说："3600元。"

何冬梅听了咂了下舌。

耿禹对祁国军如实反映说，丁毅不仅跟于洪一个小偷有拎不清的关系，要想南江区扒窃拎包案下降，必须把丁毅调出反扒中队；把他调出反扒中队，也是对他的爱护，否则他会越陷越深。祁国军答应了耿禹的要求，他说在没把丁毅调出反扒中队前，先让他休假。

丁毅得知回家休假的信儿，在办公室收拾东西时，贾永旭不知内情地问："丁哥收拾东西干什么？"

"回家休假。"丁毅骂咧咧地说，"这个中队两个半人，还有个他妈的整事的。"

丁毅的话，让贾永旭瞠目结舌。

耿禹知道丁毅对自己的不满，他虽没说什么，但他喟叹地想，"我若是对你丁毅整事的话，你早进检察院了。"

没有丁毅的干预，耿禹和贾永旭没黑没白工作了5天，共刑事拘留小偷6名，打压下了南江区扒窃拎包案持续攀高的态势，使南江区接连四天扒窃拎包发案为零。

祁国军对耿禹的工作是满意的，这天早上他关切地对耿禹说："几天没回家了，回家休息两天吧。"

耿禹是那种工作起来就忘事的人，这时他忽然想起女儿该开学了，自己没能帮成女儿调系，她开学的日子怎么也得送送她。他恍然地说："我是该回家看看了。"

耿禹回到家，见妻子正兴致勃勃地帮女儿打理上学用的东西。

耿禹问妻子："你怎么没上班？"

"送姑娘上学难道不能休一天呀？"何冬梅埋怨地说，"这个家里有你没你都可以，我若像你，这日子没法过了。"

耿禹似乎是这个家里不受欢迎的客人，耿芳菲见到父亲，不仅没有说话，刚才愉悦的面容也顷刻间冷了下来。

耿禹摸了下耿芳菲的脸颊问："姑娘，今天到校吗？"

耿芳菲只"嗯"了声。

"爸爸没能给你调成系，你在临床系不要持一种不喜欢的态度对待学习。"耿禹宽慰女儿说，"其实学临床是应用最广泛的……"

耿芳菲打断耿禹的话说："我已经被影像系录取了。"

"是吗？"耿禹惊诧地看着妻子。

何冬梅轻描淡写地说："我大学有个同学在医学院工作，我找他给姑娘调的系。"

耿禹虽因没办成女儿的事，曾遭妻子的怒骂；但妻子终把女儿的事办成了，他还是如释重负地赞赏妻子说："老婆有两下子。"

何冬梅娇嗔地看了耿禹一眼。

把女儿送到学校忙碌完已是中午，耿禹说："咱们找个好点的饭店吃点饭。"

耿禹领妻女进了医学院门口一家饭店的单间，耿禹点了几个像样的菜，要了一瓶白酒。何冬梅说："你开车怎么能喝酒？"耿禹说，"我待会儿打电话让贾永旭把车开走。"

或许是酒精的作用，抑或是对妻女心存愧疚，耿禹喝着酒说了些感慨的话，他对妻子说："你跟我这么多年受了不少苦，我这人除了忙工作，也没为这个家做些什么。"

何冬梅说："今天不是你检讨的日子，废话少说。"

耿禹把话题转到了女儿身上："姑娘呀！你长这么大，你爸对你关爱的少，心情不好的时候还打过你，你不记恨你爸吧？"

女儿犹如没听清他的话，说："记恨什么？"

耿禹接着说："如今你已跨入大学的校门，今天对你来讲是你人生的转折点；日后你要认真学习，宽以待人；遇到挫折，不颓废，不麻木，要真实地生活；虽然真实被一些人看成是滑稽可笑的，很不时尚的做人方式，那些伪善的人却大行其道，滋润地存在；但我们的生活不能没有真实……"

何冬梅打断耿禹的话说："你别把你那套四处碰壁的人生观说教给姑娘。"耿禹喝下一大口酒，对妻子说："我说的话，在你那都是废话。"

由于住房面积小，耿禹和何冬梅顾忌女儿，两人过夫妻生活总是小心翼翼。这回女儿住到大学校园里，两人在家里便想放开些，可这天晚上耿禹的下身却不怎么听使唤。何冬梅生气地讥讽他，"你白天酒喝少了！"

5

何冬梅只找韩向军吃顿饭，韩向军就把耿芳菲调系的事给办了。送女儿上大学后，何冬梅想感谢下韩向军，她准备了两万元钱，给韩向军打电话说找他吃饭。韩向军爽快地答应说："好啊，不过今晚吃饭换个口味，上情缘酒店吃杀猪菜怎么样？"何冬梅说："只要合你口味就行，那晚间五点半，我在情缘酒店等你。"

何冬梅到了情缘酒店进了单间，拿手机欲给韩向军打电话时，一双手蒙住了她的眼睛。何冬梅猜测不出自己近五十岁的人了，谁还会有这样的情调用蒙眼睛的方式跟她开玩笑。她问:"谁呀?"

一个装作女声的人回答:"我呀。"

当何冬梅摸到对方较粗的手指和听到回答的声音,她即刻说:"韩向军。"

随着哈哈的笑声和眼前的手离开,何冬梅看到韩向军站在跟前说:"猜得还挺准。"

何冬梅对韩向军带有亲昵的举动,有些不置可否,笑一下说:"我还想给你打电话,告诉你单间号呢。"

韩向军坐在椅子上说:"其实我在门口就看见了你,就随你进来了。"

何冬梅叫服务员进来,问韩向军:"你喜欢吃什么菜?"

"我来两个菜,酱脊骨和溜肥肠。"

何冬梅又点了两个素淡的菜,又问:"喝什么酒?"

"我带酒了。"韩向军从椅子后拎起一瓶五粮液酒。

何冬梅调侃:"还是当领导好啊!整天喝好酒。"

"来,我斟。"韩向军打开包装盒和酒瓶,先是给何冬梅斟了大半杯,而后给自己的杯满上。

这次两人似乎是常聚的老朋友,韩向军给何冬梅斟酒时,她没计较多与少。

待服务员上齐菜后,何冬梅端起酒杯说:"老同学,你帮了我大忙,在此我表示诚挚的感谢。"

韩向军跟何冬梅碰下杯说:"看你说的,帮什么大忙,谁家还没点事呀。"

让韩向军开眼界的是,何冬梅一大口把杯中的酒近乎喝完。韩向军面带笑意地也把杯中的酒喝下大半。

何冬梅放下杯说:"若没有你的帮忙,我女儿的事,我真不知该如何是好。"

"通过你女儿的事,能够看出,你丈夫耿禹真是个很讲原则的人。"韩向军说,"我跟招生处的朴处长说了给你女儿调系的事,他是带着很大抵触情绪给办的。朴处长的处室归我分管,要是我不分管的话,你的忙我肯定是帮不上的。"

"耿禹是一根筋的人,他眼里只有工作,家里的事情指望不上他;他若是努力工作,能得到组织认可,仕途通达也行,结果快五十岁的人了,连个副科级都不是……"何冬梅不愿提及丈夫过多的不是,她叹口气说:"我真不知道该说他什么好。"

韩向军把玩着手里的酒杯说:"耿禹喝酒吗?"

"他喝酒,酒量还挺大。"

"你能喝点酒,也是他熏陶的结果吧。"

何冬梅看着韩向军笑了一下没言语。

在韩向军眼里,何冬梅酒后绯红的脸颊加上她的笑,带着些许妩媚和暧昧。他一把抓住何冬梅的手说:"你日子一定过得不如意吧?"

何冬梅缓慢地把手抽回说:"日子过一天算一天,都近半百的人了,如意不如意已经无所谓了。"

韩向军独自喝口酒说:"我还在想你。"

"年轻时的事情,就让它过去吧。"何冬梅从挎包里掏出信封打破尴尬说,"重要的事险些忘了,这是我一点心意。"

"我给你女儿调系,对你来讲是个大事,可在我眼里并不是什么难事,况且咱俩是老同学,你何必这样。"

"这信封里钱不多,只有两万;你若不收,我心里岂能安稳。"何冬梅说着把信封塞在韩向军的手里。

"你看不起我。"韩向军没有了刚才的柔情,他不满地把信封扔在何冬梅的身上,鼓囊囊的信封弹落在地裂开一道口。

何冬梅没有捡地上的信封,她此时感触颇多,自己为人妻,却像自己领孩子单过似的,这次给女儿调系打点的事,本应耿禹出面,可他不闻不问整天泡在单位里;自己出面打点,既考虑家里不宽裕的生活想省点钱,又要顾及面子,想把事情做圆满些。可眼前的一切让她始料不及,韩向军不接受她的打点。不接受打点意味着什么,她心里当然清楚。她觉得委屈,眼泪便不争气地噙在眼里,她掩饰地用双手把脸捂上。

何冬梅的神态让韩向军大为愕然。他不禁有些愧疚,继而默然地捡起地上的信封揣回何冬梅的挎包里。

何冬梅仍旧捂着脸，韩向军拿张纸巾塞在她手里，而后安抚地拍着她的肩……

贾永旭很佩服耿禹的反扒手法，一次两人在南方商城分开巡视，耿禹在一楼，他上了二楼。他发现一个戴眼镜的男子正四处踅摸，他赶紧跟上。当他看到戴眼镜的男子从袖筒里顺出大镊子伸进一女子裤兜时，他掏出手铐扒开人群急忙向前奔，可他到了戴眼镜的男子的跟前才发现，耿禹不知从哪闪了出来，已把戴眼镜的男子人赃俱获地控制住。

贾永旭自到反扒中队以来，还没有亲手抓获过一个小偷，这让他很不甘心。这天下午，耿禹和贾永旭到向阳派出所办事，路过向阳市场时，贾永旭说："耿队，我到市场转转。"耿禹停下车说："去吧，注意安全，我待会儿过来接你。"

贾永旭进了市场后昂扬地做了个扩胸动作，而后把手插进衣兜握着手铐，迈着缓慢的步子，朝两侧仔细地巡视着。向阳市场是个封闭的大型综合市场，面积有两万多平方米；此时不是下班的时间，故而人流稀落。

贾永旭在市场溜达了一个多小时，没发现可疑的人；他估计耿禹要来接他了，就向门口走去。

就在贾永旭因没发现嫌疑人而感到些许遗憾时，眼前的一幕却让他心跳加快，紧张使他握手铐的手有些颤抖。他见一个瘦高的男子把手伸进了一个正买化妆品的女孩的挎包里，转瞬间掏出一个狭长的钱包。

贾永旭心里骂着："自己你他妈的紧张什么。"同时，一个箭步奔向目标，喊了声："警察，别动。"把手铐的一端铐在了"瘦高挑"拿钱包的手上，他接着把手铐的另一端铐向对方时，旁边一膀大腰圆的男子猛然扑上他，把他撞个趔趄，"瘦高挑"趁机扔下钱包向市场外跑去。

"膀大腰圆"无疑是"瘦高挑"的同伙，贾永旭岂能让他逃脱，他一把抓住也欲向外跑的"膀大腰圆",对方叫嚣说:"我什么也没干,你拽我干什么?你不放手,我对你不客气!"

"你竟敢威胁警察。"贾永旭说着把手伸向对方腰际,他为阻止对方的逃逸要把对方的腰带抽出。

可谁知,挣脱无望的"膀大腰圆"竟对贾永旭不客气起来,他从身上摸出一把弹簧刀弹开逼在贾永旭的脖颈处歇斯底里地叫喊:"你放了我!"

就在这紧要关头,耿禹从门外奔了进来,他把"77式"手枪顶在了"膀大腰圆"的头部:"再动打死你。"

贾永旭下了对方的弹簧刀,接过耿禹递过的手铐,把对方双手背铐了起来……

耿禹过来接贾永旭在市场门口刚下车,见"细高挑"右手戴着手铐从市场里跑了出来,他马上意识到贾永旭遇到麻烦了。"细高挑"是老贼,熟悉耿禹,他见到耿禹就双腿发软了,耿禹把"细高挑"铐进警车里,进了市场及时化解了贾永旭的险境。

"细高挑"被带回南江分局刑警大队后,交代了自己扒窃的经过。不过他只知道"膀大腰圆"绰号叫老六。说起两人的相识,"细高挑"不知何故皮笑肉不笑地"哼哼"了两声,原来,"细高挑"跟"膀大腰圆"的妻子关系暧昧,一次两人被"膀大腰圆"捉奸在床。"膀大腰圆"勒索了"细高挑"5000元钱后,两人经相互了解得知都有扒窃的"爱好",于是臭味相投,竟成了朋友。虽然"膀大腰圆"装疯卖傻地拒不交代任何问题,但耿禹觉得"膀大腰圆"跟警察动刀很反常,他认为这个人很可能有案在身,不愿落在警察手里才有过激的举动。可他只在"细高挑"身上得知"膀大腰圆"家住郊区温春镇,妻子叫何冬梅。耿禹问何冬梅这三个字咋写,不曾想,"细高挑"告诉他的三个字,竟巧合地与他妻子的名字同音同字。

耿禹在公安网上通过调取何冬梅的户籍资料,得知了"膀大腰圆"的真实姓名,进一步查询得知他是因抢劫被网上通缉的在逃犯。他在笔录纸上记下了查询结果。

就在耿禹欲关闭电脑网页时,忽觉得刚才查与妻子同名的何冬梅时，似乎有妻子在宾馆开房的记录。他在"一查清"的网页上重新输入了何冬梅的名字，进行搜索。

果不其然，网上有自己妻子在9月11日21点12分至次日凌晨5点，在情缘酒店开房的记录。耿禹眼睛盯着电脑显示屏，脑中一片空白。

贾永旭看耿禹发呆的样子，问："耿队，想啥呢？"

耿禹缓过劲来，说："没想啥。对了，我得出去办点事。"

耿禹临走时，把"膀大腰圆"的查询结果递给了贾永旭，并叫过来一个侦察员陪同贾永旭审问。

耿禹在开车去往情缘酒店的路上，回忆着11日晚间自己的活动和妻子的反常举动。

当耿禹把警车停在情缘酒店门口时，他想起11日晚间自己值班，那天早上自己上班时，妻子说要取两万元钱打点给女儿调系的韩向军。

耿禹询问了前台服务员11日晚间何冬梅开房的情况，并调取了11日晚间的录像。服务员说，那天晚间一个男人先过来开的房，因男的没有身份证，没开成房，后又过来个女的开的房。即使即将解开谜底，可耿禹心里仍有个期冀，那就是11日妻子不慎把身份证丢失，开房的女人当是别人；可录像显示，开房的女人就是妻子何冬梅。服务员的回答与录像的画面相吻合。

显然跟妻子开房的应当是韩向军。

耿禹没想到，妻子对自己的蔑视和挂着嘴边要离婚的话语，竟演变得趋于现实。

耿禹浑身顿感无力地仰坐在沙发上……

对于有些人来讲，婚外情犹如毒品，明知对自己的家庭有所损害，却又欲罢不能。何冬梅就是这样的女人，在丈夫和情人之间，她的情感倾向于情人。韩向军也对何冬梅有所投入，他让何冬梅从所在的打工企业辞职，到医学院图书馆当了管理员，何冬梅对新工作的收入和清闲甚是满意。

耿禹自发现妻子出轨后，内心思绪混乱不堪。近几年来，由于他对家庭付出的少，没少遭妻子的埋怨甚至是恼怒的恶语。即使妻子有些话让他感到很刺耳，他也没有顶过一句。他总觉得自己难以改变的个性和工作，让妻子多付出不少，妻子发些牢骚也是应当的。在他眼里，妻子还算贤淑；可如今，他对妻子的印象已被颠覆，为此他的郁闷和痛苦可想而知。他很想跟妻子大发一通脾气，把她和韩向军在情缘酒店开房的事抖搂出来，以消解原先对妻子的忍耐所带来的憋屈。可他又一想，那样的话，他和妻子的婚姻真的就无法挽回了！他不想二十余年的婚姻就此破裂。

耿禹曾到医学院想找韩向军谈谈，可他在走廊里经别人的指认见到韩向军时，他又克制住了自己。

耿禹想拯救自己的婚姻，由此他少去了一些酒局，每天处理完单位的事就立马回家，他在回家的途中还买些蔬菜。何冬梅注意到耿禹这几天的表现终于说："你这是太阳从西边出来了。"耿禹说："工作和家庭两者兼顾，才能生活得有意义。"何冬梅像看陌生人似的盯了耿禹半天说："你要是早觉悟该有多好！"耿禹观察着妻子表情说："现在难道晚吗？"何冬梅瞟了丈夫一眼疑问的目光，没再说什么。

这天星期五，是何冬梅的生日。何冬梅好像并不记得这天她过生日，她早上收拾利索后推门要走，没提晚间过生日的事。

耿禹在妻子身后说："今天我送你上班。"

何冬梅转身诧异地打量眼前的丈夫，点头说："好呀。"

当耿禹把警车开到医学院门口，何冬梅下车时问："你可是极少用单位车接送我的，怎么今天发善心了？"

耿禹想说，"因你今天过生日，让你高兴些。"可他要给妻子一个惊喜，话到嘴边便没有说出口。他只是"哈哈"笑了两声说："你认为我接送你是发善心的话，只要你高兴，那我日后就多发些善心。"

何冬梅对耿禹嫣然一笑下了车。

何冬梅带有笑意的俊俏面容和她下车后步行所显现的曼妙的身姿，让耿禹赏心悦目。然而，当耿禹启动车要离开，看到前面开着奥迪车的韩向军时，顿感愤然。

耿禹由于刑侦业务能力强，所以领导经常指派他干些分外的工作。傍晚下班时，祁国军让他协助别的中队审讯杀人犯。耿禹不好意思说妻子过生日而告假，他只是说："今晚我家中确实有事，我还得早点回家。"祁国军说："那你忙你的吧，今晚我留下主审杀人犯。"

耿禹给女儿打电话，想让她晚间回家吃饭，可女儿不接电话。耿禹给女儿发短信：今晚你妈过生日，回家吃饭吧。女儿回了一个"嗯"字。耿禹知道女儿对自己有怨言，特别是自己没给她办调系的事后，她几乎不再理他这个父亲。耿禹看着女儿回的短信，苦笑了一下。

虽是深秋，天气已凉爽，可耿禹在厨房忙活了一个多小时，身上仍是汗津津的。

耿芳菲回家看着饭桌上丰盛的菜肴，脸上露出难得的笑容说："哇，这么多好吃的。"

耿禹说："等会儿你妈。"

耿芳菲看了眼墙上的石英钟："都6点了，我妈怎么还不回来？"

"是呀，这个点应该回来了。"耿禹说着从厨房进卧室给妻子打电话。

电话打通后，耿禹问怎么还不回来？何冬梅说："单位有个活动，我得晚回家，你自己在家吃饭吧。"耿禹刚要说什么，何冬梅却挂断了电话。耿禹再拨电话，刚开始听到对方不接电话的提示音，进而传出"你拨打的电话已关机"的提示音。

耿禹第一个反应是，妻子很可能跟韩向军在一起。一种难以忍受的愤懑和嫉恨，促使耿禹离开家去验证自己的推测。他离开家时，耿芳菲问他干什么去？他说出去办点事，一会儿回来。

妻子和韩向军在情缘酒店开过房，耿禹条件反射般地将警车开到了情缘酒店。情缘酒店门口果真停着韩向军的奥迪车，耿禹进了情缘酒店，上了二楼的餐饮部。他见一个服务员捧着一个切好的生日蛋糕走向一个单间，他跟随在服务员的身后。他的打算是，若是服务员走进的单间里有妻子和韩向军的话，他先夺过服务员手里的生日蛋糕扣在韩向军的头上，而后再质问妻子……

服务员推开了一个单间门，里面传来妻子的声音："生日蛋糕来了！"

听到何冬梅的声音，耿禹两眼冒火地刚要奔进单间，却又止住了步。因他从单间的虚掩的门处看到里面不仅有妻子和韩向军，还有另外几个男女。

理智使耿禹意识到，要是妻子和韩向军单独在一起，自己发作一番未尝不可；可此时怒火冲天地进去，不仅给他们造成不愉快，还会影响到自己的声誉。他为了抑制自己内心的不良情绪，站在单间门口长吁了几口气后想：回家吧，有什么事待妻子回家后再说。

耿禹回到家，耿芳菲仍在等妈妈，她问："爸，我妈到底几点回来呀？"

耿禹说："你妈今晚不在家吃饭了，咱俩吃吧。"

耿芳菲看着餐桌上的生日蛋糕，说："蛋糕可以吃吗？"

"当然可以吃。"耿禹斟上一杯白酒一口喝了，又斟上一杯……

何冬梅是晚间12点回的家，她见耿禹坐在沙发上抽烟，就问，"怎么没睡？"耿禹说："你不回家我岂能睡得着。我给你打电话为什么不接？"何冬梅踌躇了一下说："我手机没电了。"耿禹说："手机没电只是个借口吧？今晚韩向军给你过生日，你是不想让别人打扰，包括你的丈夫。"何冬梅质问："你怎么这么说话！我求韩向军办过事，欠他的人情，难道我就非得跟他在一起吗？"何冬梅的谎话，让耿禹决定跟她离婚，他淡定地把两指放在嘴边嘘了一下说："女儿睡了，你小点声。"耿禹冷笑着接着说："我说你今晚跟韩向军在一起我是有证据的。你不仅今晚跟他在一起，9月11日那天晚间，你和韩向军在情缘酒店开了房，开房时因韩向军没带身份证，你便用你的身份证开的房。"耿禹的话犹如霹雳，震得何冬梅目瞪口呆，她站在卧室中间无所适从，脸上透着多种情绪纠结所形成的羞愤、尴尬和茫然。耿禹冷静地说："咱俩离婚吧。"

6

耿禹和何冬梅离婚办得很顺当。何冬梅自知理亏，加上耿禹供养女儿上大学，她净身出户回了娘家。耿芳菲对父母的离婚持强烈的反对态度，她的反对没有奏效后，便对父亲大声嚷着说："你这个男人是混蛋！你以工作忙碌为借口不仅不顾家，现如今竟彻底地把我和我妈抛弃；虽然你仍会供我念大学，可从今往后，我心里将没有你这个父亲！"耿禹显然不能把跟妻子离婚的原因告诉女儿，对女儿的责骂他只能默然承受。

原先狭小的家，如今在耿禹的眼里却变得空旷，他一回到家，就很伤感，就想哭。他大多的时间都在单位，他为了能在单位住，时常替别人值班。

以往耿禹虽常加班，但情绪低迷，长时间的不回家却是反常的。祁国军感觉耿禹的家庭出了问题。这天下午，他对来汇报工作的耿禹说："晚间没事吧，我请你吃饭。"

耿禹笑了下，"祁大队，你怎么想起找我吃饭呢？"

"看你最近工作挺辛劳的，犒劳一下你。"祁国军指着耿禹说，"你是不是该收拾一下仪表了，看你胡子拉碴的，衬衣那么脏。"

耿禹拽下衬衣领看了一眼，见白衣领已变成灰色，不免尴尬地说："我现在就回家收拾去。"

"去吧，6点你直接到利群牛肉馆就行了。"

耿禹晚间到了利群牛肉馆，见到单间里仅祁国军一人，诧异地问："怎么就咱俩？你只犒劳我呀？"

"当然，只犒劳你一人。"祁国军说，"你点菜吧。"

耿禹这段时间大多是饥一顿饱一顿的，他叫进服务员，不客气地点了自己爱吃的几个菜，还要了瓶丹江大曲酒。

酒菜上来后，两人喝了口酒，祁国军说："昨天上午市局召开科级以上干部大会，副市长、公安局长郑正义说，要在基层竞聘领导干部，并说这次在用人上，坚持唯才是举，以德为重的原则，公平公正地把有业务能力，又想干事的人安排到基层领导的岗位上。咱们刑警大队缺个副大队长，你应该试试。"

"领导干部在台上说的都好，可实际操作起来却不是那码事了。"一谈到仕途的进步，耿禹心里就堵，可他却不愿放弃进步的机会。他独自喝了口酒问："你看我这次行吗？"

"依我看，你是最好的副大队人选；业务能力、工作态度都没说的，你要是当上副大队，更能发挥你业务上的优势。"祁国军诚恳地说："你若能当上副大队，我在工作上也省力不少。"

曾两次竞聘领导岗位没成的耿禹，知道自己能否进步关键在于领导的意愿，他担忧地说："不知分局领导对我怎么看？"

"分局领导吗？"祁国军推测地说，"我知道你跟盛副局长有些隔阂，但我想不是问题；关键是一把手，在刘玉东那，我会推荐你。"

耿禹耳闻作为分局长的刘玉东要办事得需打点，他不由得说："我可没钱送礼。"

"你耿禹当警察兢兢业业二十余年，侦察破案、立功受奖全分局最多，赏也该赏给你个副科级了。"祁国军说，"以你耿禹的人品，你若花钱买官就作践了你自己；咱哥们不干花钱买官的勾当，我会全力支持你的竞聘。"

祁国军的话，使耿禹有了些自信，他端起酒杯说："多谢祁大队对我的赏识。"

"论年龄，你是我大哥；你这个当大哥的对老弟的支持和对工作的付出实在是太多了，我若不考虑你的仕途进步，我心里会愧疚的。"祁国军说，"来，咱俩干一个。"

耿禹心里感到些许温暖，爽快地跟祁国军干下杯中酒。

祁国军斟酒时，提到了想要了解的问题："你最近怎么很少回家？"

耿禹缓慢地点燃一支烟，说："我离婚了。"

祁国军吃惊地看了耿禹一会儿，说："我相信你的为人，即使你离婚，原因也不在你这里……"

丁毅已被祁国军调到了别的中队，他知道自己调离反扒中队是耿禹建议的结果，由此他跟耿禹有了更大的隔阂。

谁想在基层竞聘领导干部中竞聘哪个职位，已不是什么秘密。丁毅今年三十刚出头，他认为自己在刑警大队干得不怎么样，所以原本也没想要竞聘刑警大队副大队长的职务；可他听到耿禹要竞聘副大队长后，他不但当众说出，以耿禹的性格，他要是当上领导呀，这帮人都没法活了的话，还萌生出即使打不到鱼也要搅浑水的竞聘念头。

想升职得需要打点，这个丁毅可比耿禹明白。当然，丁毅不想掏自己腰包打点，他琢磨了半天，忽然想到两个月前，自己在北山跟小偷朴飞宇见面前，曾目睹一男一女在树林里苟且的场面，那男的不是给过自己名片吗？他好像是南江区副区长，他肯定会帮自己忙的。丁毅翻箱倒柜地找那副区长的名片，可无论是抽屉里还是衣柜里，都没有那副区长的名片。他恍然记得自己曾用手机把那对男女苟且的场面录了下来，他忙拿手机寻找那段录像，还好，那段录像还在，且影像清晰伴音清楚。

丁毅到了南江区政府，他在岗位公示栏里一眼就看到了手机录像里男人的照片，照片下写着：副区长，徐卫东。他又在公示栏里仔细瞧了半天，又找到了录像里女子的照片，女子是办公室副主任。

找到了找寻的目标，丁毅兴高采烈地吹起了口哨。

门口保安阻止说："政府机关严禁吹口哨。"

丁毅对保安笑了下，以示歉意，接着他问："徐卫东副区长办公室在哪？"

保安说："三楼301室。"

"谢了。"丁毅直奔三楼。

丁毅敲了两下301室虚掩的门，里边传来声音："请进。"

他推门进了去。

丁毅进屋先打量着办公室，徐卫东的办公室宽敞而雅致，四十多平方米的房间里铺着本色的实木地板；门对面的窗下，摆着几盆大花卉；室内右侧的靠墙处，是一排棕色的真皮沙发；沙发的前面便是徐卫东的大办公桌了，徐卫东面容端庄地坐在办公桌后的大靠椅上，他身旁有面鲜红的党旗；他身后是一溜书柜，书柜里满是文史方面的书籍；与书柜里的书籍相匹配的，是室内的墙上挂有几副装裱的字画。室内的一切，使丁毅感觉室内的主人难以与手机里的录像有联系。

徐卫东诧异地看着不同于其他来访者的丁毅问："你有事？"

"啊，"丁毅把目光转到徐卫东的身上说，"我有事。"

"请坐。"徐卫东指着沙发说。

丁毅没坐在沙发上，而是大咧咧地坐在办公桌前的椅子上说："徐副区长，你认得我吧？"

徐卫东显得有些厌烦："我不认识你。"

丁毅笑着提示："两个月前，咱俩在北山见过面。"

"是吗？"徐卫东没反应。

"我见你时，你和一个女的正忙活什么事。"

丁毅点得如此明了，徐卫东恍然想起来两个月前的北山一幕，他尴尬地皮笑肉不笑地说："你是南江分局的刑警。"

"对，我叫丁毅。"丁毅说，"那天你临走时给我张名片，让我有事找你。"

"你今天到我这来有什么事？"

"是这样……"丁毅坦然说出自己要竞聘刑警大队副大队长，让徐卫东帮忙的事。

徐卫东思忖了会儿，直言说："你这个忙我恐怕帮不上，你们南江分局虽然在南江区，但区里跟你们公安机关联系得少；况且我这个管农业的副区长即使帮你说话，你们分局长刘玉东也不一定理会。"

"我想你是终归能帮上我的。"丁毅大胆地说，"你可以赞助我点费用，我可以找刘玉东直接做工作。"

徐卫东吃惊地瞪着丁毅："你竟敢敲诈我？"

"我哪敢敲诈你呀，什么事都是你情我愿的，你看这段录像吧。"丁毅说着，在椅子上起身前倾着身子，手里拿着手机放着录像给徐卫东看。

当徐卫东真切地看到他跟属下的女同事苟且的场面时，脸上露出惶恐的神情……

7

丁毅在徐卫东手里得到两万元钱，回到单位后进了刘玉东的办公室，把装钱的信封扔到办公桌上说："刘局，我想竞聘刑警大队副大队长，望您给予关照。"刘玉东瞟了眼信封，爽快地点头，"我支持你。"

丁毅喜滋滋地从局长所在的二楼办公室回到了三楼刑警大队。祁国军在走廊里看到丁毅的神情，心里犯着嘀咕走进耿禹的办公室。他对耿禹说："刘局长那，你去没去呢？"

耿禹摇头："没去。"

"你怎么没去？"祁国军知道耿禹经济拮据，就说，"我已向刘局推荐你两次，但你还得跟他谈；你不要考虑别的，你的优势在于你的人品和你的工作能力，你提早跟刘局说过，他会心里有个数。"

"我明白。"

"那你现在就去。"

"急什么？"耿禹笑了下。

"难道你不知道吗？丁毅也要竞聘副大队。"祁国军说，"刚才我看他高兴的样子，就想他是不是找过刘局做工作了，由此我就对你担心。"

正在这时，贾永旭走进办公室。

耿禹不好再唠什么，就说了句："那好，我现在就过去。"便和祁国军一同出了办公室。

关于在竞聘刑警大队副大队长一事上，祁国军和耿禹对刘玉东所希冀的起码应有的公正，是以君子之心度小人之腹。刘玉东是不放过任何敛财机会的人，他不见钱财是不可能给耿禹机会的；况且在耿禹到他办公室之前，他已收下丁毅的两万元钱。所以当耿禹走进刘玉东办公室时，刘玉东不冷不热地问："到我这有事？"

耿禹在沙发上坐下说："刘局，基层领导快要竞聘了，我想竞聘刑警大队副大队长一职。"

刘玉东说："我知道，祁国军跟我说过。"

"我在南江分局虽工作了二十多年，可现在仍是科员；我年龄也较大，日后晋级的机会会越来越少，希望这次竞聘刘局能给予关照。我有一定的刑侦工作经验，我若能当上副大队长，在侦查破案上会更大地发挥我业务上的优势……"

刘玉东撕下温情脉脉的面纱，不耐烦地打断耿禹的话说："你别以为你能侦查破案就了不起，能干活的人，可以立功，可以当先进，但不一定适合当领导。"

听了刘玉东赤裸的话，耿禹顿感一股凉气沁入心肺，身体从外到里都是凉凉的！他怔住了。

刘玉东也觉得自己的话不妥切，他解释说："我说的意思是当领导要有一定的组织能力和协调能力……"

耿禹没听刘玉东的解释，他起身出了刘玉东的办公室。

半个月后，南江分局基层领导干部的竞聘，丁毅如愿以偿地当上了刑警大队副大队长。

8

副大队长没当成，耿禹很沮丧。他逢人就讲刘玉东对他说的话，"你别以为你能侦查破案就了不起，能干活的人，可以立功，可以当先进，但不一定适合当领导。"他牢骚满腹地发泄着内心的愤懑，"没见过这么黑的领导，竟露出如此赤裸贪婪的面孔，我要是给他送上钱，他就不会对我说能干活的人但不一定适合当领导的话了。"祁国军找他叹口气说："我没想到结果会这样！"他接着开导他说："什么事想开些吧，你牢骚话说多了，传到领导耳朵里不好。"耿禹急赤白脸地说："我遭遇如此不公的对待，难道还让我忍气吞声，不让我说话吗？"祁国军叹口气说："你别跟我吵。"耿禹因为听不进别人劝慰的话，反而得来别人送给他提前进入更年期的评语。

这天上午，浏览公安网的耿禹，在省厅网页上，看到省厅政治部组织全省公安系统立功人员和模范人物休养团到庐山休养的通知后，忙拿起内线电话打给政工科，说他要去休养。政工科的人说，得立过二等功以上荣誉的才符合休养条件，市局政治处的朱燕说："咱们分局没有够条件的。"耿禹说，"我立过二等功啊。"政工科的人敷衍说："那我就不知道怎么回事了，你还是问市局政治处吧。"耿禹拿起办公桌上的车钥匙离开了办公室。他要到市局当面向朱燕问个明白。

当正襟危坐的朱燕听了耿禹问把省厅组织的立功人员和模范人物休养团的名单是否上报后，就说名单已经报上去了。耿禹说："为什么没我？"朱燕诧异地打量着他说："你够条件吗？"耿禹对面前冷漠的年轻女警不满地说："我够不够条件，你们政治处还不知道吗？"朱燕说："起码知道够条件的没有你耿禹的名字。"朱燕的回答，让耿禹的怨气一下顶在了胸口，他大声说："我破大案的时候，你还没入警呢，我告诉你，2001年9月，我破获了发生在东河市黑台镇杀死一家四人，抢劫4000余元钱，省厅挂牌督办的"1996.6.6"特大杀人案件；2011年6月，我破获了发生在南江区北山公园杀死两人的"2010.5.12"特大杀人案……我立过两次二等功、五次三等功、还被省厅评为破案能手等诸多荣誉；难道我不够休养的条件吗？"朱燕边听着耿禹的话，边在电脑上查询着说："你立过三等功的记载这里都有，你几个月前破的在北山杀死两人的那起杀人案，给你报二等功了，不过省厅还没有批下来。"耿禹说："那么说我十多年前立的二等功，你们就无端地把立功档案给我弄没了。"朱燕对耿禹几分钟前说的话反唇相讥说："就像你说的，你破大案时，我还没入警呢，以前的事我不知道。"耿禹气得怒目相向，嘴里迸出，"你他妈的……"朱燕有些怕地指着耿禹说："你、你想怎么的？"耿禹压抑着内心的恼怒不再说什么，转身出了朱燕的办公室。

朱燕被耿禹的言语惹恼，她打电话给南江分局局长刘玉东，告了耿禹一状，说耿禹在政治处撒野骂人。

耿禹在开车回分局的路上，接到了南方商城的一个商贩打来的电话，说是黑子进了南方商城。黑子曾偷过打举报电话的商贩的钱，也是耿禹要抓的负案在身的老贼，耿禹心想这次一定不能让黑子逃脱。他加大油门向南方商城驶去。

耿禹进了南方商城，问在门口卖水果的中年男子，黑子下手了吗？中年男子说，看他对一个妇女下手了，而后往里走了。耿禹点下头，向商城里走去。

黑子犹如一条警犬，嗅觉特灵，当耿禹在十余米开外观察他时，他就觉出了什么；他像想起一件要办的急事似的，离开他跟踪的一个老者，向门口走去。

耿禹岂能放过他，他在门口截住了黑子，他掏出手铐刚戴上了对方一只手，黑子就挣脱着叫喊："警察打人了，还无端给人戴手铐。"

黑子的叫喊惹来几个看热闹的人。

耿禹麻利地掏出黑子衣兜里的两个女式钱包举起说："这是这人偷的钱包，我在执行公务抓小偷。"

门口的保安一见警察在抓小偷，就过来帮忙。

黑子本以为耿禹没抓到他的扒窃现行，自己一闹想趁机逃脱；可他见耿禹抓住了他的把柄，并且身边还围了保安，只得耷拉下脑袋。

耿禹虽顺利地把黑子带回了单位，可却难以撬开黑子的嘴。黑子是一问三不知，即使问他在抓他的过程中从他衣兜里翻出的钱包是偷谁的，他竟抵赖说这钱包不知是哪来的。

耿禹像变了个人似的，失去了往日的耐心，他把黑子双手背铐在椅背上，对他动起手来。几个耳光下去，黑子面颊通红地跟耿禹叫喊："你还能打死我呀？"

耿禹用手指点着黑子的额头，厉声说："我不能打死你，但我会让你生不如死……"

耿禹审讯黑子的声音，让因朱燕告状而要找耿禹的祁国军在走廊听到，他推开耿禹的办公室，见耿禹脸色铁青，犹如一头暴怒的狮子，正拽着黑子的头发问话。

祁国军沉着脸说："耿禹，你出来。"

耿禹没注意祁国军的脸色，他把黑子交给贾永旭说："你给我接着问，对他别客气。"

祁国军把耿禹领到自己的办公室，质问耿禹："你想干什么？"

耿禹说："不给这小子来点硬的，他不会交代的。"

祁国军没听耿禹的解释，他指着耿禹喝令："我现在准你休假，你马上把枪交给我回家。"

祁国军没有跟耿禹如此严厉过，耿禹不知所措。

"我说话你没听清吗？"祁国军缓和下口气说，"以你现在的情绪再工作，会出大问题。再一个，你明天到市局政治处给朱燕赔礼道歉。"

耿禹始料未及地说："怎么，我、我还给她赔礼道歉？"

"让你去你就去，依刘玉东的意思还想给你警告处分呢。"

耿禹激动地问："凭什么呀？"

"你竞聘没成所发的牢骚话，塞满了刘玉东的耳朵；他接到政治处朱燕告你状的电话后，他就想借此机会整你。"祁国军说，"你休假避下风头。"

耿禹慨然地摇下头，无语地从腰间掏出"77"式手枪……

柯晓燕开车上班在医学院大门口，把拿着书本、低头走道的耿芳菲刮倒在地。柯晓燕忙下车把耿芳菲扶起，问，"伤着没有？"她见耿芳菲的左腿有表皮擦伤，就要领她到医院检查。耿芳菲活动下左腿，见无大碍，就说不用上医院，自己得去上课了。柯晓燕和耿芳菲相互留下了联系方式，柯晓燕对耿芳菲说："你身体若有什么不适，要及时给我打电话。"耿芳菲点下头走了。

柯晓燕到了办公室，觉得耿芳菲的名字自己曾听说过，她在手机上找出耿芳菲所留的电话号，同时也显示出了耿禹的手机号。手机上两个耿姓的电话号，让柯晓燕想起耿禹曾找过自己给女儿调系的事。她拨通了耿禹的手机问，"你女儿叫耿芳菲吧？"耿禹说："对，怎么你见到我女儿了？"柯晓燕说："我刚才见到她了，对不起的是，我开车进校门时，刮碰到了你女儿？"耿禹忙问，"没什么事吧？"柯晓燕说："没什么大碍，她上课去了。"耿禹"啊"了一声说："你若不打电话提起我女儿,我差点忘了,该到学校给她送生活费了。"柯晓燕说:"你到学校,来我办公室坐会儿吧。"耿禹说:"好的。"

下午的时候,柯晓燕惦记耿芳菲,便到学生宿舍去看她。当柯晓燕迈进学生宿舍一楼的大厅时,不曾想看见了这样的一幕,耿禹站在楼梯口处,耿芳菲从楼梯上缓步而下。耿禹见到女儿高兴地问,"姑娘,最近学习忙吗?"耿芳菲把脸扭向一边应答:"还可以吧。"耿芳菲没有直视父亲,耿禹商量着说:"姑娘,没事的话,跟爸出去走走吧,晚间请你吃好吃的。"耿芳菲说:"没时间。"耿禹有些泄气地低下头,从裤兜里掏出一卷钱递给女儿说:"这个月我多给你拿 300 元钱,想吃些什么就自己买。"耿芳菲接过钱,转身就往楼上奔。耿禹在她身后说:"有事给爸打电话。"可耿芳菲犹如没听见父亲的话似的,连头都没回,消失了楼梯的拐弯处。

耿禹像是因做错事被老师训斥过的小学生,低头原地反省了半天,才向宿舍外走去。眼前极不和谐的一幕,使作为心理学教授的柯晓燕惊诧,为什么坚定、果敢、锐气四射的身为警察的父亲,在女儿面前竟表现出如此的卑微,甚至是怯懦!而本应阳光、快乐、热爱父母的女儿,怎么会对来看自己的父亲表现出如此不近情理的不恭,甚至带着缺起码教养的冷漠!还有让柯晓燕惊诧的是耿禹的那张脸,当低头走近柯晓燕的耿禹,听到柯晓燕呼唤而抬起头时,在她身前的竟是一张灰暗得像是长时间没洗的面容,还有长满浓密胡须的面颊和通红且又浑浊的眼神;这张类似于街头乞丐般、透着愁苦和落魄的脸,一览无遗地展现在柯晓燕的面前。柯晓燕感觉叫错人了,有些不敢相认地望着耿禹。

耿禹没想到柯晓燕会出现在学生宿舍门口,他颇感意外地说:"原来是柯教授。"

柯晓燕说:"我来这办点事。"

"那你忙你的。"

柯晓燕此时已没有了对耿芳菲的惦记,她说:"事情办完了。"她接着问,"看女儿来了?"

"啊,是,我看女儿来了。"耿禹支吾了下,而后故作轻松地笑着说:"我给女儿送生活费来了。"

"你女儿不经常回家吗?"

"我搞案子没日没夜的,她妈妈还经常出差……"耿禹突然想到跟自己离婚的何冬梅就在医学院图书馆,日后说不上柯晓燕会认识,自己不应这么掩饰,他的话戛然而止。

刚才的一幕,加上耿禹说的一半的话,已使柯晓燕觉得耿禹的家庭不正常,她为了不使耿禹尴尬,忙附和着说:"原来是这样。"她又说:"到我办公室坐坐吧。"

耿禹说:"好吧。"

柯晓燕没把耿禹领到办公室,而是把他领进心理咨询室。

耿禹看着心里咨询室那张类似于办公桌的案子、窗户上拉着的纱帘、两张舒适的沙发及沙发中间的茶几上摆放的小盆栽和纸巾盒,还有案子前的躺椅,不由得说:"我记得办公室不是这样的,这间办公室挺特别。"

"坐吧。"柯晓燕把耿禹让座在沙发上,而后把瓶纯净水放到他跟前说:"我这没有茶水。"

耿禹拧开纯净水,呷了一口说:"我有神经衰弱,是很少喝茶的,怕睡不着觉。"

柯晓燕坐在另一张沙发上问:"我看你今天难得清闲。"

耿禹说:"我近段时间休假。"

"你们的工作挺忙碌的,搞起案件来,有时内心也难免焦虑,休假心情能放松些吧?"

耿禹停顿了下,说:"心情是能放松些。"

柯晓燕觉察出,耿禹的停顿,是为了不易让人发现地叹了口气。她问:"你有心事?"

"心事?"耿禹僵硬地笑了下,"什么心事?"

柯晓燕直视着耿禹:"确切地说,你的生活出现了困境。"

耿禹听了柯晓燕的话,像是对方窥见了他的隐私似的,心里一激灵,沉默地看着柯晓燕。柯晓燕清秀的面庞,有种若有若无的笑。她无框眼镜后的目光,透着淡定与和煦。

"其实我们每个人都有不如意的时候。"柯晓燕打破沉默说,"其实人走出困境,就是心里自救的过程……"

耿禹装作轻松的样子,打断柯晓燕的话,带着调侃说:"那么说,我若有困境的话,你能帮我自救了?"

柯晓燕不知为什么想起了对自己伤害最大、以到美国留学为名离她而去的丈夫,她说:"我丈夫出国离我而去的时候,我曾经也一度消沉。"她接着豁达地笑着说:"我当然可以帮你自救。"

柯晓燕的真诚,使耿禹哑言,也打动了他。此时他内心中压抑着诸多不良的情绪,犹如一浪高过一浪的波涛涌到胸口。

柯晓燕想的是如何把耿禹内心不良的情绪释放出来,只有他释放出不良情绪,才有可能使他的思想有所转变。她说了个敏感的话题:"我相信你是个好父亲,你女儿也应当是个听话的孩子,可我刚才看到……"

"我是个不称职的父亲,我是个失败的人。"耿禹打断柯晓燕的话,再也抑制不住内心的情绪,泪雨滂沱地哭了起来。

房间里只有耿禹呜呜的哭声。柯晓燕虽预感到耿禹遭遇心理困境,但她没料到耿禹竟哭得如此伤悲和委屈。

过了3分钟,耿禹停止了哭泣。柯晓燕从纸巾盒里掏出几张纸巾递给耿禹,耿禹擦下眼睛,尴尬地笑着说:"不好意思柯教授,我……"耿禹说了一半话,不置可否地摇下头。

"喝口水吧。"柯晓燕说,"你是个好警察,我想,你也能成为我的好朋友;你有什么委屈的事,不妨说给我听。"

刚才的哭泣,让耿禹心里轻松了;虽然耿禹对柯晓燕是信任的,但他不想把有伤自尊的事告诉柯晓燕。耿禹看下手表,从沙发上起身说:"现在四点半了,你也快下班了,我们改天聊吧。"

"好吧,"柯晓燕开导地说,"其实我们心理困境的产生,并不只是由于失败和挫折,而往往是认识上的偏颇和片面,人们总是用歪曲的认知来自己虐待自己,自己摧残自己,自己伤害自己,自己打倒自己。"

耿禹若有所悟地说:"谢谢你,柯教授。"

9

这天早上,耿禹一打开手机,就接到了柯晓燕发来的短信:"人生就像一个硬盘,烦恼可以删除,快乐可以拷贝。祝你有个好心情!"耿禹感觉到些许温馨,他脑海中浮现出柯晓燕清秀的面庞。

就在耿禹出门坐在早点摊边刚端起一碗面条时,祁国军打来电话,说南江区三天前发生一起杀人案,让耿禹上班办案子。祁国军的电话,引发了耿禹不满的情绪,他拿着手机嚷着,"我假没休完,上什么班!发了杀人案,让不懂业务又提职的人去办好了。干活想起我来了,提职怎么不考虑我呢?"发了牢骚,耿禹没等祁国军说什么,就挂断了手机。

祁国军给耿禹发来条短信:"你跟我说这些没用的,你混蛋!"

祁国军的短信,让耿禹猛然觉得自己做得很不对,作为刑警大队长的祁国军,对自己还是可以的;正是他的赏识和鼓励,自己才竞聘刑警大队副大队长一职,自己仕途的挫折,与他是没有关系的,根本原因很简单,就是自己没有给分局长刘玉东送钱。祁国军说得对,自己向他发脾气,真是混蛋。

祁国军的电话没起作用,可他的短信,却犹如一道命令。耿禹扔下只吃了几口的面条,离开早点摊,挥手打了辆出租车向南江分局驶去。

耿禹进了祁国军的办公室,祁国军打量他一眼:"在家休了段时间,变利索了。"

耿禹说:"我原先不利索,都是让单位害的,整天加班加点,哪有时间收拾自己。"

祁国军指着耿禹:"你现在一说话就带怨言。"

"带怨言怎么啦?"耿禹坐在沙发上转了个话题,"说杀人案的案情吧。"

祁国军打开办公桌上的笔记本说:"10月23日晚,铁北派出所管内西海林大街发生一起杀人案；死者叫温连生，42岁，是黄花木器厂的工人，住铁北派出所管内。他的妻子叫田凤鞠，是近郊二道河乡小学的教导主任。案发那天下午木器厂开工资，温连生的家里人等到他半夜还没有回来，给他打电话，电话却没人接。没想到他被害了，他兜里约2500元的工资没有了。他的颅骨的乳突处被钝器击打造成坍塌，致使颅内出血死亡。"

"谁报的案？"

"是个出租车司机。凌晨1点，出租车司机开车刮碰到了在道边上的死者的自行车，他下车查看，发现了死者。"

"温连生家里的情况怎么样？"

"据派出所片警介绍，温连生的家里没什么问题，夫妻和睦，邻里关系融洽，温连生平时也没什么不良的嗜好。他接触的人，除了单位的同事，就是邻里。"

"前期咱们都做了什么工作？"

"现场显示出的明显迹象是侵财性质的路劫，大家开始对有打劫劣迹的人员以及流动人口进行排查。谁知排查了三天竟毫无结果。"祁国军说，"由于是横尸于公路上的凶杀案，影响面较大，使附近的居民人心惶惶，有的人直接把电话打到公安局询问情况。市委、市政府也督促公安局尽快破案。"

"卷宗在哪？"

"卷宗在贾永旭那儿，下午召开案情分析会，你要做发言。"

"那好，我看了卷宗再到现场看看。"

耿禹离开时，祁国军在他身后说："其实我真想让你休完假上班，但没办法。"

耿禹像没听见祁国军话似的，径直出了办公室。

下午的案情分析会上，耿禹说："'10·23案件'从表面上看，以侵财为目的的侦察方向没有错，现在案子没有突破性的进展，我看有两个方面的可能，一方面，如果侦察方向正确的话，我们或许做得不够细，没有把实情兜上来；再一个就是案犯流窜作案，没有在咱们排查的区域内，案子自然就破不了。另一方面是，案件的侦察方向错了，案犯抢走被害者的钱财，目的是混淆咱们的视线，案犯的目的就是杀人，仇杀、情杀都有可能。"

一贯不满耿禹的丁毅，此时似乎抓到了耿禹的把柄，带有攻击性地说："现场的情况已证实就是路劫，再则被害者接触人员单一，家庭和睦；怎么能引起仇杀和情杀？案发时，副市长、公安局长郑正义到现场也说是路劫，郑正义可是刑侦专家出身，难道你耿禹的刑侦业务能力……"

祁国军打断丁毅的话，气愤地说："丁毅，你什么意思？耿禹说的我认为有道理，你认为他说的没道理，那你把案件破了给我看看。"

丁毅不再言语，把头扭向了别处。

"下步的工作主要往仇杀和情杀上靠。"祁国军说，"专案组的具体工作由耿禹负责。"

耿禹把侦察员撒下去后，并没有发现新的情况，被害者家庭和睦，没有复杂的关系。耿禹了解到，被害者的妻子田凤鞠曾被所在学校已病退的原校长宋立志看上过，她不为所动，宋立志仍对她黏黏糊糊的，她当着别人的面，给了宋立志一个大嘴巴子。他问到田凤菊学校调查的侦察员，"田凤菊当教导主任，是宋立志在职时当的，还是他下台后当的？"侦察员没回答上来。他让侦察员接着查。侦察员很快反馈，田凤鞠是宋立志下台后当的教导主任，宋立志黏糊她的事被乡里知道了，二道河乡范得意乡长就把宋立志校长的职务给免了，原教导主任当了校长，她就当了教导主任。耿禹又让侦察员了解范得意的生活作风情况，范得意的情况也很快反馈回来，范得意两年前因婚外情跟妻子离婚，现单身。

耿禹笑着说："有点意思。"接着他对贾永旭说："跟我找宋立志了解情况去。"

两人顺利地找到了宋立志，宋立志虽不能确定田凤鞠与范得意有暧昧关系，但他说两人关系不错，田凤鞠能当上教导主任，就是范得意提拔的。

耿禹返回分局，开了张传唤证就领人去传唤田凤鞠。可到了田凤鞠的家里，只有田凤鞠15岁的儿子和他的叔叔在家，15岁的孩子哭哭啼啼地递给耿禹一张纸说："我中午放学回家，就不见了我妈，只见到我妈留下的这张遗书。"

耿禹看了遗书，上面说丈夫死得冤枉，自己也不想苟活于世，要随他一起去……

本已对田凤鞠产生怀疑的耿禹，打电话跟祁国军汇报说："丈夫被害没几天，做妻子的就抛弃儿子想自杀，这不合情理，只能说明她事后自责和做贼心虚。"

祁国军推断说："说不定她隐藏在范得意那里。"

耿禹说："我们现在就传唤范得意，接着去他的家里看看。"

当在乡政府里传唤范得意时，范得意骂骂咧咧地说："你们警察没吃错药吧，传我干什么？"

耿禹观察着范得意，范得意虽然面上张狂，可眼神却有些游离。耿禹认为，案子有眉目了。

耿禹让侦察员把范得意押回分局，同时他又领几个侦察员到了范得意家。

在范得意家，没有找到田凤鞠。耿禹思忖，范得意不缺钱，他说不定在市里还有其他住房。他们在市房产部门查到，在市中心的繁华商业区，范得意还有一套不为外人知晓的住宅。

当耿禹拿着范得意的钥匙打开房门时，田凤鞠正站立在房门门口……

温连生和田凤鞠是很不理想的婚姻组合，当初两人走到一起，仅仅出于"双方都是双职工"的经济考虑。田凤鞠是有一定文化的清高的女人，随着时间的推移，温连生的内向和平庸，使田凤鞠产生了厌烦。特别是宋立志校长对田凤鞠的骚扰，田凤鞠跟温连生说了，她让温连生去警告宋立志，而温连生却说，"在人家手下干活，警告个啥，自己躲着点就得了。"田凤鞠一听温连生这话，便对温连生彻底失望了，田凤鞠对温连生连吵的心情都没有，两人生活得很平静，而婚姻已经死亡了。随后，范得意走入了田凤鞠的生活，田凤鞠感谢范得意给她主持的正义和在事业上对她的支持。精明的范得意，说话做事总是让田凤鞠心旷神怡。久了，两人便暗中成了情人。范得意唆使田凤鞠离婚，田凤鞠说，依温连生的性格，他肯定不会离婚的，再则离婚也会影响自己在学校中的威信，如果是寡妇改嫁，那就名正言顺了。田凤鞠有了恶念，情迷中的范得意把这恶念变为恶行，他自认为，自己和田凤鞠交往隐秘，无人知晓，自己又是个乡长，杀了人，也不会怀疑到自己的头上。不成想，他的如意算盘落空了。

案子破了，祁国军对耿禹说："现在别的分局都有没破的命案，就南江分局没有；这起命案如果你不参与侦破的话，我看就得成为积案了。"

面对夸奖，耿禹只是苦笑了下。

祁国军当然明了，难以提职，是耿禹苦笑的原因，他帮着出主意说："你这样，你写个关于你职级待遇问题的情况反映给郑正义。我就不信，你这么能干活的人，连个副科级都提不上？"

耿禹点头："好，我写。"

10

耿禹虽在祁国军面前说要把自己职级待遇问题的情况反映给郑正义，可过后又觉得即使写了递上去也希望不大。不过耿禹在"平安雪城"专项行动动员大会上听了郑正义的讲话后，就转变了想法，他认为郑正义能客观公正地看待问题。郑正义说，丹江市社会治安总体状况很不乐观，抢劫盗窃案频发；各分局除了南江分局能够及时侦破命案外，都背负近期没破的命案。为此，经局党委研究决定，并上报市政府批准，全市公安机关将从11月1日至明年3月30日，将开展"平安雪城"专项行动；严厉打击"两抢一盗"案件，并争取破获近期所有命案……当讲到目前妨碍公务等不尽如意的执法现状时，郑正义说，"必须依法坚决打击暴力袭警的违法犯罪行为，公开进行处理，造成以正压邪的强大声势……日后，别说是殴打警察，就是辱骂警察的，也要给予治安拘留。警察辛苦工作可以，但绝不能憋屈地工作……"郑正义的讲话，引来台下雷鸣般的掌声。

郑正义的那句"警察辛苦工作可以，但绝不能憋屈地工作"的话，让平常遇会就躲避的耿禹很感动。他从党政办公中心会场开车往南江分局驶时，对在车上的祁国军说："郑正义不愧是业务出身的领导，不像有些政客似的，什么社会治安的好坏，什么民警的死活，都跟他没关系；那些政客说的都是面上的话，做的都是敷衍的事，而实际考虑的是怎么能在任期内捞更多的钱。"

"你一开口就是牢骚话。"祁国军说，"我让你写的关于你职级待遇的情况反映，你写了没？"

耿禹说："还没写，不过我今晚值班就写。"

晚间值班，耿禹在电脑上打出了自己的诉求：

关于耿禹职级待遇问题的情况反映

尊敬的局领导：

我叫耿禹，1964年9月生人，中共党员，大学文化；1986年8月加入公安队伍，现在南江分局刑警大队工作。

因我现是科员民警，我以我对公安工作所作出的成绩，冒昧地向局领导提出诉求，相应地提高我的职级待遇。为了便于局领导对我有所了解，我对我的工作做如下简要综述：

我从警20余年来，始终在公安一线实战单位工作。在工作中，我任劳任怨，积极肯干，没有出现过违纪行为和责任事故。现举工作上两个事例，1991年6月，我不顾生命危险，成功抓捕持枪绑架他人的在逃犯李铁全；2001年9月，我通过在看守所审讯犯罪嫌疑人，深挖案件线索，破获了发生在东河市黑台镇杀死一家四人，抢劫4000余元钱，省厅挂牌督办的"1996.6.6"案件；2011年10月，我带头破获了发生在南江区西海林大街上的"10.23"杀人案……由于我出色的工作，曾荣获丹江市政法系统先进工作者、省公安厅破案能手等称号，并荣立个人二等功两次，三等功五次。我在工作上取得的荣誉，目前是南江分局民警中最高的。

虽然我自身一直在追求人生的发展，也作出了相应的成绩，可我的职级待遇，并没有因我的努力而有所改变，现在仍是科员……

我做人是低调的，更是不愿给局领导添麻烦的人；可如果我不反映我的情况，局领导肯定不会了解我的情况；所以犹豫再三，写下以上文字。我相信局领导对基层民警的合理诉求定会予以关注。

此致

敬礼

丹江市公安局南江分局民警　耿禹
2011 年 10 月 30 日

耿禹第二天到市局，把写的关于自己职级待遇问题的情况反映打印成稿，交给了郑正义的秘书。

耿禹交给郑正义秘书的关于自己职级待遇的情况反映，过去了一个多月都没音讯。耿禹心中腾起的希冀，又被打压了下去。祁国军劝慰他说："不要急，只要郑正义看了你的情况反映，你提职的事，肯定没问题。"耿禹苦笑着说："别石沉大海就好。"

这天下午，耿禹和贾永旭巡逻到医学院门口，遇见了柯晓燕。耿禹和柯晓燕打了个招呼，接着把贾永旭介绍给她。贾永旭见两人挺热络，就借口说买盒烟，离开了两人。

耿禹身着的警服及所佩戴的单警装备，使他俊逸的脸上透着股威仪。柯晓燕盯着他说："没见你这么精神过。"

耿禹有些腼腆地说："快 50 岁的人了，哪还谈什么精神呀。"

"真的挺精神的。"柯晓燕问，"你们刑警也巡逻呀？"

"全市公安机关开展'平安雪城'专项行动，我们公安民警都得上街巡逻。"

"今晚有时间吗？"柯晓燕说，"我请你吃饭。"

"今晚恐怕……"耿禹见柯晓燕带有失望的神情，就缓和口气说，"这样，我晚间方便的话，给你打电话。"

"好。"柯晓燕说，"你没进学校看看你女儿呀？"

"我这巡逻也是工作，不方便。"耿禹说，"你这是到哪儿去？我车就在附近，要不我开车送你。"

"我到医学院附属医院看个病人,几步远的路,不用送。你忙你的吧。"

"晚间等我电话吧。"

柯晓燕脸上带着些许暧昧,微笑着走了。

耿禹用饶有意味的目光望着柯晓燕远去。

晚间5点,耿禹和贾永旭根据群众事先举报,到一小区抓捕逃犯,结果扑空。耿禹给柯晓燕打电话说可以和她吃饭。柯晓燕说上绿茵阁吃西餐吧。耿禹说10分钟后到。

耿禹到绿茵阁西餐厅时,柯晓燕已在靠窗的位置等他。耿禹上前坐下说:"不好意思,来晚了。"柯晓燕说:"我也是刚到。"柯晓燕让服务员把菜单拿给耿禹,让他点菜。耿禹说:"我极少到西餐厅,还是你点吧。"柯晓燕大致翻了下菜单,就点了香草煎蛋卷烘、烤鸡肉、红烧宰牛等几个菜。耿禹说点这么多菜吃不了。柯晓燕说慢慢吃嘛。

耿禹上趟卫生间的工夫,见桌上已摆上两个菜,柯晓燕正拿瓶红酒往自己位置上的酒杯里斟。

耿禹忙对柯晓燕悄声说:"我刚才抓人没抓着直接就到这儿了,我身上带有枪支,是不能喝酒的。"

"这可是法国奥登堡红酒,是我到香港旅游时买回来的,存有10年了。"柯晓燕说,"你不说谁知道你身上带着什么,少喝点。"

"不行。"耿禹脸上透着坚决。

"那好吧。"柯晓燕扭身招呼服务员上咖啡。

服务员端上咖啡,于是两人就一个喝咖啡,一个喝红酒边吃边聊起来。柯晓燕说:"你女儿耿芳菲很沉郁。"耿禹自责地说:"都怪我这个当父亲的不好。"柯晓燕说:"你是个好父亲,你女儿会逐渐理解你的。"耿禹摇头说:"你不了解我女儿沉郁的原因。"柯晓燕说:"我了解,你女儿的沉郁,无非是她埋怨你这个当父亲的对她关爱不够,还有她自认为你抛弃了她和她母亲。"柯晓燕的话,使耿禹瞪着眼睛盯着她。柯晓燕神情不变地说:"我跟你女儿谈过,再则我也知道你离婚的妻子在我单位图书馆工作。"耿禹说:"你都知道了。"柯晓燕说:"乍开始我知道得不多,直到上个星期我才知道的多些。"耿禹问:"你都知道了什么?"柯晓燕说:"我知道了你妻子跟你离婚的原因,也知道了你女儿对你的埋怨里有太多的误解。"耿禹问,"你说的这些,你是怎么知道的?"柯晓燕说:"很简单,通过对你女儿的多次心理开导,得知了她思想症结所在;还有,你离婚的妻子何冬梅上个星期天跟医学院副院长韩向军结婚了。"

虽然耿禹和柯晓燕有那么一层意思,但柯晓燕的话,仍犹如当头一棒,击得耿禹手足无措,头脑浑然。他把叉子插进咖啡杯,险些把咖啡弄洒;他接着把叉子扔在餐桌上,木讷地靠在软椅上。

"你没事吧?"柯晓燕说,"或许我不该把有些事告诉你。"她踌躇下又说:"这事你早晚也得知道,我知道你心里的痛苦和纠结。"

"我该走了。"耿禹没有理会柯晓燕的话,扔下她一人,头也不回地出了绿茵阁西餐厅。

耿禹回到家里,拿起瓶白酒,咕咚咚地喝下一大口。他仰在沙发上流着泪自言自语:"何冬梅呀!何冬梅!你我夫妻二十多年,我们还有个女儿;即使我跟你离了婚,可我多么想咱俩相互反省后,我跟你复婚好好过日子呀!你怎么这么无情地彻底离我而去呀!"

诸多因素形成的一种深重的绝望,加上酒精的作用,促使耿禹从腰际掏出"77"式手枪,对准了自己头部的太阳穴。

耿禹闭着眼睛扣动了扳机护圈,随着咔嚓的声响,子弹推上了膛。就在此时,他脑海里倏然闪现出女儿小时候可爱的模样。他扪心自问,"我死了,上大学的女儿怎么办?"

耿禹无力地垂下拿枪的手。

11

深夜下起了漫天大雪,在空旷的街面上,一辆警车闪烁着警灯停在路边。

在警车里,贾永旭打了个哈欠,看了下手表对耿禹说:"这刚11

点。这么晚了,大街上少有行人;你说咱们还得巡逻到 12 点,这岂不就是走形式。"

"巡逻还是起作用的;我每天都看警情日报,自'平安雪城'专项行动开展一个月以来,刑事案件的发案率在逐渐下降,原先市区每天都发 30 余起刑事案件,现在是不到 20 起。"耿禹用力吸了两口烟,把烟蒂捻灭在烟灰缸里说:"困了,下车走走吧。"

两人下了警车,朝一条灯光幽暗的胡同走去。

贾永旭伸出双手接了些雪花,抹了把脸:"好清凉,不到外边,就得在车里睡着了。"

耿禹指着贾永旭敞开的警用大衣说:"把扣子扣上,别感冒了。"

贾永旭扣着扣子说:"耿队,你知道吗?今天下午,市局纪检委来人找丁副大队谈话了。"

耿禹早有预感,以丁毅的德行,他被纪检委调查是迟早的事,他问,"纪检委找丁副大队什么事?"

"下午我到二楼找局领导批材料,路过小会议室时听见里面有吵声,我就侧耳听了下。"贾永旭说:"纪检委好像问丁副大队在帝豪夜总会吸毒的事。他说他从不接触毒品,他还说,前天在帝豪夜总会也不是他一个人,分局长刘玉东也去了,凭什么只查他。"

"你还听到什么了?"

"我也不能在小会议室外长待呀,听到这几句就走了。"

耿禹以为丁毅被调查是因为受贿、勒索等违纪行为,没想到竟弄出了毒品的事,并牵扯到刘玉东。他不仅感慨地说:"做人还是本分的好!"

"滴滴",身后一辆出租车的鸣笛打断了两个人的谈话,两人往道边挪了几步。出租车从两人身边驶过。

出租车在两人前 50 米处停下,一个女子下了车向旁边一栋楼走去。忽然,一个黑影在楼边的暗处窜出来抢女子身上的挎包,把女子拽倒在地。

女子大声呼救:"救命啊!救命啊!"

两人见状,边向前奔边大喊:"警察,住手。"

黑影并没有住手，而是抢下女人的挎包，向两人相反的方向逃去。

两人在黑影后紧追不舍。

黑影很能跑，两人追出 1000 余米也没能追上。贾永旭掏出手枪朝天鸣了两枪。黑影听到枪声，脚下慌乱滑倒在地。

就在黑影跟跄地起来时，耿禹手拿手铐已近对方的跟前。可不曾想到的是，黑影猝不及防地掏出把匕首捅向了耿禹。

耿禹只见眼前一道光亮，便觉得匕首凉哇哇地进了自己的体内。他临倒下喊了声："小贾，开枪。"

"砰砰"随着两声清脆的枪响，黑影随之倒下……

12

耿禹犹如在梦中，他感觉很累，他想这么长久地睡下去真好，没有情感的失落，没有仕途的落魄，没有了一个案子接一个案子的奔波，没有了一切牵挂……他虽然这么认为，可他仍旧放心不下自己的女儿，他心里说，"女儿呀女儿！爸太累了，就这么长睡不醒了，日后你的学习、你的生活就得多靠你自己努力了……"他有很多话要对女儿说，可他觉得自己哽咽的说不下去了。他问自己："自己不是在梦中吗？怎么会哽咽？"就在他问自己时，他又感觉自己醒了，一丝光亮透过他的眼帘，他的眼睛似乎也有人在轻柔地擦拭。

耿禹终于睁开了眼睛，他第一眼看见一个漂亮的女护士正擦拭着他眼边的泪水。护士惊喜地说："病人醒了！"

祁国军出现在耿禹的眼前，他在耿禹跟前晃动了几下手，见耿禹眼球有所反应，才长吁一口气说："你知道吗？你昏迷了一个星期，我们还以为你没救了呢，直到两天前大夫说你生命体征平稳，让护士把你从重症监护室推出来，我们才把心放下。"

"我感觉像是睡了一个长觉。"耿禹问，"那个抢劫犯抓到没有？"

"那个抢劫犯被贾永旭当场开枪击毙了，后来经查证，那个抢劫犯是身负命案的公安部 B 级逃犯。"

"怪不得那个抢劫犯如此猖狂。"耿禹活动下头部，才发现自己躺在一间宽敞的病房里，四周满是鲜花和果品。如此的礼遇，让他神情透着惊诧。

"你现在已是这个城市的英雄人物了，省市媒体的记者已纷纷赶来等着采访你。"祁国军说，"你的那封关于自己职级待遇的情况反映也已有了结果，副市长兼公安局长郑正义已在你的情况反映上作了批示，最近市局政治处正在分局对你进行考察，准备给你提职为市局刑警支队一大队副大队长……"

"爸爸！"随着门被推开，一声亲切的叫声打断了祁国军的话。

耿禹眼睛透着欢喜，他见耿芳菲和柯晓燕走了进来。

耿芳菲伏在耿禹的身上，羞愧而又伤感地说："爸爸，我对不起您！"

柯晓燕笑盈盈地注视着父女俩。

一股从没有过的暖意拂过耿禹的心头，他脸上露出了欣慰的笑。

为爱而行

1

大肚川乡派出所的片警何启云开着捷达车到了河西村的邹香霞家。

何启云是刚参加工作的新警,长得帅气且脸上总带着笑意。他问在院里择菜的邹香霞:"大婶,听说你家来亲戚了?在这常住吗?"

"是啊,我妹妹从贵州来到了我家,"邹香霞说,"会住段日子。"

"你妹妹是一家人来的吧?"

"是一家人来的。"邹向霞扭头冲屋内喊了声,"邹香萍,你出来一下。"

邹香萍从屋内走了出来,何启云打量了一眼邹香萍,见她容貌端庄,面色平淡。

邹香霞说:"她就是我妹妹。"

"按照我们公安机关的规定,对外来常住人口要实施登记。"何启云从背包里掏出本子跟邹香萍说,"你把你和你家人的姓名、年龄和原住址告诉我。"

邹香萍说:"我叫邹香萍,我丈夫叫乔桂生,女儿叫乔英,原住址是贵州省……"

何启云问邹香萍丈夫和女儿在不？邹香萍说都到县城干活去了，丈夫会木工活，给人家装修房子，女儿在利来大酒店打工。何启云问两人的联系方式。邹香萍说不记得他爷俩的电话了，有事的话他俩往家里打电话。

何启云没再问别的，他把本揣进背包，跟邹香霞道声再见，就要走。

这时，邹香霞的儿子郝强走进了院门。郝强和何启云曾是初中同学，他热情地把何启云往屋里让。何启云说："我还有事就不进屋了。你家来了亲戚，我就是来例行登记。"郝强把何启云送到院门外。

何启云坐进捷达车里像想起什么似的说："郝强，你没找别的活干吧？"

何启云从中国刑警学院毕业已当上了警察，郝强在他面前不免自卑，他木讷地说："没、没找活。"

"派出所现在招协警，要不你到派出所干吧。一天也就是各村联防巡逻，还耽误不了农活。"

郝强眼睛一亮："那好啊。"

"你明早拿着身份证明到派出所找我吧。"何启云说罢，开车走了。

回到派出所，何启云进了所长室对所长韩平军说："韩所长，我打听清楚了，邹香霞家外地的亲戚，就是从贵州来的。正好来的是邹香霞妹妹邹香萍一家三口人……"

韩平军说："对方没有对你警觉吧？"

"没有，我说只是例行登记。"何启云说，"据邹香萍说，她丈夫乔桂生到县城干木工活，给人家装修房子去了，找乔桂生或许难找些。邹香萍说她女儿乔英在县城利来大酒店当服务员。我们能否通过乔英找到她父亲？"

韩平军点燃一支烟，陷入了思忖当中。

原来，就在两天前，贵州省公安厅通报，说省城贵阳市半个月前发生一起伤害致死案，经侦查，嫌犯为乔桂生。乔桂生一家人已离开贵州，极有可能逃到家住兴隆县的乔桂生的妻子邹香萍的姐姐家，其姐姓名不详。协查通报辗转到兴隆县公安局，经人口比对，家住大肚川乡河西村的邹香霞进入了警方的视线，于是这条逃犯线索便交由大肚川乡派出所负责侦办。经侦查，民警没有发现乔桂生，于是何启云便例行公事般地到邹香霞家了解情况。

何启云很想搞一件像样的大案，他请缨说："韩所长，你看我能不能改变身份接触乔英，从而找到乔桂生？"

韩平军有些顾虑地打量了下何启云，说："这样做不是不可以……"

何启云在韩平军的目光中读出了"你行吗？"的意思，他知难而进地说："韩所长，你放心，即使找不到乔桂生，我也不会把事情搞砸。"

韩平军把烟蒂捻灭在烟灰缸里说："好，那你明天就到县城，见机行事，争取找到乔桂生。"

何启云想起郝强的事，就说："邹香霞的儿子郝强是我初中同学，他现在没工作，咱们招协警，我想让他到咱们这来。"

韩平军说："没问题，你让他明早找我就行了。"

2

邹香萍一家三口是一个星期前到的邹香霞家。

邹香霞是没文化的农村女人。她年轻时不孕，且过早守寡，独自承受着生活的重负，将6岁时过继的养子郝强抚养成人。郝强学习不好，他在兴隆县中学勉强读完初中，便回到了大肚川乡河西村的家里。他回村务农不仅农活不熟，身体也不济，只能跟在母亲身后干些活儿。她家也是村里条件最差的一个，除了两间有些破败的平房和几亩薄田外，就没有什么了。转眼郝强25岁了，还没有对象。邹香霞参加同村年轻人的婚礼时，脑海中便浮现出儿子咳嗽气喘的样子和不如意的家境，不免唉声叹气。

邹香霞唯一的妹妹邹香萍，在二十年前嫁到了几千里之外的贵州省。姊妹之间多年都没有联系。当邹香萍和家人拎着大包小裹走进邹香霞家时，邹香霞说："你们走亲戚，拿这么多东西干吗？"邹香萍说："贵州干旱，那的地也贫瘠，日子不好过，想换个生存环境。"邹香霞惊异地问，"你们想在这长待呀？"邹香萍叹口气，满是心事地说："没办法，只有投奔姐姐你了。"

邹香霞没考虑妹妹唐突地投奔她的真正原因，而只是面带愁容地说："你们是外来人，没有地咋生活呀？"

邹香萍说："大姐你放心，我们生活不会有问题的。"

乔桂生说："我会木匠活，我可以到县城搞装修。"

"好在我家这间房有两个屋，那你们先在我家里挤挤住着。"邹香霞转身看着长得水灵灵的外甥女问，"英子，多大了？"

乔英说："大姨，我今年20了。"

邹香霞满脸赏识说："这么漂亮的妮子，日后定能找个好婆家。"

邹香霞说这话的时候，郝强的眼睛直盯盯地看着乔英。

乔英的脸不由得红了起来。

乔桂生对邹香霞的收留心存感激，他并没有着急到县城找活干，而是用了几天的时间把邹香霞家的房子和院落拾掇得焕然一新，而后才磨着木工的家什准备到县城去。

或许是郝强从没有如此近距离地接触女孩，亦或是乔英的俊俏诱惑着他，他难以抑制地在羞涩中从言语和行为上对乔英有种关爱有加的亲昵，早晨起来，他会把第一碗饭端给乔英，干活时他尽可能地不让乔英伸手。他犹如恋爱一般，时常约乔英漫步在红霞满天的乡间路上，两人所聊的话题也逐渐宽泛了起来。

乔英的模样，在郝强的家乡是十里八村难觅的。不知内情的人还以为两人真的在谈恋爱，他们说没想到郝强能找个这样的俏媳妇。

而对于乔英而言，她在和郝强的接触中，沉郁的表情中似乎透着一种无奈，脸上始终保持着女孩少有的矜持。

乔桂生到县城那天，乔英拎着包裹跟在父亲的身后。

郝强欲把乔英手里的包裹拿过来，他不明就里地说："我送你父亲就行，你不用去了。"

乔英挡住郝强伸过来的手说："我也到县城去，找个地方打工。"

"你到县城打工的事怎么不先跟我说一声。"郝强眼中有明显的不悦和不舍。

"我怎可能在你家当个闲人。"乔英挤出一丝笑意说，"你也应当到外边闯闯。"

郝强不好说因身体原因难以承受打工的劳累，他只得说："家里还有地，我妈一个人忙不过来……"他话没说完，就咳嗽了起来。

乔英说："你老咳嗽，应当到医院检查一下。"

郝强止住咳嗽，涨红着脸说："不用检查，我就是有点气管炎。"他接着问，"你会再回来吗？"

一辆中巴车驶过来被乔桂生截住，乔英紧走几步跟随父亲上车后说："我当然会回来。"

郝强对启动的中巴车大声说："别忘了给我打电话。"

3

在兴隆县公安局的协调下，何启云身份转换成了利来大酒店保安部的副部长，暂用名为何浩。

乔英在利来大酒店当迎宾小姐。她不像是从大山里出来的孩子，她高挑的身材，俊俏的容貌俨然成为酒店的一道风景，进出酒店的客人常把赏识的目光投给她。

乔英的俊美，也让何启云眼睛一亮，不过她不苟言笑的面容更没有逃过他的眼睛。何启云很想和乔英打个招呼彼此认识一下，可乔英从不注视别人，看似很特别的样子。

一天在饭堂吃中午饭，何启云端着餐盘坐在独自吃饭的乔英跟前问："你是贵州来的？"

乔英嘴里嚼着饭"嗯"了一声，而后有些吃惊地看着他，像是何启云泄露了她什么秘密似的又往两侧观望了一下。

何启云看着她的表情问:"你到酒店登记的信息不是写明是贵州的吗?难道你不想让别人知道你是外地的?"

乔英恢复常态,淡淡地说:"那倒不是,在酒店打工的也不只我一人是外地的。"

何启云问:"你为什么不愿意笑?"

乔英打量一下何启云,说:"你们保安部还管我笑与不笑吗?"

"当然不管。"何启云说,"作为迎宾小姐应当是时常微笑的,我看到你很少笑,就随意问问。"

乔英没再说什么,加快了吃饭的速度。

何启云的帅气,吸引了不少女服务员的目光,而他却在乔英这遭冷遇。他有些讪讪地,但仍然主动说:"我俩认识一下吧,我叫何启云……"

"我知道,你胸牌上写着呢。"乔英说完这句话,端着餐盘起身走了。

就在何启云为难以接触乔英而愁眉不展时,情况出现了转机。

晚间,何启云在回宿舍的途中,在走廊看见酒店副总经理顾英福像是喝多了似的拽着乔英的胳膊说:"我请你吃夜宵。"

"谢谢你顾总,我从来不吃夜宵的。"乔英挣脱了顾英福的手说。

"看样子顾总晚间没喝好。"何启云近前挡在两人中间,盯着顾英福色迷迷的眼睛说:"要不我陪您再喝点?"

顾英福似乎不达目的不罢休,他扒拉着何启云说:"这儿没你事,上一边去。"

何启云提高声音正色说:"怎么没我事,乔英是我家亲戚。"

乔英和顾英福都怔住了,不过乔英的神态顷刻间恢复了常态。顾英福的目光扫视了下何启云和乔英,面带愠色地走了。

何启云和乔英静默地站着,直到顾英福的脚步声消失在走廊的尽头,乔英才露出些笑意说:"谢谢你!"

"没什么。"何启云离开乔英说,"没事早点休息吧。"

乔英若有所思地望着何启云的背影，推开了宿舍的门。

4

郝强顺利地当上了协警，他穿上警服那天，回家立在镜子前照了半天。

在炕边正在缝被子的邹香霞看见儿子兴奋的样子，也不由高兴地说："儿子，你穿上这身警服真漂亮。"

郝强脑海中浮现出何启云的影子，他看着警号上的 x 字母，不免自渐形愧地说："我只是协警，不是真正的警察。"

"干协警也比单纯在家种地强，一个月还能有 1000 元钱的收入。"邹香霞说，"你真得感谢何启云才是。"

"这几天在派出所我没看见何启云，韩所长说他家有事，请假了。"郝强从衣兜里掏出手机说，"给他打个电话，他若没事，晚间找他吃饭。"

郝强打通了何启云的电话，问他晚间有没有时间，想找他吃饭。何启云说他在县城，陪亲戚看病，最近这段时间回不去。何启云问他上班感觉怎么样？郝强回答挺好的，一天也就巡逻几个小时，也不累。何启云跟他说了些如巡逻时遇事要沉着，要注意自身安全；发现违法犯罪线索，要及时向派出所民警请示汇报等在工作方面的注意事项。郝强说："哥们你放心，我肯定会珍惜这份工作，不会掉链子的。"郝强又说："我这几天要到县城去，你这几天不回来的话，我到县城给你打电话。"何启云说："好的。"

郝强挂断电话，邹香霞问："你到县城干什么去？"

郝强带着些许腼腆地说："我想去看乔英。"

儿子的婚事是邹香霞的心病，自从乔英随家人从贵州来了后，儿子对乔英所流露出的情感，她是看在眼里的。儿子的话，使她不禁思忖着停下了手里的针线活。

星期六一早，郝强把警服上的污渍用湿毛巾擦去，而后穿上警服出门，坐上了到县城的中巴车。

郝强不知道乔英的手机号，再一个他想以身上的警服给乔英一个惊喜，于是他坐了两个小时的车到县城后，打听到利来大酒店的位置，就直奔大酒店来了。

这天乔英因感冒没上班，她待在宿舍里。关注乔英的何启云在工作时间没见到她，就问领班的怎么没见乔英？领班的便告诉他乔英感冒了。何启云到了药店买了康泰克感冒药，回到酒店敲开了乔英的宿舍。

乔英面色潮红地站在门口问："你找我有事？"

"我知道你感冒了，我来看看你。"何启云扬了下手中的药说，"我给你买了感冒药。"

乔英对何启云的举动似乎觉得意外："你怎么给我买药？"

乔英的话让何启云感到窘迫，他脸红了，拿药的手无所适从。

乔英不好拂何启云的好意，她只得伸手接过药说："那谢谢你了。"又说："我刚喝了碗姜汤，感觉好了些。"

"还是吃药好得快些。"这时乔英宿舍里的内线电话响起，何启云说："我不打扰你了，再见。"

乔英对何启云笑了笑，回了屋。

矜持漂亮的女孩都会引起男孩好感的，乔英给何启云的感觉就是这样；何启云回味着乔英的笑，感觉心跳加速。何启云自问："难道我这不是工作，是在追求一个女孩子吗？"他心猿意马地想，"她爸若不是逃犯该多好呀！"

何启云下到一楼，忽见身着警服的郝强在吧台放下电话向楼梯口走来。何启云是不能让郝强发现的，他返身上楼躲了起来。

郝强进了乔英的宿舍，并没有如他所愿给她带来惊喜。乔英只是淡淡地说了句："怎么还假冒起警察来了？"

"我可没假冒警察。"郝强说，"我到派出所当协警了，我穿的警服可是发的。"

乔英喝口水服下何启云送的药说："协警就类似于保安吧？"

郝强强调着自己的工作与保安的不同："我可是穿警服在派出所

工作，保安是着保安服在企业看大门。"他看见乔英吃药，就关切地问，"你怎么吃药？"

"感冒了。"乔英说，"你到我这有事吗？"

"没事，只是来看看你，没想到你感冒了。"郝强说话间，把手背贴在了乔英的额头。

乔英把郝强的手从额头上扒拉了下来。

郝强尴尬地笑着说："我给你买点水果去吧。"

"不用。"其实乔英对郝强压根没有男女私情的感觉，可毕竟是表兄妹，况且乔英随家人是投奔大姨家的，她看了眼墙上的石英钟说："这到中午了，咱俩吃点饭去吧。"

乔英的提议随了郝强的心意，他说："你喜欢吃什么？我请你。"

乔英懒懒地穿着外衣说："我吃碗面条就行。"

5

郝强和乔英进了一家饭店，郝强不顾乔英的阻拦，要了几个炒菜和几瓶啤酒。乔英却只吃完了碗面条起身就要走。

郝强说："你到县城有半个月了，我来看你，你不多陪我一会儿？"

乔英说："不是我不陪你，是我身体不舒服。"

郝强见乔英执意要走，就送乔英到了饭店门口。

"乔英。"郝强吞吐地说，"我、我有句话想跟你说。"

乔英扭过头看着他，等着他的下文。

郝强踌躇着说："我喜欢你。"

"什么意思？"虽然郝强在言行中已表露出对乔英的好感，但由于近亲的关系，乔英对郝强的话不可理喻，她摇下头大声说："咱俩可是表兄妹呀！"

"咱俩虽是表兄妹，可……"郝强情急之下说，"咱俩没有血缘关系，我不是我妈亲生的。"

乔英吃惊地瞪大了眼睛，继而面露厌烦地跺下脚扭身离去。

郝强返回饭店端起一杯啤酒一饮而尽。他沮丧地沉默了会儿，想起了何启云，他给何启云打电话，告诉了他自己所在饭店的位置，让何启云务必过来。

何启云到了饭店后，郝强频频举杯敬他酒，说了些若没有他的帮忙，自己不可能当上协警的感谢话。

何启云看出郝强有心事，就问："你到县城未必就是看我吧。"

郝强在村里没有什么朋友，何启云可以说是他最知心的人。他叹了口气说："我到县城来还看了个女孩，这女孩是我表妹，叫乔英……你说我若跟乔英没有血缘关系的话，是可以结婚的吧。"

"当然可以。"郝强说起乔英，何启云心里咯噔一下，他不禁问，"乔英对你态度咋样？"

郝强思忖着说："她现在还没从表兄妹之间的关系中转过弯来。"

"如果你俩真没有血缘关系的话，可以慢慢来嘛。"何启云说得言不由衷。

两人从饭店出来的时候，都有些喝多了。何启云截了一辆去往河西村的小客车，把郝强送上了车。

何启云在回酒店的路上摔了一跤，脸上破了皮。他脸上有伤不好回酒店，就到了在兴隆县当副县长的叔叔何东强家。

两天后，何启云接到了乔英的电话。乔英问，"怎没在单位看见你？"何启云说："我跟朋友喝酒摔了，脸上有伤，就跟单位请了几天假。"乔英说："怎么这么不小心，没事吧？"何启云说："没事，消肿了。你感冒好了吗？"乔英说："好了，我昨天上的班。"何启云问，"我接的这个电话，是你的电话吗？"乔英说："是我的电话，刚办卡没几天。"何启云说："晚上，我请你吃饭。"乔英在电话里似乎犹豫了下，但还是拒绝说："我晚间还有事。"

何启云跟乔英通完话，心里很兴奋。他的兴奋倒不是说他和乔英的关系有了些许进展，而是他获得了乔英的手机号，他想通过乔英的手机号找到她父亲。他出了叔叔家，直奔县公安局。

何启云经过调查乔英的手机的通话清单，发现她常打的电话是本地的一个手机，而她常打的那个电话的手机卡却是用她的身份证办理的。何启云认定，乔英常打的电话，极有可能是她的父亲乔桂生的。

何启云把调查的情况打电话汇报给了韩平军。韩平军高兴地说了句："你小子在县局刑侦大队等着，我马上开车过去。"

一个小时后，韩平军到了县公安局。他跟刑侦大队几个民警商量了下，决定就直接拨打所怀疑的手机号，诱其现身抓捕。

韩平军打的电话，他问："你是木匠吧？"对方说："我是木匠。"韩平军说："我从一个搞装修的人那知道的这个手机号，我家要打个衣柜，不知你有没有时间？"对方说："我现在随装修队干活，自己不好抽身到外面独自揽活。"韩平军商量地说："打个衣柜也用不了多长时间，你闲暇时就干了。我听说你手艺不错，价钱方面好商量。"对方终于有所动心地说："那咱俩一个小时后见面……"

韩平军挂断电话说："可以确定对方就是乔桂生，我俩过会儿在县医院门口见面。"他又对何启云说："你把从电脑上打印出来的乔桂生的照片复印几张，发给协助咱们抓人的刑侦大队的弟兄。"

何启云从衣兜里掏出打印纸，看着上面乔桂生的照片，脑海中不由得浮现出乔英忧郁的面容，他心里很纠结……

一个小时后，在县医院设伏的警察没见到乔桂生。韩平军又给对方打电话，对方手机倒是开着，可是没人接。

韩平军推测说："乔桂生安排在县医院门口见面，说明他在附近搞装修的可能性大，我们在四周排查下。"

韩平军领着大家到附近居民区一直排查到晚间也没收获。韩平军不免失望地说要请大家吃饭的时候，何启云却感到心里有种轻松的感觉。

6

郝强这天趁小姨没在屋，就把追求乔英和对她说自己跟她没有血缘关系的事跟母亲说了。邹香霞劝儿子说："你俩即使没有血缘关系，但你现在这个境况，你姨家的人怎能看上你？"郝强始终是被母亲所娇惯长大的,他以非乔英不娶的执拗的态度,像个幼儿似的趴在母亲的大腿上说:"妈,我不管那么多,我就是喜欢乔英。"邹香霞为难地沉默了片刻说:"我跟你姨商量后再说。"

关于郝强说喜欢乔英的事,邹香霞跟儿子说的"跟你姨商量后再说"的话,有很大的敷衍成分。可没过几日郝强险些在男女关系上出事,迫使邹香霞不得不认真对待郝强的要求了。

郝强家没条件买电脑,派出所值班室里有台连着网的电脑,网络的色情内容时常诱惑着他。这天郝强见值班室没人,他打开电脑登陆了一家色情网站,色情网站里的淫秽画面让只靠想象才知男女之事的郝强浑身燥热。

郝强上半夜巡逻后回家时,见邻居汪跃东家的后窗透出光亮来。他知道汪跃东在5公里外的一家工厂打工,时常回家晚或不回家。他心想,难道汪跃东回家晚了正跟媳妇做爱吗?他白天所看到的淫秽画面在脑海中挥之不去,一种偷窥的心理促使他蹑手蹑脚地凑到了后窗前。

郝强从窗帘的缝隙中没看到男女做爱的场景,他只见汪妻袒胸露乳地和她身边的孩子酣睡着。汪妻裸露的上身使郝强顿感浑身的血往头上涌,身体不由得战栗了起来。他觉得有两个人在头脑里吵架,一个人说,"离开这里,不要做缺德的事;你一意孤行的话,可能会构成强奸。"另一个人说,"没关系的,汪跃东不在家,即使你跟汪妻发生关系,她因顾忌家庭和名声是不会说的。"另一个声音终于占了上风,他咽了两口唾液,悄然地拉开了没有插好且没有窗棂的窗户。

郝强的双脚刚落在炕上,随着摩托车的引擎声,前面的窗户射进来一束灯光。他心里一激灵,汪跃东回家了。情形的突变,使他如惊弓之鸟一样转身又跳出后窗,消失在夜幕中。

郝强没敢立即回家,而是在外逛荡了半小时后才推开家门。家里一如平常,他在厨房听到了母亲的鼾声。

郝强内心恐慌毫无睡意,他进屋躺下,双耳静听着外边的动静。当天已大亮,外间传来母亲做饭的动静,他才闭眼睡去。

汪跃东是个厚道的人,虽然郝强逃走时的声响,惊醒了的妻子,看出了背影是谁,以及他对村里人的推测也断定是郝强。但他思忖再三，当晚阻止了妻子嚷嚷报案的话，自己也没去郝强家。

翌日早，汪跃东才到郝强家门前，把打扫院子的邹香霞叫了出来。

邹香霞和汪跃东是极少来往的，当她满脸狐疑地出来，没等汪跃东把事情说完，立马翻脸说汪跃东糟践自己的儿子。汪跃东气恼地说："你既然这样认为，那我就报警了，你儿子的脚印还留在我家炕上呢。"邹香霞听汪跃东这么一说，她不敢再较真，嗫嚅地说："你若不报警，你想怎么办？"汪跃东转身走时扔下一句："我只想让你管教好儿子。"

邹香霞回到家里，为了避开妹妹，她进了儿子屋，把门关严；从被窝里拽出儿子质问："你昨晚干什么好事了？"

郝强装糊涂，但明显底气不足地揉着眼睛说："没干什么呀？"

邹香霞抬手给儿子一个嘴巴："你把脚印都留在人家炕上了，还没干什么？"

郝强不再坚持说没干什么，而是六神无主地望着母亲："那、那怎么办呀……"

儿子的话，让邹香霞心悸地想，汪跃东没肯定说不报警，说不定会再去报警。想到这儿她翻箱倒柜地凑了2000元钱，急匆匆地向汪跃东家奔去……

从汪跃东家出来，邹香霞的脑海里浮现出儿子跟她说的他喜欢乔英的话。她不禁担忧起来，若是儿子真闯祸了，儿子不仅现在的工作没了，他跟乔英的关系也不可能建立起来，最可怕的是，他有可能被关进公安局的看守所。

邹香霞觉得2000元钱摆平儿子的事，还是值得的。她现在更需考虑的是，应当怎样跟妹妹沟通，让儿子跟乔英好起来……

7

这天晚间，乔桂生打来了电话。邹香萍跟乔桂生通话时瞄了眼姐姐，压低了声音说："一个星期前，派出所片警来了，查咱家三口的户籍，你往后不要再打电话来了；你在外边一切要小心。"

邹香霞虽坐在炕上看着电视，但妹妹的表情她看得到，话也听到了一些。待邹香萍放下电话，邹香霞问："香萍，家里是不是摊什么事了？"

邹香萍心事重重地沉默了会儿，终于抑制不住地近前拉着姐姐的手说："姐，我到你这是来避难的。"

邹香萍的话，让邹香霞吃了一惊："怎么了？"

"是桂生把人给打了。"邹香萍说，"两个月前，桂生到贵阳市给一户人家打家具，可活干完了，对方耍无赖以桂生活干的不行为由，只给了桂生一半的工钱；两人话不投机，就厮打了起来，桂生将对方推倒在地，对方头部磕在马路牙子上晕了过去。桂生不敢回家，躲了起来。后来他打听到那人死了，他就跟我商议趁警察没抓他之前离开家乡，就这样我们一家人就投奔你这来了。"

邹香霞顿时感到心脏"扑通、扑通"地跳得厉害，她捂着心口说："桂生怎么惹这么大的祸，吓死我了。"

"桂生若是进了公安局，我家岂不是天塌下来一样啊！"邹香萍看着姐姐的表情，无助地流着泪说，"姐呀，只有你能帮我了，要不我们一家人咋办呀？"

毕竟是亲姐妹，况且邹香霞心里还装着儿子的事，她搂着妹妹说："你放心吧，桂生的事，我不会说出去的。"

"姐姐，这20多年来，我始终对你有愧呀！"邹香萍说，"我年轻时到外打工，结识了桂生，就跟他到了贵州。你挨苦受累照顾年迈的父母并给他们送终，而今我们一家人又连累你，我该怎样报答你呀！"

"咱姐俩也不怎么的，都是受苦的命。"邹香霞为了儿子的婚事打着伏笔说，"我嫁到这河西村跟了你姐夫后，他不但命短离我而去，连个骨血都没给我留下……"

邹香萍以为姐姐因为自己的事吓得一时糊涂说错了话，就打断她的话说："看姐姐说的，郝强不是你亲儿子呀？"

"你哪知道咋回事呀，你姐夫不生育，郝强是我要的儿子。"邹香霞叹了一口气说,"不过这儿子虽不是我亲生的,但我老了,也是个寄托。"

邹香萍惊异地说:"原来郝强是你抱养的呀?"

"小点声。"邹香霞指了指门口,示意别让郝强听到。

邹香萍下意识地捂了下嘴,从炕边拽过被褥铺下说:"姐姐,咱睡吧。"

邹香霞闭了电视,躺下后,侧过身跟妹妹说:"妹呀,姐跟你商量件事。"

邹香萍说:"啥事?"

"你说郝强和乔英若成一对的话,那该多好。"

邹香萍愣怔了下,沉默了会儿,说:"孩子的事,就怕大人做不了主呀。"

邹香霞听出了妹妹不愿意的音儿,就没再说什么,赌气般地拽下灯绳闭了灯。

邹香萍虽看不上郝强,可那难以割舍的亲情以及目前的情形,迫使她第二天一早对姐姐说:"我到县城去,跟乔英说说她和郝强的事。"

邹香霞不由得喜出望外:"他俩若是成了,咱岂不亲上加亲。"

8

邹香萍到了县城,想给乔桂生打电话商量女儿和郝强的事,可她拨了乔桂生的电话号,电话里却响起"你拨打的电话已停机"的提示音。

邹香萍来到利来大酒店,跟乔英说了邹香霞想把她和郝强撮合在一起的意思,当然邹香萍把郝强跟她没有血缘关系的事也讲了。乔英说:"我和郝强虽没有血缘关系,但我谈不上喜欢他呀。"邹香萍一脸无奈地说:"那你说怎么办?你爸的事,你姨也知道,若是跟你姨搞僵了,对咱家也不利呀!"乔英说:"那我姨在这个时候撮合我和郝强，岂不是乘人之危？"女儿的话，让邹香霞无语。乔英不好再说让妈妈为难的话，只好说："我考虑考虑再说吧。"她接着问，"我爸知道这事吗？"邹香萍说："你爸联系不上。"乔英说："联系不上更好，你还能把这事拖一拖。"

此时的乔英承受着同龄女孩没有过的心理负担，自打她知道父亲的事后，她的心便被恐惧所攫取；她很清楚，若是父亲进了监狱，自己和母亲将失去生活的依靠。她随父母到了东北后，进了利来大酒店打工，她觉得终于能够养活自己而略感欣慰时，她又被酒店副总经理顾英福纠缠；何启云的出现，才让顾英福有所收敛。她郁闷的情绪刚有些缓解，却又遇到被亲人撮合与不喜欢的表哥处对象的坎，这使她倍感苦闷和孤独。她很想得到慰藉，不由得想到了何启云。

何启云晚间刚走进餐厅，就接到乔英的电话，乔英说请他吃饭。何启云颇感意外满脸高兴地说："好呀。"乔英说："我在酒店大门外等你。"何启云挂断电话，转身出了餐厅。

何启云走近在道边徘徊的乔英，乔英带着羞涩，歪下头笑着说："谢谢你能来。"

乔英的神态，在何启云眼里有些俏皮，他调侃说："能够接到你的邀请我甚是荣幸，我谢谢你才是。"

乔英问何启云想吃什么，何启云说随意。乔英说："前面有个农家乐饭店，咱俩到那儿吧。"何启云说好。

两人进了农家乐饭店，乔英点了几个菜，要了几瓶啤酒。她落落大方地把两个杯斟满酒，端起酒杯对何启云说："敬你一杯。"

何启云端起酒杯问："你怎么想起来请我吃饭呢？"

"因为感谢。"乔英说，"顾总纠缠我时，你曾给我解过围；我感冒时，你给我送过药。"

何启云说："这没什么。咱俩是同事，都是应当的。"

乔英避开何启云的目光，眼帘低垂着说："你让我感到温暖。"

乔英的表白，使何启云的心里荡起一片涟漪；不过他觉得愧对乔英，因他很清楚，自己虽对乔英有好感，但自己接触乔英的目的，是为了找到她父亲。他一时语塞，只是跟乔英碰下杯，把啤酒一饮而尽。

乔英也一口一口地把杯中的啤酒喝下。

何启云给乔英斟着啤酒说:"下杯啤酒不能干了,慢慢喝吧。"

乔英的目光盯着酒杯:"我很想一醉方休。"

何启云诧异地看着她:"难道你有什么心事?"

"当然有心事。"乔英长吁一口气说,"为什么我会遇到难解的事?我很羡慕别的女孩,无忧无虑的。"

"有什么心事?"何启云说,"说给我听听。"

乔英欲言又止地迟疑了一下,最终没说出自己的心事,她转个话题说:"我跟你说说我的家乡吧。"

何启云点头:"好啊。你家乡一定很美吧?"

乔英说她的家乡在贵州山区,那地方确实很美,不过就是耕地少,大多家庭都挺穷的。何启云说:"所以你和家人才到东北来?"乔英说:"就算是吧,不过我家因为父亲在外干木工活,生活还算可以。"何启云问,"你怎么没考学?"乔英说:"家乡没有好学校,我学习也不优秀,所以高中毕业后,就没再接着念书……"

两人说话间,乔英的手机响起,她接听电话,叫了一声"爸"便离开了座位。

何启云心中一动,他很想听乔英跟她父亲唠些什么,可乔英离他太远,他什么也没听到。

过了5分钟,乔英才回到座位上。她刚才爽朗些的脸,又略显沉郁,跟何启云唠嗑似乎也没了兴致。

两人从饭店出来,乔英说:"离这不远处就是江边,我俩到那儿走走吧。"何启云点了点头。

穿越兴隆县的江叫牡丹江,江面宽阔,水流轻缓;江岸上带状公园的花草树木,加之夕阳照在江面上的波光粼粼,给人以悦目、温馨、静谧的感觉。

两人在一张长椅上坐了下来,半天一言不发的乔英望着江面倏然冒出一句:"我真想投江死去。"

何启云惊问:"你到底怎么了?"

乔英把头侧靠在何启云的肩上，忽地泪流满面地说："做我的男朋友好吗？"

何启云发懵，不知该如何应对……

9

乔英给母亲打电话说自己已有男朋友了，是利来大酒店的保安。邹香萍听了女儿的话说："等哪天我联系上了你爸，我和你爸看看那个保安再说。"

何启云跟乔英接触几天后才知道，是乔英的家人和她姨撮合她与郝强处对象，乔英没了主张便选择了自己，以应付她的家人和姨。乔英的所为虽看似应急的权宜之计，但不能不说她确实对何启云有好感。乔英对何启云说，待日后让何启云跟她父母见个面，让她父母彻底打消撮合她和郝强的念头。面对一个漂亮女孩的投怀送抱，何启云不能说不动心，可他考虑更多的是抓捕乔桂生。

何启云和乔英俨然一对情侣，两人在酒店并肩而行，一同就餐，悄声细语。

郝强得知乔英在酒店处了个保安对象，心里就很不是滋味地想见识一下乔英的对象。他来到县城刚进利来大酒店，就被何启云看到，何启云忙躲了起来。乔英本打算让何启云见见郝强，可她给何启云打电话，却没人接听。郝强想跟乔英多说说话，可乔英对他明显地冷淡，才让他悻悻地走了。

何启云觉得自己正难以抵御地陷入温柔的情感之中，乔英银铃般的嗓音和她的一颦一笑，都让他痴迷。

何启云想，乔英这么一个漂亮、优秀的女孩，她父亲怎可能是逃犯呢？这天下午，他为此郁闷地喝了酒跑到了楼顶，给韩平军打电话问："能确定乔桂生就是杀人逃犯吗？"韩平军说："能不能确定那是贵州警方的事，咱们只是把人抓到完成任务就可以了。"韩平军在电话里像是听出了什么，他警告何启云，"你小子是不是喜欢上他女儿了，所以企盼乔桂生不是逃犯……"韩平军在挂断电话前抬高音调说："你小子别给我犯错误。"何启云还是不死心，他又拨通了案发地贵阳警方的电话，贵阳警方告诉他，有目击证人证实乔桂生确实与死者生前发生过冲突。

何启云打完两个电话，显出极为愤怒的表情，他拿手机的手做了个掷的动作，险些把手机摔在地上。

这时手机铃声响起，何启云一看来电显示是乔英，他接听电话竟说："乔英，咱俩离开利来大酒店，私奔到谁也找不到咱俩的地方。"

"你是不是喝多了，怎么说起胡话来了。"乔英说"我妈打电话告诉我，明天她和我爸来看咱俩。明天是星期天，你在宿舍等我电话。"

待乔英挂断电话，何启云忽觉乔英的电话犹如一股强劲的风儿，把他脑海中那些不着边际的思绪吹散了，让他头脑清醒了起来。他连拍几下脑袋自语："你是个警察，万不可放弃职责。"接着又拨通了韩平军的电话……

10

身着一袭白裙、满脸洋溢幸福感的乔英出了利来大酒店的门，奔向等候在路边的何启云。她挽着何启云的臂膀说："我妈说，她和我爸在胜利村口等我们；那远，咱俩打车去吧。"

"那就打车去。"何启云突然捂着肚子说："我上趟卫生间，你等我一会儿。"

乔英说："你去吧，快点。"

何启云小跑着返回利来大酒店。

何启云出来的时候，乔英已打了辆出租车在等他。

胜利村口有个休闲广场，乔英的父母坐在广场边的一张长椅上。何启云和乔英下了出租车，乔英把何启云介绍给了自己的父母。邹香萍在何启云去邹香霞家核实外来人口时见过他，她端详着何启云说：

"我好像在哪儿见过你。"

何启云掩饰地说:"大婶认错人了,我对您可没印象。"

乔桂生擦了下脸上的汗,对邹香萍说:"老婆子,我渴了,你去买瓶水去。"

何启云要去买水,被乔桂生制止说,咱爷们说说话。邹香萍到道对面的一个超市买水去了。何启云对韩平军等人还没到来很着急。

乔桂生对何启云的帅气感到十分满意,他说:"小伙子不错,既然我女儿看上了你,你日后可得对我女儿好呀……"

正说话间,乔桂生忽然看到不远处一辆警车正向这边驶来,他匆忙说:"小伙子,我有急事要走,咱俩改日再唠。"

何启云拽着乔桂生的胳膊说:"你不能走。"

乔桂生瞪着眼睛挣脱着说:"你要干吗?"

何启云亮出警察证说:"我是警察。"

乔桂生和乔英大惊失色,乔英撕扯着何启云厉声说:"你放开我爸爸。"

警车一个急刹车,在几人跟前停下,韩平军等人下车束缚住乔桂生,把他押进了警车。

从超市出来的邹香萍看到了丈夫被警察抓获的一幕,扔下手里的瓶装水,疯了似的边呼喊着"桂生,桂生",边向警车奔来。

一辆在路上行驶的四轮拖拉机难以刹住车,结结实实地撞在了正跑到路中间的邹香萍的身上……

11

何启云万万没想到,自己所执行的抓捕逃犯的任务竟是这样一个悲惨的结局,乔桂生虽然被成功抓获,可邹香萍却死于车祸,乔英也因精神刺激而变成了喃喃自语哭笑无常的人。

乔桂生落网后,利来大酒店副总经理顾英福因为想占乔英便宜曾被何启云阻拦过,他借此诋毁何启云和乔英,他对酒店员工说,警察何启云是以欺骗手段跟乔英处对象诱捕的乔桂生，乔英还怀了何启云的孩子。顾英福的话，很快成为了流言，流言把何启云置于常人认为的不义之中。郝强见了何启云也没有了以往的恭敬，不仅不搭理他，还对他冷眼相视。

邹香萍死于车祸，经公安交警部门的处理，驾驶四轮拖拉机的驾驶员负次要责任，经过调解，车主支付给乔英一笔死亡赔偿金。由于乔英精神的原因，死亡赔偿金暂由邹香霞代为保管。

何启云为了减轻内心的煎熬，请求韩平军在邹香萍出殡那天能让乔桂生看最后一眼。韩平军理解他的心情，可他做不了主，他打电话请示了局里，但遭回绝。邹香萍的尸体停放在邹香霞家，何启云说到邹香霞家去帮忙。韩平军劝阻他说："他们一家人正怨恨你，你就不要去了。"

邹香萍出殡的那天一大早，何启云便是到了邹香霞家，他的想法是即使帮不上忙，哪怕给邹香萍鞠个躬，安慰乔英几句，自己心里也能好受些。但他到了邹香霞家，还没近到棺材前却遭到了包括郝强等亲属的拒绝；若不是因为他是警察，有可能还会招来别人的拳脚。乔英满脸麻木，扭头看了他一眼毫无反应，似乎不认识他似的。

刘村长瞪了他一眼说："乔桂生一家是外来人，我虽不了解更多的情况，但你做的确实是太不该了，你不应用人家女娃的感情去抓她爹。女娃的娘死了是天命，可你看看女娃疯疯癫癫的样子，你把女娃给毁了！"

刘村长的话，使何启云心中有种负罪感。他满是愧意并悲戚地说："刘村长说得对，我对不起人家。"

刘村长没再理他，转身主持丧事去了。

何启云黯然离去。

何启云下午在派出所门口的超市买了一盒烟。他原先是不吸烟的，可近期因心理的压力使他抽起了烟。他出了超市，见郝强骑着自行车从他身边经过。

何启云心里明了，因郝强和乔英的亲属关系，若是郝强不对自己转变态度的话，别人对自己的误解也难以消除，况且有些对自己不利的话，是从郝强嘴里冒出的，他想跟郝强唠唠。他到派出所进了协警办公室。

办公室里只有郝强一人，他正装订着一本治安案件卷宗。何启云搭讪着问："你姨的后事都料理完了？"

郝强忙碌着手里的活儿，连头都没抬地说："料不料理完，跟你有关系吗？"

郝强的话，刺激了何启云，他内心憋屈的情绪忽地爆发了出来，他到郝强的跟前厉声说："你他妈的说的是人话吗？咱俩是发小、同学，我做什么对不起你的事情了？你这么对待我？"

郝强抬头愣怔了下，反驳说："我说的不是人话，但我没做不是人的事！"

"难道我做不是人的事了？"何启云说："我履行警察的职责，为抓捕案犯接触其家属有什么错吗？至于说乔桂生被抓后，你姨所出的车祸和乔英精神变得不正常，也是我所不愿看到的。我虽然心中有愧意，但那是我同情心的使然……"

郝强打断何启云的话说："什么同情心的使然，那是你跟乔英有了真感情。"

郝强的话，犹如一把锥子，直戳何启云的心窝；他脑海中浮现出乔桂生被抓前，乔英挽着他臂膀满脸幸福的模样，和乔桂生被抓时她满面春风的神态瞬间呈现出的惊愕与痛苦。他一时语塞，任凭泪水溢出眼眶。

郝强是喜欢乔英的，何启云的表情说明他所言属实，这使他醋意大发，他接着倾泻着妒意："还有人说，乔英怀了你的孩子。"

"你放屁。"何启云稳定了下情绪说，"无论我跟乔英有没有真感情，但我没被感情所左右；我尽到了一名警察的职责，没有辱没警察的声誉。"

听到吵声，韩平军进门说："我相信何启云说的话。"他盯着郝强说："你不能口无遮拦地往同事身上泼脏水，更何况乔英还是你表妹。"

何启云的所言和韩平军的开导，让郝强顿觉自己失言，他说：

"韩所长我错了。"他继而面露歉意地对何启云说:"对不起。"

何启云说:"你能有个正确的认识就好。"

12

日落西山,在河西村东头,乔英伫立在瑟瑟的秋风中目视着远方,她所望的地方是她母亲的葬身之处。何启云下班开车路过河西村,看见乔英的身影心中顿涌怜惜之情;他放慢了车速,摇下车窗,欲要劝她回家,可他见邹香霞迈着匆匆的步子出现在乔英的身后。他用力踩了下油门,捷达车驶离了乔英。

在夕阳的余晖中,乔英看见了开车驶过的何启云,她不正常地"哈哈"笑了两声说:"启云哥哥来了。"

乔英的话飘散在风中,何启云没有听见。

眼前的情景,使邹香霞战栗了一下,她望着远去的捷达车,极不满地撇撇嘴。她走到乔英跟前说:"英,回家吧。过于悲伤会搞坏身子的。"

乔英没言语,犹如邹香霞没在自己身边似的。

乔英额头凌乱的发鬓和憔悴的面容,激发了邹香霞母性的本能,她将乔英搂在怀里说:"英,从今以后,我就是你的母亲。"

乔英哭泣地叫了一声:"妈。"

乔英随邹香霞回到家中,闷声地吃了一碗饭,便回了屋。已几天没睡个囫囵觉的乔英很疲乏,没过几分钟,仍旧在厨房吃饭的邹香霞和郝强,听到了乔英的轻鼾声。

郝强问:"妈,你说乔英神经兮兮的,日后能好吗?"

"乔英这样,都是你那同学何启云害的,谁知道他俩的关系发展到什么程度了。"邹香霞说,"她也就是精神受到些刺激,过段时间应当能好。"

"何启云只是利用乔英抓到我姨夫,他俩的关系没发展到什么程度。"郝强说,"乔英好了,说不上会离开咱家。"

儿子的话不无道理，邹香霞思忖了会儿说："想拴住她，那就看你的本事了。"

郝强已把乔英当作是挚爱的女人，他深知自己在乔英心目中的位置，他既渴望拥有乔英又毫无把握地说："我当然希望能拴住乔英，可是她那么漂亮，咱家又是这么个情况……"

作为一个农家妇女，邹香霞点拨给了儿子既简单又有效的办法："生米煮成熟饭，她就会跟你拜堂成亲。"她把碗里最后一口饭扒拉进嘴里咀嚼着站起身说："我出去转转。"

母亲的话让郝强一时没反应过来，随着母亲在他的视野中消失，一声"咣当"的关门声传来，他才恍然明白母亲所说的"生米煮成熟饭"的确切用意。他决定按照母亲的话去做，这一决定也是他极度的渴望。渴望即将变成现实，让他头脑里浮现出乔英褪去衣物后，那洁白的凹凸有致的身体，他心情倏地紧张起来，生理也有了强烈的反应。

郝强离开了饭桌，蹑手蹑脚地走进了乔英的住屋，关闭了灯光。乔英盖着薄被，白藕般的胳膊露在外边。郝强呼吸急促地脱掉了衣裳，掀开了乔英身上的薄被。

当乔英感觉有人脱她的裤子时，她像做噩梦似的激灵地醒来，她推开郝强；郝强再次扑向乔英。乔英用力地推着郝强，断然拒绝说："你不要强迫我；你想和我好，那等日后你娶我再说。"

郝强虽被乔英强硬拒绝，但乔英说的同意两人结婚的话，让他心里喜滋滋的。

13

何启云父母都是兴隆县委的退休干部，两人不喜县城的热闹，便在胜利村买了房子过起了清净的生活。儿子和乔英的传言，加上儿子这段时间郁郁寡欢的样子，让老两口为儿子操起心来。

何启云早上吃饭的时候，母亲郑岩问："启云，你和你们抓的那个逃犯的女儿,叫乔英的,到底是咋回事呀?"

"什么咋回事。"何启云不耐烦地说:"别人嚼舌头,你们也信。"

父亲何东升说:"正因为别人嚼舌头我和你妈不信才问你的。"

何启云没有回答,吃完饭转身出门走了。

老两口望了眼出门的儿子,面面相觑。

何启云一进派出所,韩平军就把他叫到办公室说:"今早5点多,河西村有人打电话说,乔英在邹香霞家砸东西,并骂邹香霞娘俩;你到河西村看看。"

何启云虽不愿跟邹香霞家人打交道,但河西村毕竟是自己的管片,再则他心中也着实惦记着乔英,便离开了派出所。

到了河西村,邹香霞家大门紧锁。乔英父亲被抓,母亲身亡后,她给人外在的感觉有些精神不正常;邻居说,乔英今早突然犯病砸东西,邹香霞娘俩找刘村长开农用车,领乔英到县城看病去了。

何启云给郝强打电话,可郝强电话关机。

何启云估计邹香霞家人会把乔英送往兴隆县精神病防治院诊治,他开车向县城驶去。

一个小时后,何启云到了精神病防治院,他在大门口见到了一辆农用车。他考虑邹香霞家人没走,自己见乔英会受到邹香霞的阻拦,自己在邹香霞那也不可能了解到乔英的真实情况,就没有急着进大门,他把捷达车停在了偏僻处,自己进了一家超市,买了一瓶水,边喝着边望向窗外停放着的农用车。

一瓶水没喝完,邹香霞娘俩和刘村长走出了精神病防治院的大门。

何启云走进了精神病防治院,他认识陈副院长,他找到了陈副院长。

陈副院长说乔英的精神的确有些不正常,现在刚办理住院手续,具体的诊断得需要观察一段时间才能定论。何启云问乔英被邹香霞家人送来时是什么情况?陈副院长说:"送乔英来的邹香霞说,她和乔英在一个屋住,她早上在厨房做饭时,乔英推开屋门问,'大姨,我妈呢?'邹香霞对乔英说,'你妈不是昨天刚出完殡吗?'谁知,乔英听了邹香霞这话,拿起一个茶杯砸到地下说,'都是你们害死了我妈……'邹香霞劝阻不住,就和儿子把乔英送到这来了。"何启云问,"那乔英怎么说?"陈副院长说:"乔英说她大姨害死了她妈,又想害死她。"

何启云觉得如果乔英真得了精神病,那么自己将有不可推卸的责任,虽然没人让他负这个责;但他又扪心自问,单纯、善良的乔英怎会得带有暴力倾向的精神病?他对陈副院长说:"我认为,乔英只是在她父亲被抓和母亲出车祸后,精神遭到重创而出现的短时期内的情绪不良反应,她情绪上的不良反应也让外人觉得她有些精神不正常。乔英不应是精神病。"

"你说的有一定道理,她住院观察一段时间,若没什么问题就可以出院。"

"我能见她吗?"

陈副院长踌躇了下说:"那你跟我来吧。"

陈副院长领何启云领进了一间空病房,而后他让一个护士把乔英领来。不一会儿,乔英有些晃荡地走了进来,她穿着肥大的蓝白杠病号服,面容灰暗,神情萎靡,与以往她面容的光亮和饱满形成极大的反差。

在何启云看来,乔英昨晚或许发生了什么事情。乔英的模样,也让他心里越发难过,他忙搬把椅子送到乔英的跟前放下:"乔英,坐。"

乔英坐下,眼睛直直地盯着何启云。

迎着乔英的目光,何启云问:"乔英,你不认识我了吗?"

不曾想,乔英冷峻地说:"我当然认识你,你烧成灰我也认得。"

何启云想说声对不起,但陈副院长在场,他又不好张口。他只好说些别的,他问:"乔英你怎么了?你怎么会被你姨送到了这里。"

"这不挺好吗?"乔英的神智似乎恢复了正常,她说,"我是让我姨把我送到这儿的,这儿清净,没有肮脏龌蹉的事。"乔英说到这里,眼睛瞟了一眼陈副院长。

陈副院长意识到乔英要跟何启云单独谈话,他走出了病房。

"该死的郝强。"乔英语无伦次地说,"昨晚他脱我的裤子,想要强暴我……"乔英说着她双手紧握着何启云的手,生怕他顷刻离开。

乔英说她早上醒来对郝强晚间想要强暴她的事越想越气,极端愤怒又无处发泄才开始砸东西。惊醒的邹香霞忙劝阻她……

何启云虽预料乔英昨晚或许发生了什么事,但乔英的话,还是让他目瞪口呆,他气愤得一时不知该说什么。

乔英看着何启云生气的表情,她的神情阴转晴地笑着转了个话题说:"启云,其实我已原谅你了,你抓我爸爸是你的工作。"

乔英云里雾里的表现,让何启云胸口涌动着一种悲怆和无奈。他情不自禁地把乔英揽在怀里说:"乔英,对不起。"

"不知我爸爸怎么样了?"乔英忽地又哽咽起来,"我爸爸是个好人,他为了养家糊口在外干活竟招人欺负……我爸若是被法院判重,真是天大的冤枉……你是警察,你懂得法律,你能帮我爸吗?"

"你爸爸已被案发地贵阳警方解走。"何启云承诺着说:"我请假到贵阳,给你爸请律师替他辩护。"

乔英的泪水浸透了何启云的衣衫,她说:"谢谢你。"

14

何启云跟父母说了自己要到贵阳的事。何东升夫妻听儿子说要到贵阳,给那个被他抓捕的逃犯请律师辩护,在大为惊诧后气恼不已。

何东升开导儿子说:"你利用逃犯的女儿抓捕逃犯,是你工作的一个策略,没有什么不妥的,也不存在你亏欠别人的地方。至于说逃犯的妻子出车祸死亡和他女儿精神出了点问题,那是意外,跟你的工作没有直接的关系……"

"这个我懂,可是……"何启云说,"我心里承受不了,我总想帮乔英做点什么,我要让她心里得到慰藉后,她的精神能尽快恢复正常。"

当母亲的更能理解儿子,她正言问:"你心里是不是一直还没放下乔英?"

何启云默言片刻,终于说了声"是。"

何东升听完骂了句:"没出息的东西!"就摔门而去。

郑岩看着儿子叹了一口气说:"乔英应当是很不错的女孩,否则的话你也不可能放不下她……"

何启云点下头。

"可是儿子,你是警察,她是逃犯的女儿,这点你应当清楚;你若是跟她有牵扯不清的关系,这将对你的前途和声誉都会造成负面影响。"郑岩看儿子半天见没反应,终于说出了妥协的话,"你要是执意到贵阳,我希望你仅帮她这么一次,日后你不要再理会她。"

母亲这么提要求,何启云只得说:"知道。"

郑岩说:"还有,你到贵阳和聘请律师是需要一笔不小费用的,这笔费用难道你自己出吗?"

何启云没有过多考虑到贵阳的费用,他说:"费用我先垫付,乔英过后会给我。"

郑岩见儿子态度如此明朗,就没有再说别的,只叮嘱说:"你到贵阳要注意安全;再一个你跟单位请假,不要说实话,你说你休假外出旅游。"

"妈妈,我知道。"自己违拗父母的意见,可母亲仍旧体贴自己,何启云犹如做了错事般道歉,"对不起,妈妈。"

在派出所,何启云把休假申请书递给了韩平军,韩平军一愣:"怎么突然休起假来?"

何启云说:"近段时间挺乏累,想放松放松。"

"抓捕乔桂生后续引发的事情,的确给你带来了不少压力,放松下也好,我准假。"韩平军在休假申请书上签下自己的名字时,像想起什么似的问,"对了,你上午到河西村怎么个情况?"

"郝强没跟你说吗?"

"今天我还没见到郝强。"

"我去了郝强家锁门。"何启云说,"听邻居说,郝强和他母亲找了个农用车把乔英送进了县精神病防治院。"

"乔英看样是真得了精神病。"韩平军喟叹说,"可惜了这个女孩子。"

何启云很想把乔英说的险遭郝强强暴的事说给韩平军,可他欲言又止,接着韩平军的话说:"乔英会好起来的。"

15

何启云到了贵阳下了飞机,顿悟此行的目的虽然明确,但若是没有熟人,想把事情办好也并非易事;现在律师多,可也是鱼目混珠,收了当事人的钱敷衍了事的大有人在。他出了机场寻思了半天,想到自己接触过的到兴隆县押解乔桂生的贵阳市南明区公安分局王民权大队长。他怀着试试看的心理,打了辆出租车直奔南明区公安分局。

何启云敲开王民权办公室的门,对在办公桌后坐着的王民权说:"王大队你好。"

王民权颇感意外地起身相迎说:"这不是东北的小何吗?怎么公出来了?快坐。"

"就算是公出吧。"何启云坐在沙发上说,"我这次来是关于乔桂生的事。"

王民权推测问:"怎么?乔桂生在你们那也做了案子?"

"不是。"何启云把在路上酝酿的话说出,"乔桂生被抓后,他妻子出车祸死了,女儿乔英精神受了刺激神经兮兮的;乔英很惦记父亲的事,她在她姨家住,本想让表哥帮她父亲找律师打官司,可她表哥是没出过村的农民,也不知该怎么做。我是她姨家所在村的包片民警,她便委托我到贵阳帮她父亲请个律师打官司。"

王民权听了何启云的来意,不禁调侃地说:"你这个警察当得好,既抓逃犯,还帮逃犯打官司。"

"我在贵阳除了认识你王大队,就谁也不认识了;有些事还得麻烦王大队。"

"你帮我们抓捕逃犯,还没感谢你呢。"王民权说,"你说的事谈不上麻烦，我姐夫正好是个律师事务所主任，我给他打个电话，看他能不能接这个案子。"

王民权说罢，从办公桌上拿起了手机……

王民权挂断电话说："我姐夫说可以接这个案子，我跟他约好咱们晚间一同吃点饭，唠唠这个案子。"

何启云透着感激说："谢谢你了，王大队。"

"别客气。"王民权问，"你还没订下住的地方吧？"

"还没有，我待会儿自己找个小旅店住下就行。"

"别介，我给你找个地方住下。"王民权说，"这也到下班时间了，咱们走。"

王民权是个爽快的一个人，他没让何启云花销便给他找了家宾馆，晚间的饭局也是他安排的。何启云认识了王民权的姐夫卢律师，卢律师听了简单的案情后说："乔桂生给他人打家具因工钱之事与他人发生纠纷，将他人推倒致颅脑出血死亡，这应当是过失致人死亡罪。"何启云问，"不是伤害致死呀？那什么是过失致人死亡罪？量刑重吗？"卢律师说："过失致人死亡罪必须是过失，即应当预见自己的行为可能发生他人死亡的危害结果，因为疏忽大意而没有预见，或者已经预见而轻信能够避免，以致发生他人死亡的危害结果。客观上必须实施了致人死亡的行为，并且已经造成死亡结果，行为与死亡结果之间必须存在因果关系。"他点燃一支烟接着说："过失致人死亡罪处三年以上七年以下有期徒刑；情节较轻的，处三年以下有期徒刑。死亡赔偿金按照受诉法院所在地上一年度城镇居民人均可支配收入或者农村居民人均纯收入标准，按20年计算。"

何启云听了卢律师的解释，即欣喜又忧虑；欣喜的是乔桂生所犯的过失致人死亡罪量刑不会很重，忧虑的是他以为帮乔桂生请了律师就了结了此事，不曾想还有死亡赔偿金。自己帮不了乔桂生那么多，那么乔桂生是否有亲属在本地能帮他呢？他给乔英打电话，可乔英的手机关机。

在王民权送何启云回酒店的路上，何启云说："我能不能看一眼乔桂生？"王民权说："没问题，我明天拉你到看守所去。"

16

　　何启云和王民权到了看守所，看守所民警一看提审手续上写的是乔桂生的名字，便说这人在监室里情绪很不稳定，有自杀倾向。何启云听了看守所民警的话，心中倏然一紧。

　　两人在监区外走廊里等了半天，随着脚镣在地面上哗啦啦的声响和监区的铁门洞开，乔桂生才出现两人的面前。

　　乔桂生不但脚上戴着脚镣，他的双手也被手铐束缚；他面色灰暗，面颊满是胡须。他见到何启云，眼神中闪过略感意外的神情，进而是怒目而视。

　　进了提审室，王民权指着何启云对坐进审讯椅里的乔桂生说："这位你认识吧？"

　　乔桂生把脸扭向一边，抵触地说："当然认识。"

　　王民权把乔桂生的手铐打开："你对从几千里之外赶来帮你打官司的警察持这种态度可不好。"

　　乔桂生没理解王民权的话，说："谁帮我打官司？"

　　何启云说："我帮你打官司。"

　　乔桂生瞪大眼睛，不解地望着何启云。

　　对于何启云来讲，抓捕乔桂生虽不算惊心动魄，但那种在职责和私情的纠结下促使的行为，足以使他铭记一生。乔桂生走出监区后的神情和抵触的话语，没让何启云放在心上。何启云在观察乔桂生面容后从对方的大眼睛和垂直的鼻梁上找出的乔英的影子，使他对乔桂生萌生出了怜悯。他迎着乔桂生的目光说："或许你对我心存恨意，因为你心里认为，我不抓你，你妻子就不会出车祸死亡，你也不会在这看守所里等待着法院的判决。但你考虑过没有，你妻子的意外，我同你一样都是不愿看到的……你犯罪逃逸，警察是不会放过你的，即使我不抓你，别的警察也会抓你；再则你逃逸的过程，胆战心惊的，何时是头呢？"

何启云的话，让乔桂生有所触动，他摇了两下头，双手捂着脸，一副愧疚悔恨的样子。

何启云想起看守所民警说的乔桂生情绪不稳定的话，便问："听说你在监室里寻死觅活的，是挨欺负了吗？"

乔桂生移开脸上的双手，低下头，透着绝望地说："我把人弄死了，即便不判死刑下半辈子也得在监狱里待着；我妻子也等于是我害死的。我手上有两条人命，你说我活着还有什么意思，我只欠一死呀！所以我在监室里撞头、绝食，可警察不让我死，我想死还死不成……"乔桂生抬起了头，泪水纵横地看了何启云一眼，而后把目光对着王民权哀求地说："快把我的案子交给法院吧，快让他们判我死刑吧！"

王民权苦笑着说："看样子我们这次来对了；若不来，你还容易出现问题呢。"

乔桂生的颓废所呈现出来的无赖相，迫使何启云厉声训斥："作为男人，即使是罪犯，也应当有重新做人的担当。乔桂生，你还像个男子汉吗？"

乔桂生是农民，何启云的话对他来讲很新鲜，他懵懂地看着何启云，听着他的下文。

何启云把语气缓和下来说："你知罪悔罪，这是你好的方面；但你表现出来的绝望，却是极不应当的。只有坦然地承受所面临的刑罚，鼓起重新做人的勇气，才是你所应当做的。再则你犯的罪，不至于判死刑，也不会在监狱待半辈子。乔英也惦记着你这个父亲……"

提到女儿的名字，乔桂生恍然意识到了什么，他问："是乔英让你来帮我打官司的吧？"

何启云说："是乔英委托我来的……"他把到贵阳来所了解的情况说给了乔桂生。

当乔桂生得知自己所犯罪行是过失伤害致死罪，至多判 7 年刑时，神情顿时变得充满了希冀。乔桂生得知日后的判决涉及死亡赔偿金，琢磨半天想起自己有个同父异母的妹妹乔桂云有可能在贵阳开酒店。王民权说："乔桂云我认识。"他对何启云说："他妹妹开的酒店就是你住的酒店。"乔桂生给乔桂云写了一封信，让何启云转交给她，看她是否帮自己。

何启云和王民权找到了乔桂云，乔桂云听到哥哥出事唏嘘不已，她答应帮助乔桂生。

何启云临走那天，对送自己到机场的王民权感激地说："这次贵阳之行，多亏了老大哥相助。"王民权说："天下警察是一家，应当做的。"

17

乔英是因为诸多难以承受事情的累积，致使她出现短暂的情感性精神障碍。她在精神病防治院没住几天，就被郝强接出了院。乔英住院的几天，郝强每天都去看她，并时常提起她答应嫁给他的事。在乔英眼里，自己跟何启云组成家庭是可望而不可及的，加上郝强对她的软磨硬泡，她也就认命般地接纳了郝强。郝强把乔英接回家，开始准备婚事。

何启云从贵阳回来，先是去了精神病防治院。陈副院长告诉他，乔英前一天刚出院。何启云拿手机要给乔英打电话，可一考虑她在邹香霞家接电话可能会不方便，便发了短信："我已从贵阳回来，想见你。"乔英过了两个小时才给他回短信："晚间6点，村西头见。"

乔英的确不方便和何启云联系，但她收到何启云的短信，很想知道他到贵阳给她父亲办的事情怎样，可她当时正和郝强粉刷屋子，只好待郝强离家到派出所上班后给何启云回了短信。

吃晚饭时，乔英看了眼墙上的石英钟。一贯对乔英不放心的邹香霞，心中泛起了狐疑。撂下碗筷，邹香霞仍如往常似的出门到邻居家串门。乔英收拾完饭桌，也出了门。她不曾想到的是，在邻家院里跟人唠嗑的邹香霞耳朵一直听着家门的动静。

在村西头的杨树林，何启云把车停在杨树林边，靠着车吸着烟。

不一会儿，乔英出现在何启云的视线里。何启云心里虽然多次告诚自己和乔英已没什么私情，只是从道义上帮助她而已，可乔英的出现，仍使他怦然心动。

乔英近前，何启云压抑着情绪说："过来了。"

乔英说："我们进林子里谈吧。"

何启云有些迟疑。

乔英说："我是待嫁的人，虽然我们谈的是正事，但我不想让别人看见说闲话。"

何启云虽有意料，但仍旧惊异地问："你真要跟郝强结婚吗？"

乔英点了下头，而后说："不谈我的事了，你给我父亲办的事怎么样了？"

"事情办得还不错，我也见到你父亲了……"何启云边和乔英向树林里走着，边把到贵阳后的经过说给了乔英。

在听何启云叙述的过程中，乔英或是对何启云所做事情的感动，抑或对父亲有较好结果的惊喜，她转身伏在一棵树上哽咽起来。

乔英消瘦的背影，使何启云怜惜地近前双手扶着她的肩膀说："你父亲很惦记你，他不希望你这样伤心。"

乔英不再哽咽，说："我只有父亲一个亲人了，他这个结局，我也满足了。"

何启云说："你父亲说，'我女儿若是有好的归宿，我就不担心什么了。'"

乔英听了何启云的话，忽地抱着何启云，又流下泪水说："我没有好的归宿，我对不起我父亲呀！我对不起我父亲呀！"

何启云觉得自己的话说到了乔英的痛处，他怕她精神再出现反复，安抚地拍着她的后背忙不迭地说："对不起，对不起！"

乔英的头从何启云的胸前抬起，抹了下眼泪，正色地说："你是我挚爱的男人，我快要结婚了，我求你一件事行吗？"

何启云被乔英的动情感染得眼睛也湿润了，他说："只要我能做到的，你求我什么事都行。"

乔英解着衣襟说："今天你要我行吗？"

何启云虽没即刻理会乔英所说"你要我"的意思，但乔英的举动,让他明白了一切。他既渴望又禁锢着自己,大脑一片空白。

一个阴沉而又响亮的声音响起:"乔英,回家了。"

何启云和乔英惊悸得身体同时一激灵,两人循声望去,见十余米开外,邹香霞站立在那。

何启云和乔英默言地黯然分开。

乔英跟邹香霞到家,开口想解释:"姨,是这么回事……"

邹香霞声嘶力竭地喊了声:"别狡辩!"双手犹如要抓挠乔英似的,在乔英的眼前挥舞了半天。

邹香霞的举动,让乔英惊骇不已。

郝强从派出所回家已是半夜,他推开门在漆黑的厨房里,见椅子上坐着一人,他吓了一跳:"谁?"

邹香霞说:"你妈。"

郝强打开灯,见母亲面色铁青,他问:"妈,你不睡觉,在厨房干什么?"

"我憋闷得睡不着觉。"邹香霞说,"儿呀,你过来……"待郝强近前,邹香霞把晚饭后跟踪乔英,并见乔英和何启云在村西头杨树林见面的事说给了儿子。

郝强气恼地奔向乔英的住屋说:"我问问乔英咋回事。"

邹香霞把儿子拽住:"别问了,你问急了,等于把乔英往何启云那推;我自有办法……"

18

让何启云始料不及的是,邹香霞一大早竟来到了派出所,站在院内张口大骂,"你何启云是什么警察,简直就是流氓,你把我外甥女害得进了精神病院。我外甥女稍好了些,你还勾引她……"

何启云来到院里对邹香霞说:"大婶,你误会我了……"

"我亲眼看见你勾引乔英,还说我误会你。"邹香霞抬高声调,

"你是警察怎么的？警察就胡作非为呀？"

何启云有口难辩，若不是韩平军及时把邹香霞拽进办公室开导，他真不知该如何收场。

何启云见韩平军开车拉着邹香霞驶离了派出所，觉得自己很憋屈，他要待韩平军送邹香霞回来，跟他做些解释。

郝强到了派出所，对何启云怒目相向。何启云见他如此态度，知道对他说些什么只能引发争吵，他只好缄默。

韩平军下班时才回到派出所，他见到何启云像没事般地说："晚间没事吧？我请你喝酒。"

"不、不……"何启云不安地说，"我净给组织添麻烦，韩所长想喝酒的话，我请你。"

"咱俩谁请谁还不一样，跟我走吧。"韩平军转身往门外走着说，"别开车啊，喝完酒我让别人送咱俩回家。"

两人到了派出所附近的一家狗肉馆，点了菜斟上白酒，默然半天的何启云端起酒杯说："给你添麻烦了，韩所长，我先自罚一杯歉意酒。"他把一杯白酒倒进了嘴里。

"你怎么回事？馋酒了？"韩平军指着涨红了脸的何启云说，"我找你吃饭也没批评你什么，你喝什么歉意酒？"

此时的何启云，只觉得亏欠韩平军，他答非所问地说："谢谢你，韩所长。"感觉憋屈的人很容易激动。他眼中噙着泪水。

韩平军同情地看着何启云说："我相信你和乔英之间没有出格的事，我也知道你和乔英在一起定是事出有因。可是或许你不曾考虑过，你的行为给派出所，特别是你个人的声誉会带来很大的负面影响……"

"我没想到事情会这样。"何启云打断韩平军的话说，"那天早上，你说乔英在邹香霞家砸东西和骂邹香霞娘俩，你让我上河西村看看，结果邹香霞娘俩把乔英送进了县里的精神病防治院……"何启云把在精神病防治院乔英托付他帮她父亲打官司的事，以及他请假到贵阳给乔桂生请律师等情况说给了韩平军。

"邹香霞对你和乔英的接触非常敏感，敏感到听不进别人的解释，只要她见你俩接触，就认为你俩有什么猫腻。"韩平军说，"可能也正因为邹香霞的敏感，才使你不好到她家找乔英谈；可你把她约出来，更是弄巧成拙。"

何启云点头："确实如此。"

韩平军说的很实在："乔英就要和郝强结婚了，你往后别再接触乔英了。至于说你对乔英是否真有感情，那也都是过去的事了；再一个，你请假到贵阳帮她父亲打官司，也算是对她做到问心无愧了。"

"我知道，可是……"何启云想说些什么，可又不知该怎么说。

"对了，我有个事要告诉你。"韩平军转了个话题说，"我今天到县局去，县局领导说要把你调到刑侦大队去。像你这样的从中国刑警学院毕业的高材生，乡镇派出所是留不住的。"

调到县公安局，是何启云早有耳闻的事，他并不感到意外，不过他对乡派出所有些不舍："县局上班那么远，有啥意思。"

"去吧，到了新环境，心情也会好些。"

何启云有些感慨地说："我这时候走，像是躲避什么。"

"你小子呀，别患得患失了。"韩平军给何启云斟上酒说，"来，喝酒，恭祝你高升。"

在何启云的眼中，韩平军不仅是他的领导，更是他敬重的大哥，他心怀感激地举起酒杯说："我在派出所这段时间，多谢你的关照；日后我不管你叫所长了，就管你叫韩大哥。"

何启云不到一个星期就调到了县公安局，在父母的极力张罗下，经别人的撮合，他和人民银行工作的关晓倩建立了恋爱关系。他虽脱离了管辖的河西村，有了女朋友，但以往的场景特别是乔英的影子在他脑海中挥之不去。

何启云一天早晨开车上班，在途经河西村时听到了鞭炮声。他在村口把车停下，他见郝强的家门口聚拢了不少人和两辆中巴车，地上放过鞭炮后的硝烟还没散去。

一种难言的失落和怅然，在何启云的心中弥漫……

19

邹香霞倾其所有给儿子办了婚事。

晚间,客人相继离去,邹香霞和儿子、儿媳坐到了餐桌前,平时不近酒的她自斟了一杯白酒,面露喜悦地说:"今天是大喜的日子,我喝一杯。"

郝强很兴奋,虽然他中午喝了不少白酒,但晚间仍旧倒了一杯白酒。

邹香霞喝下一口酒说:"乔英啊,从今天起,你就别管我叫姨了,改口叫妈吧。"

乔英在恍惚中成了别人的媳妇,邹香霞一句接一句地给她身份的定位,让她很不适地伤感流泪说:"我是你的外甥女,怎么就一下成了你的儿媳了呢?"

"你从外甥女成了我的儿媳妇,这不是亲上加亲吗?再则,郝强跟你没有血缘关系,你俩的婚姻很正当啊。"邹香霞心里明白,即使郝强和乔英没有血缘关系,但两人还需有个磨合的过程,她计划第二天到郝强的三婶家待几天,给儿子和儿媳一个独立的空间。

乔英没再说别的,擦拭着泪水点下头。

邹香霞娘俩先后喝晕了摇晃着回屋后,乔英像座雕像似的呆坐在餐桌旁。不一会儿,郝强呼噜声传来。乔英一直在厨房待到黎明,直到邹香霞的屋里有了动静,她佯装起得早在厨房里忙活起来。

早晨吃早饭的时候,郝强还没有起床。邹香霞饭后拾掇完进屋对儿子说:"我上你三婶家待上几天。"郝强睁下眼说:"去吧。"乔英在厨房探过头来问,"你怎么想起上三婶家?"邹香霞说:"你三叔去世不长时间,你三婶一个人住,我过去陪陪她。"邹香霞说完,就出家门走了。

乔英不愿待在屋内,拿本书到院子里看;中午她见郝强还没有起床,就去招呼他,可她见郝强满脸潮红,呼吸急促。她摸了下他的额头,感觉很热。她推醒郝强说:"你在发烧,我领你上医院。"郝强起身咳嗽着说:"不去医院,吃点药就行。"就在乔英欲给他端水拿药,听到身后"扑通"一身,她回身见郝强倒在了地上。乔英把郝强扶到床上说:"不行,你得到医院,我去找车。"

乔英找到刘村长。刘村长听乔英说郝强病得不轻,邹香霞又不在家,就二话没说,用农用车把郝强送到了县医院。

经做胸透检查,大夫看过郝强的胸片说:"有肺炎,发烧可能由此而引起,需要住院观察治疗。"郝强知道住院动辄几千元,而他的家里目前几百元钱也拿不出,他嘴里嘟囔着,"我不住院,我不住院。"乔英知道郝强的心思,就说:"那打完点滴再回去吧。"

郝强回到家,勉强吃了几口饭服下药,又昏睡了过去。

到了晚间,郝强醒来,上接不接下气地对乔英说:"我怎么觉得胸闷呢。"乔英说:"咱还是住院吧。"郝强瞪着眼睛不说话。乔英焦虑地说:"我知道家里没钱,但再没钱,也不能不看病呀。给你妈打电话,她能有办法。"郝强说:"我三婶家的电话我不知道,我妈也没手机,没法联系呀。"乔英忽然想起了母亲的死亡赔偿金,她说:"我母亲出车祸赔偿的钱你妈放哪了?你要是知道的话,明天把这钱取出些你住院用。"郝强当初明白母亲以乔英精神不好为由扣留她母亲死亡赔偿金本意是留住她,而现在乔英提出用这钱给他看病,这使他既感动又觉得愧疚,他边指着床底边说:"存折和你的身份证都在床底下一双胶鞋里。乔英哈腰找出了郝强所说的胶鞋。"

乔英再次到刘村长家找车,可她没进院门见刘村长正在院里正跟别人喝酒。乔英犯了难,无奈之下掏出手机,拨通了何启云的电话。

何启云的家离河西村5公里的路程,郝强被弄到车上已昏迷。郝强病危的状况,促使何启云找寻其他途径通知到了邹香霞。

不曾想的是,郝强在县医院经抢救无效,第二天清晨撒手人寰。

抢救床上的郝强不瞑目的双眼和大张的嘴,让人看了骇然。乔英既惊恐又无所依地双手拽着何启云的臂膀说:"你说我可咋办呀……"

正在这时，抢救室的门"砰"的一声被撞开，邹香霞跌跌撞撞地进来，她看了眼儿子的尸体，随即扭头怒目圆睁地指着何启云和乔英："就是你这俩奸夫淫妇害死了我儿子……"

20

郝强的死，虽让人感觉到意外和突然，但县医院出具的郝强死于大叶性肺炎灰色肝变期的诊断，也使人认同了这个结果。与别人不同的是，邹香霞则一口咬定是何启云和乔英害死了自己的儿子。何启云和乔英对邹香霞如何解释，都无济于事。邹香霞找人写了封题为《奸夫淫妇害死我儿》的举报信，和诸多亲属到县委县检察院等部门上访。

经兴隆县公安局党委研究，何启云被停职，接受纪检委的调查。乔英不可能再住在邹香霞家里，但她在调查期间，又不能离开兴隆县，她被县公安局指定住在公安局招待所里。

邹香霞不信任县医院出具的郝强死于大叶性肺炎灰色肝变期的诊断；而公安机关只有尸检才能得出答案。可邹香霞又对县公安局的法医不信任，县公安局经请示上级公安机关东林市公安局，东林市公安局派出资深法医庞旭建到兴隆县对郝强尸体进行尸检。

为了彰显公正和消除死者家属的疑虑，在县医院的停尸间对郝强尸检当天，县检察院派员到场进行监督，郝强的家属也被提前告知来到了县医院目睹尸检全过程。

郝强的尸体赤裸地摆放在不锈钢解剖台上，当法医抄起手术刀划向郝强的前胸时，本已悲痛欲绝的邹香霞不忍目睹地昏厥在亲友的怀里。

渴望得到真相的何启云也来到了县医院，可他却被挡在了停尸间的门外。县公安局纪检委书记顾景江不客气地说："你别再给组织添乱了，马上离开这里。"

本以为调到县公安局可以重新开始的何启云，只因接了乔英的电话把郝强送到医院，自己却又退回原先的泥沼里，且难以自拔。父母气愤地指责他："组织现在给你停职，日后不知怎样呢。"父母的话，让何启云的心里愈发忐忑。这诸多的变故，使何启云心绪恶劣难以正视目前的境况，他顶撞着顾景江："我进去难道能影响尸检吗？死者家属都能进，我为什么不能进？"

"你说你为什么不能进？"顾景江说，"因为你是警察，警察就得服从组织的命令。"他接着缓和下口吻解释说："家属怀疑死者是被害死的，让他们进去，是出于消除他们的疑虑考虑的；你若进去，则适得其反，家属此时情绪激动，他们有可能因对你的对立，进而形成对公安机关的不信任……你要相信组织，真的假不了，假的真不了。"

顾景江的话，让何启云不得不离开县医院。他刚启动车，接到了乔英打来的电话，她在电话里说，她是借招待所服务员的手机给他打的电话，她继而带着哭腔问："我们该怎么办呀？"

作为警察的何启云考虑自己和乔英的问题毕竟还没有查清，他此时对乔英只能是回避。他什么也没说，挂断了手机。

何启云和关晓倩处对象没多长时间，他觉得有必要跟关晓倩解释下目前所发生的事情，他拨通了关晓倩的手机，可手机没人接。他给关晓倩发了短信："中午有时间吗？咱俩吃点饭，有些事想跟你说。"

关晓倩给何启云回了短信："我知道你有事要解释，可我不想听。多亏你我接触时间不长，否则的话，你的蒙骗会给我带来很大的痛苦。"

如果说关晓倩跟何启云因其他原因而断绝恋爱关系的话，何启云倒也能坦然接受；可关晓倩跟他断绝关系是缘于他跟乔英的接触所产生的误会，并在短信中带有他觉得玷污他名誉的"蒙骗"二字，这让他着实难以承受。他情绪激动地要找关晓倩讨个说法，他开车向县人民银行驶去。

何启云的车开得较快，他为了躲避一个突然横穿马路的女孩，猛一打舵，他的捷达车撞在了电线杆上……

21

何东升和郑岩夫妻俩本以为退休后生活在农村可以颐养天年，不曾想儿子接二连三的事情让他俩心绪难宁。夫妻俩坚信儿子不会做伤天害理的事，但他俩不了解乔英，他俩很想知道乔英究竟是怎样的女孩，让自己的儿子魂不守舍藕断丝连；往不好的方面来讲，他俩更怕何启云被乔英利用，故而萌生了要见乔英的念头。

何启云早晨开车从家走时，何东升对儿子说："我和你妈到县城去办点事，顺路坐你的车。"

何启云问："办啥事呀？"

何东升随口说："去看你爷爷。"

何启云的爷爷跟他叔叔一起住，何启云把父母载到了县城叔叔家的门口。

何东升从儿子嘴里得知，乔英被隔离在县公安局的招待所里。既然是隔离，他知道想要见到乔英或许不顺当，但因他的弟弟何东强是兴隆县政府的副县长，通过弟弟跟公安局沟通后或许能见到乔英。

好在乔英目前不是什么犯罪嫌疑人，公安局让她住在招待所里的目的，只是没弄清郝强的死因前，暂时不让她离开兴隆县而已；况且何东强是县领导，其亲属见乔英不是违反什么大原则的问题，县公安局领导同意何东升见乔英。

夫妻俩来到了县公安局招待所，一个女民警推开二楼的一间客房，指着伫立在窗前背对着他们的女孩说："她就是乔英。"

女民警离开，乔英听到身后的声音转过了身。

乔英的俊美和清纯，加上她面透难掩的那种受委屈后所形成的抑郁，让夫妻俩推测，乔英应该不是坏女孩。

乔英只凝视了面前的老夫妻一眼，便从容貌和神态上认定对方是何启云的父母。她几步近前，扑通一声双膝跪地说："大爷、大娘，对不起！是我害了你们的儿子；让你们的儿子因我受牵连。"她流着泪水解释，"不过大爷、大娘，郝强真的不是我和你们儿子害死的，郝强真的是病死的呀……"

郑岩的眼睛也被泪水模糊，她搀扶起乔英说："不要这样，有话坐着慢慢说。"

恰在这时，何东升的手机响起。何东升接通电话，刚听到对方一句话，面色忽地焦虑地问："你说什么？我儿子出车祸了？"当得到对方的肯定答复后，他挂断电话对妻子说："咱俩快到县医院去，儿子出车祸了正在抢救。"

郑岩听了丈夫的话，有种天塌下来的感觉，她头晕目眩，险些跌倒。何东升扶着妻子担心地说："老伴，这时候你可千万别倒下。"

郑岩站立着，镇定了会儿说："我没事，咱俩走。"

乔英焦虑地问何东升："能不能带我一起去看启云？"

"恐怕不行。"何东升虽然和乔英没说几句话，但他似乎已经信任了她，他临出门说："姑娘不要着急，事情总有明了的那一天。"

乔英看着夫妻俩出了房门，双手焦虑地拍了下大腿。

夫妻俩到了县医院，见韩平军跟医护人员正忙活着给儿子做各项检查。韩平军说："他上午到县公安局办事，恰巧碰见何启云驾车为躲避一个女孩撞到了电线杆上。"

一个女大夫走到夫妻俩的跟前说："你俩是伤者的家属吧？"

"我俩是伤者的父母。"郑岩问，"我儿子伤得怎么样？"

女大夫说："伤者身体左侧肋骨两处骨折，断端向内移位，刺破肋间血管产生血胸，现需手术。你们得多交些费用。"

何东升掏出手机打电话筹钱，郑岩站立着身体有些摇晃。正在这时大汗淋漓的乔英赶了过来，搀扶着郑岩的臂膀坐在墙边的椅子上。

乔英的身后跟来一男一女两个警察，女警察对乔英说："真有你的，竟敢从二楼跳下来；也不怕摔坏了。"

正为儿子忧心的郑岩听了女警察的话，不由得侧身关切地问乔英："没摔着吧？"

乔英说："没事的，大娘。启云怎样了……"

22

一个星期后,县公安局纪检委书记顾景江来到了招待所,他对乔英说,经尸检鉴定,郝强的死因是大叶性肺炎灰色肝变期,属因病正常死亡。他同时告知乔英,"从现在起,对你解除隔离。"

乔英出了县公安局招待所,打了辆出租车,直奔县医院。

乔英上次到县医院,得知何启云没生命危险后,便被警察带回了招待所。此时她只知何启云在骨外科住院,不知具体哪间病房。她到了骨外科,她前面恰巧有一个女孩捧着花篮问一个护士:"何启云在哪间病房?"

护士指着旁边敞门的病房说:"就在这间病房。"

女孩走进了护士所指的病房里,乔英在她身后停下了脚步。

来看何启云的女孩不是别人,正是关晓倩。关晓倩是个虚荣、现实的女孩,她跟何启云处对象看好的是他的工作和家境,当邹香霞告状说何启云和乔英害死了郝强,她便打了退堂鼓不想跟何启云处下去,她不听何启云的解释,用短信的形式断绝了和何启云的关系。正因为她的短信里有"蒙骗"的字眼,才引发何启云欲找她理论而出了车祸。她随后得知郝强是因病而死,何启云的叔叔何东强还是副县长,她恍然悔悟真不应草率跟何启云断绝关系,她这才到医院看望何启云。

病房里的何启云躺在病榻上打着点滴,郑岩背对着门坐在床边的凳子上跟儿子唠着什么。正跟母亲唠嗑的何启云见到进来的关晓倩,话语戛然而止,把身子转向了墙壁的一面。

对儿子的反常举动没回过味来的郑岩,听到身后的一句:"大娘好。"扭过身看到关晓倩才知是咋回事。

关晓倩把花篮放到床头柜上,俯下身子对何启云说:"启云,我这段时间工作忙没来看你,你别生气。"

不知内情的郑岩扒拉下儿子:"启云,小倩过来看你,你怎么不理人家。"她接着给儿子打着圆场,对关晓倩说:"他车祸后心情不好，你别介意。"

关晓倩尴尬地笑了一下："没关系的，大娘。"

郑岩拿起水瓶说："你们聊着，我打水去。"

郑岩出了病房门，见到了乔英，她热情地说："乔英你也来了。"她往病房看了眼说："里边不方便，咱俩在这说会话儿……"

"你走，我不想再见到你。"病房内传出的何启云的断喝打断了郑岩的话。

随即，关晓倩尴尬地疾步走出病房，连郑岩都没有理会直接离去。

"这孩子怎么了？"郑岩回身返回了病房。乔英跟在她身后。

当何启云看见乔英出现在门口，他愤懑的表情转瞬间变成惊喜："乔英……"

23

郝强的尸检报告出来，县公安局让家属将尸体火化，而邹香霞则坚持要土葬儿子。何东升为了邹香霞日后不再胡搅蛮缠，再度对儿子的工作和声誉造成影响，就息事宁人地给她5000元钱处理郝强的后事。曾跟邹香霞一道要给郝强讨要说法的亲属们，在河西村边给郝强土葬后，也都劝邹香霞正视现实，过好日后的生活。

然而邹香霞却不能接受儿子因病死亡的事实，她始终认为儿子是被人害死的。近期她了解到，在乔英隔离期间，何启云的父母曾到县公安局招待所看过她；何启云的叔叔何东强是副县长；更让她难以接受的是，乔英现在竟在医院护理出了车祸的何启云。她了解的一切，使她推断，儿子的尸检鉴定不是真实的结果。何启云的父母看乔英，是跟乔英订立攻守同盟；作为副县长的何东强运用自己的权力，徇私枉法为自己的侄儿摆脱了责任追究；公安局的法医收了何启云家的钱，说不上拿个狗肺子或猪肺子糊弄自己，随便说肺子里检出什么大叶性肺炎灰色肝变期。再一个，何启云的家人岂会那么心善，给她钱处理儿子的后事，这里面肯定有问题……邹香霞暗自想："我虽是一个孤身老太太，可我却不是好欺负的，我倾家荡产给儿子娶了媳妇，儿子不能说没就没了，不行，我还得要讨个说法……"

邹香霞地里的农活也不打理了，她把那封《奸夫淫妇害死我儿》的举报信花钱打印复制了多份，到了东林市递到市信访办、市人大等部门。

邹香霞递给市里相关部门的上访材料石沉大海，她到所递上访材料部门询问结果，一开始还有人把她让进屋里给点水喝，劝慰几句；到后来门口的保安干脆不让她进办公楼了，对她不予理睬。

一次邹香霞满身是汗地从东林市回到家里，打开电风扇吹着风，自言自语："这是什么世道，老百姓的冤屈还没人管了。"电风扇给她送来的凉爽，让她想起儿子在世时给她扇扇子的情景，她又对着电风扇说："儿子，难道你真是得病死的吗？"

电风扇的转动传来齿轮"嘎吱"的声响，在邹香霞听来像是儿子的咳嗽，继而她恍惚听见儿子在说："妈，我不是病死的，是何启云和乔英害死的。"

听到儿子如此说，邹香霞气愤地说："对，就是这对奸夫淫妇害死的！你身体虽然不好，但也不能突然死去呀？你死了，给这对奸夫淫妇扫清了障碍，他俩现在如鱼得水地在一起呢。"她环视着给儿子结婚置办的崭新的家具和电器，忽地号啕大哭起来，"我的儿呀！你死得冤呀……"

正哭着，邹香霞隐约听到有人敲院内的大门。她到厨房用手巾抹了一把脸，出了房门。

站在大门外的乡派出所民警刘林说："大婶您好，我们是乡派出所的。"

邹香霞自从郝强死后，因何启云的缘故，对警察有一种难以消解的仇视。她站在院内冷冷地问："有事吗？"

韩平军说："我们来看望您了，我是乡派出所所长韩平军。"

邹香霞透过门缝，看见大门外有三个穿警服的人。她心里嘀咕着黄鼠狼给鸡拜年不安好心，不情愿地打开门说："我这个孤老婆子哪敢劳驾你们来看。"

韩平军走进院内说:"大婶,您说这话就见外了,郝强曾在派出所当过协警,我们作为郝强的同事,来看望您不是应当的嘛。"他又给邹香霞介绍了身后的另两人。

邹香霞没把韩平军等人往屋里让,她自己坐在一把椅子上,又指着地上的几个小板凳说:"你们坐吧。"

韩平军等人挨着邹香霞坐了下来,韩平军问:"大婶,家里生活有什么困难没有?"

邹香霞说:"我这个孤老婆子一个人吃饱了不饿,没啥困难。"

"我知道你是不愿意麻烦我们。"韩平军打开拎包拿出一个信封说,"大婶,你一个人生活不易,郝强结婚你又欠了不少的债,我们所里民警考虑到你家的困境,给你凑点钱,你拿着。"

"谢谢。"邹香霞接过钱,脸上有了点笑模样。

韩平军看着院子里的凌乱和没剩几块的烧柴,便说:"我们给你干点活吧。"他站起身,拎起斧头就劈起了柴。

另两人也跟着打扫起了院子。

干完活,韩平军临走时说:"大婶呀,日后有什么事尽管吱声,我们能做到的肯定会帮您。"刘林说:"大婶呀,你要相信公安机关对你儿子死亡的科学鉴定,日后好好在家过日子吧,别再上访了。"韩平军接着刘林的话说:"是呀,思想别老转不过弯来……"

乡派出所民警在竭力帮助邹香霞解决生活困难的同时,又一口一个大婶地开导,却没能改变邹香霞上访的想法。当韩平军等人走时,她看着远去的警车,自语:"我说嘛,黄鼠狼给鸡拜年没安好心,竟然不让我上访。"

24

何启云伤好到县公安局上班,却被告知他已被退回原单位大肚川乡派出所。何启云到纪检委找顾景江问:"为什么把我退回原单位?"顾景江说:"你的行为给公安机关造成很大的负面影响,现在邹香霞仍没打消上访的念头。故经局党委会讨论决定，将你退回乡派出所。"何启云不服地说："邹香霞上访是无理访，跟我有什么关系？"顾景江说："你若是抓捕逃犯后，跟乔英了断关系，岂能引起这么多问题。你应当对你的行为有所反思，而不是强调自己没过错。"这时，何启云衣兜内的手机铃声响起，他掏出手机接听电话，何东强在电话里说："启云，听说你到单位去了。"何启云说："叔叔，我是到单位来了，县公安局让我回乡派出所上班。"何东强似乎预料到何启云会跟顾景江理论，他说："让你回乡派出所上班，你就回去，不要觉得自己委屈跟领导强辩，有些事不像你想象的那样简单。"何东强的话犹如灭火器，把何启云内心的怨愤浇灭了大半。何启云挂断手机跟顾景江说了句"我明天回乡派出所上班"，就出了顾景江的办公室。

乔英已回利来大酒店上班，下班的时候，她给何启云打电话，把他约了出来。

郑岩知道儿子出去是跟乔英见面，她想阻止，可看到儿子情绪低落的样子，话到嘴边便只说了句，"早点回来。"何启云说了声知道了，出门开车走了。

何启云虽没有和乔英表明建立恋爱关系，但两颗遭遇磨难且又孤寂的心，正在逐渐靠近。

何启云在县城紫金阁小区有一处住房，是他父母留给他结婚用的。他心情烦闷想喝酒，就把捷达车放进紫金阁小区里，打电话跟乔英约好在一家饭店见面。

两人在饭店见了面，何启云点了几个菜和一瓶半斤装的白酒。

乔英劝阻说，"你的伤刚好，别喝白酒了。"

何启云无精打采地说："我今天就想喝白酒。"

"遇上什么不开心的事了？"

"唉！"何启云叹口气，没说话。

乔英知道，何启云遇到的烦心事大多与自己有关，她扭开白酒瓶斟满两个酒杯说："既然你想喝白酒，那我就陪你喝。"

何启云喝下一大口白酒，才回答乔英："我又回乡派出所了。"

乔英面露诧异："为什么？"她没等何启云回答，继而说："或许是邹香霞上访,由此公安局的领导迁怒于你?"她已不管邹香霞叫姨了。

"就是你说的这码事。"何启云说:"邹香霞上访是无理访,领导这样待我很不公平。我不明白的是,难道我离开县公安局,邹香霞就能放弃上访吗?"

"我看邹香霞就是一个精神病。"乔英劝慰地说,"就是你回乡派出所,我想也是暂时的,过段时间仍会到县公安局工作。"

何启云说:"我若再调回县公安局,除非邹香霞不再上访。"

乔英若有所思地听着何启云的话……

两人出饭店时,郑岩给何启云打电话,问他怎么还没回家。何启云说喝酒了,就住在县城了。

何启云把乔英领到了紫金阁小区。

两人进了屋,何启云在沙发上把乔英揽在怀里,吐着真话:"乔英,你若是没结过婚,该有多好呀!"

乔英的脸紧贴在何启云的胸前,默然一会儿问:"难道我没结过婚,你就能娶我吗?"

"其实我父母很开通,通过你在医院对我的悉心照料,他俩认为你是个好女孩,可他俩的内心却难以接纳你。"何启云说,"他们心里有个难解的结,那就是你是个已婚的女人。"

何启云的话让乔英泪水夺眶而出。

何启云捧起乔英弥漫着泪水的脸说:"对不起!我不该说这些。"他亲吻着乔英说:"我要娶你,我会待你好的……"

这一夜,何启云和乔英有了肌肤之亲。

25

早上,何启云到了大肚川乡派出所。他虽然内心中充溢着爱情的甜蜜,但面对的现实仍使他情绪低落,他不愿见人地低头收拾办公桌时,韩平军出现在门口:"回来了也不先报告一声,你到我办公室来一趟。"

何启云随韩平军到了他的办公室。

韩平军坐在办公桌后的椅子上,对站立着有些不知所措的何启云说:"怎么,离开派出所个把月,就变成外人了,坐吧。"

何启云一言不发地坐在沙发上。

韩平军说:"你离开县公安局,你觉得你很委屈,这我都理解。我要跟你说的是,你既然觉得自己没有做错什么,那你回到大肚川乡派出所也就没有必要表现出自己犯错的样子,抛开包袱,把心思用在工作上,组织上日后定会对你有公允的评价。"

"谢谢韩所长。"何启云难以释开心结地说:"可是,不一定所有的人都像你想的……"

韩所长打断他的话说:"你要是被别人的话所左右,那你怎么做你自己?"

何启云哑言。

"这样吧。"韩平军说,"兴平村潜逃3年的诈骗逃犯于海波在广东珠海落网了,你和刘林把他押解回来。"

何启云知道这是韩平军让他外出散散心,他爽快地接受了任务,说:"什么时候动身?"

"你今天就订机票,尽快动身。"

"好。"何启云在沙发上起身说,"我联系刘林去。"

何启云订了机票,给乔英打电话说:"我今晚乘飞机到珠海执行任务,一个星期左右回来。"乔英叮嘱说:"你要注意安全,做事别急躁……"两人卿卿我我地聊了有一会儿才依依不舍挂了电话。

不曾想的是,何启云和乔英的小别,在两人亲人的干预下,竟朝着分手的方向发展……

26

何启云说的"我若再调回县公安局,除非邹香霞不再上访",已铭记在乔英的脑海里。她也深知,邹香霞若再接着上访,何启云在工作上将始终处于被动状态;另一方面,邹香霞的上访,更影响她和何启云的关系。她要阻止邹香霞上访。

这天上午，乔英来到了邹香霞的住处。当邹香霞听到有人敲门，开门见到的是乔英，便怒发冲冠地骂，"你这害死我儿子的臭婊子，到我家干什么？"乔英进了院内，开口叫了一声姨说："咱娘俩能不能好好谈谈？"邹香霞操起一根木棍说"臭婊子还不请自来，我跟你没什么好谈的，你给我滚出去。"她见乔英没出去，就把手中的棍子落在了乔英的身上。乔英"扑通"一声，屈辱地跪在地上说："姨，你若是打我能消除心中怨气的话，那你就打吧。"邹香霞愣了下，继而毫不手软地把手中的棍子再次抡向乔英。乔英闭眼承受着身体的疼痛。邹香霞打累了，住手用棍子指着乔英问："你这个臭婊子到底想干什么？"乔英睁开眼哭诉说："我毕竟是你亲外甥女，我求求你看在我死去的母亲分上，你就不要再上访了；我和启云真的没有害死郝强呀！"乔英的话不仅没任何效果，相反更加激怒了邹香霞，她又抡起棍子打着乔英说："我知道你和那个小警察好，正因为你和那个小警察好，才伤天害理地害死了我儿子！我不让你们过好日子我才上访的，除非你离开那个小警察，回到你贵州老家去……"

一个邻家妇女从门口走过，她看到邹香霞打乔英的一幕，忙进来夺下邹香霞手中的棍子说："他大婶，你这是干什么呀……"

乔英身上的棍伤还没好，郑岩趁儿子出差没在家，来到了利来大酒店约出乔英，劝乔英离开她儿子。她对乔英在儿子住院期间的照料客气了一番后，刚开口说了句"你觉得你跟启云合适吗"的话，乔英就强装笑颜地打断她的话说："大娘，我知道您的意思，我这几天准备回老家去，就不再回来了。"郑岩没料到乔英会有如此打算，她愕然片刻说："你什么时候回去，大娘好送你。"乔英说："谢谢您了，大娘，不用您送。"她漠然地没再理会郑岩，转身向利来大酒店门口走去。

其实自从乔英听到邹香霞说的"我不让你们过好日子我才上访的，除非你离开那个小警察，回到你贵州老家去"后，她就萌生了要离开何启云的念头；郑岩的来访，更让她觉得没理由再留在何启云的身边。随后的几天，她一直关闭着手机，直至她坐上开往贵阳方向的列车，她才打开手机，给何启云发了条三个字的短信：对不起！

27

邹香霞坐了一宿的火车来到了省城清江，她要直面省委书记。从县到市经过一番折腾，她认清自己在兴隆县和东林市上访是没有结果的。她消停了一段时间后，又萌生了到省城上访的念头，她花钱雇人重新写了上访材料，还把雇人偷拍的何启云和乔英在一起的照片加到了上访材料里。

下了火车，邹香霞在火车站一个小巷的小吃部里要了几个包子，盛了一小碟咸菜；她吃饭的当口，看到别人算账时，才知道咸菜是要一元钱的，她又把吃了几口的咸菜倒回拌菜盆里。上访使她经济拮据，她必须精打细算。

邹香霞出了小吃部经打听，坐公交车找到了清江省委。当她看到大门口上悬挂着的"中国共产党清江省委员会"的牌子时，犹如一个受了天大冤屈的人终于找到了所诉求的地方，她身体颤抖，神情透着乞求，脚步踉跄地奔向省委大门。

门口的武警拦住邹香霞问："大娘，你要干什么？"

武警的话，使邹香霞的神智恢复清醒，她支吾着说："我，我进去有点事。"

武警打量了眼邹香霞，"你是上访的吧？"

多次上访，让邹香霞有了些经验，她若说自己是上访的，武警便会把她支到信访局，而后是等待；再以后上访材料转到事发所在地，就不了了之了。她遮掩地说："我不上访，我只是找个老乡。"

武警指着旁边的门卫室说："到那登记去吧。"

邹香霞说了声"好"，就向门卫室走去。

邹香霞没进门卫室，而是拐进了附近的一个胡同。她心里清楚，自己是难以混进省委的；再则省委书记可不是想见就能见的；不知得在省城待上多长时间才能找机会碰见。她把衣兜里的钱掏出仔细数了数，开始找便宜的旅店。她找了家包吃包住每天50元钱的旅店住了下来。

旅店里住的人有些是上访的，邹香霞打听到，省委书记霍峰50岁左右，身材高挑，皮肤黝黑。她还了解到，霍峰经常坐的车是前面带有四个圈的奥迪车，车牌号前几位是0，最后是个1。

有掮客对邹香霞说："你给我一些钱，我可以把你的材料送到霍峰的案头。"邹香霞说："我谁都用不着，我一定把自己材料递到霍峰的手里。"

邹香霞想在省委大门口拦车见霍峰，可她的打算很难实现；执勤的武警不允许无关人员在出入大门的车道上逗留；况且霍峰具体什么时间出入，她压根不了解。她只能撞大运般地衣兜里装着上访材料，每天在省委大门口附近转悠，以期见到霍峰的车进行拦截。她见到过两次霍峰的车，只是离她较远或车速太快，她来不及拦截。她下着决心，下次见到霍峰的车，一定豁出去跪地拦截；"我这个老太太为儿子伸冤，即使被撞死也无所谓。"

这天是星期天，省委大门口不像往日那样热闹。虽然是公休日，但邹香霞仍旧习惯性地在上午上班的时间，来到了省委大门口。

门口的武警已经认识了她，武警对她说："你若上访就走正当的途径，你这样整日地在省委门口转悠，起什么作用啊？"

邹香霞顶撞武警："我愿意这样转悠，我在省委门口也不犯法。"

武警见有车来，就对站在对面的邹香霞说："你靠边，有车进门。"

邹香霞扭头，见驶过来的车正是别人所说的省委书记霍峰的车。她不仅没有靠边，而是不顾一切地冲向大门中间，武警拽了一下没拽住。

邹香霞跪倒在地，从衣兜掏出上访材料举过头顶。

邹香霞猝不及防的举动，让开车的司机急忙避让，车撞在马路牙子上停下。

两名武警过去欲把邹香霞搀扶开，她大声喊"冤"，倾力挣扎。

奥迪车上下来个戴眼镜的年轻人，和蔼地跟邹香霞说："大娘，您站起来，有话慢慢说。"武警也随着劝说，邹香霞才站了起来。戴眼镜的说："您有什么事，可以跟我说。"邹香霞说："我要见省委书记霍峰，我必须把手里的材料递到他手里。"戴眼镜的说："您放心，您给我的材料我会转到他手里的。"邹香霞没有别的选择，她将信将疑地把手中的材料递给了戴眼镜的。戴眼镜的接过材料，满是同情地看着她说："您反映的问题，我们定会给您个答复。"邹香霞说："那你是大恩人，我得谢谢你。"她说着又要想跪下磕头，被戴眼镜的搀扶起。

邹香霞兜内的钱所剩无几，她下午就买了火车票离开了清江。

28

邹香霞拦车时，霍峰坐在车的后排座上；由于司机采取紧急制动措施，惯性使霍峰的头部磕碰在车门框上，他顿感眩晕，但他还是指派秘书下车了解情况。秘书返回车上对霍峰说："一个很可怜的老太太拦车上访。"

霍峰走进办公室，他便让秘书把邹香霞的上访材料拿来，而后仔细看起来。

奸夫淫妇害死我儿天理难容讨要公理

尊敬的省委书记霍峰您好：

我是兴隆县大肚川乡河西村农民，名叫邹香霞，今年58岁。我丈夫去世早，我含辛茹苦将养子郝强抚养成人。我生活虽然清贫，但郝强孝顺、朴实。我生活的唯一期盼就是郝强能够早日成家，我好静享天伦之乐。

然而，郝强成家后却是我噩运的开始。

去年4月间，我在贵州省的妹妹邹香萍一家来到我家里，想落脚讨生活。在共同生活的一段时间里，郝强和我外甥女乔英相互间产生了好感。不曾想的是，我妹夫乔桂生竟是逃犯。大肚川乡派出所警察何启云，以抓捕乔桂生为由，见乔英美貌，就欺骗她的感情跟她谈恋爱，以致乔桂生被何启云等人抓获后，乔英承受不了打击，精神一度失常。由于乔桂生被抓，邹香萍遇车祸身亡，只剩下孤苦的乔英。我东挪西凑把乔英的病治好，又为郝强和乔英举办了婚礼。

可何启云垂涎乔英的美色，对她仍纠缠不休，就在郝强和乔英婚后，我串亲戚期间，正值年少且没任何疾病的郝强竟莫名其妙地死在县医院里。我赶到县医院时，何启云和乔英当着死去的郝强的面，亲热地搂在一起。

郝强的死，无疑是何启云和乔英合谋害死的。身为人民警察的何启云，放纵自己的私欲，成为勾引良家妇女的奸夫！乔英在何启云的胁迫和蒙骗下，竟伙同对方害死了自己的丈夫。

县公安局对郝强进行尸检后，对我说郝强是因大叶性肺炎灰色肝变期而死亡。县公安局说郝强因病而亡，简直是无稽之谈，愈发暴露出对何启云的包庇，是对何启云的罪行欲盖弥彰的解释。我之所以说公安局包庇何启云，是因何启云有深厚的家庭背景，他的父母都是县委的退休干部，他的叔叔何东强，现是县政府的副县长。何东强腰缠万贯，在兴隆县说一不二，他运用自己的权力，徇私枉法，为自己的侄儿摆脱了罪行追究。乔英在隔离期间，何启云的父母通过何东强打通公安局的关节，到县公安局招待所跟乔英订立攻守同盟。公安局的法医收了何启云家的钱，说不上拿个狗肺子或猪肺子糊弄我，随便说肺子里检出什么大叶性肺炎灰色肝变期。

何启云的父母给我5000元钱，说是给我处理儿子的后事。何启云的父母如果不是心中有鬼，岂能给我一个农村的老太太钱？大肚川乡派出所也上指下派地假惺惺地到我家看我，给我送钱，问我有什么困难。无论是何启云的父母给我钱还是乡派出所的警察来看我，他们唯一的目的就是不让我上访，让何启云和乔英这对奸夫淫妇快活生活。我曾到县、市等部门上访，可无人理会。

我上访无门，可想想我那冤死的养子，又心有不甘。万般无奈之下，我才决定到省城清江找省委书记您反映情况。

我相信您一定会惩恶扬善，还百姓一个公道！

上访人：邹香霞

与上访材料在一起的还有张照片,照片上一对青年男女很亲昵的样子,照片的背面有字:这就是奸夫淫妇何启云和乔英。

霍峰抬手抚摸着头部磕碰车门框有些疼痛的部位,思忖片刻后,拿起笔在邹香霞的上访材料上做了重要的批示。

29

何启云和刘林顺利地把逃犯从珠海押解了回来,他内心只是寻思乔英为何关机和给他发来一句莫名其妙的"对不起"的短信,他不知道一场更大的风暴向他袭来。

何启云本打算回派出所交完差后到利来大酒店去找乔英,不料韩平军见到他说的头一句话就是:"你近段时间哪也不要去,就在派出所值班。"

"为什么?"何启云见韩平军面色忧郁,就接着问,"发生什么事了?"

韩平军看着何启云说:"发生一件谁也不曾料到的大事,这大事跟你有关。现在从东林市公安局到县公安局已是一片忙乱。"

何启云心中一沉,他心里想:难道又是邹香霞上访的事?边紧张地问:"到底发生了什么事?"

韩平军抬手示意说:"你坐下,咱俩慢慢谈。"待何启云坐在他办公桌前的沙发上,他长吁一口气说:"还是邹香霞上访的事。"韩平军一语道破何启云的预感,何启云说:"她儿子郝强经公安机关鉴定的确是病死的,与我和乔英压根是没关系的。"韩平军说:"谁都知道郝强的死,跟你和乔英没关系;对邹香霞的无理访,各级组织也尽力安抚。可是邹香霞一意孤行,几天前她到了省城清江,在省委大门口拦下省委书记霍峰的车,把上访材料转递到霍峰的手里,霍峰做了严厉的批示,省委政法委已组成由省纪检委、省高检、省高法、省公安厅组成的联合调查组到兴隆县,彻查邹香霞反映的问题。看这架势,霍峰是真的把邹香霞反映的问题当作冤案来处理了。省委领导对县级公安机关作出的引起如此大规模举动的批示，这么多年来还是头一次。"韩平军的话，让何启云不由目瞪口呆，他结巴地说："那、那怎么、怎么办？"韩平军说："只要事实清楚，不怕查。"他拿起一支烟点燃，深吸一口说："县局的意思是，你一出差回来就给你关禁闭。我说，'没查出何启云的问题，给他关禁闭不合适，还是把他安排到派出所值班吧。'县局纪检委书记顾景江同意了我的意见，所以我才说，你哪也不能去，只能在派出所待着。"

两人正说话间，何启云的手机响起，他掏出手机，见是叔叔何东强打来的。他接听手机后，何东强问："你出差回来了？"他说："回来了。"何东强说："你父母都在我家，你到我家来一趟。"何启云捂着手机话筒，把何东强说让自己到他家的事跟韩平军说了。韩平军不好拒绝，只好说："你快去快回。"

何启云到了何东强家，见父母和叔叔好像正在商量事情，脸上透着严峻。郑岩见到儿子就数落说："我当时不让你和乔英来往，你就是不听；这下好了，邹香霞的上访材料递到了省委书记的手中，即使没查出你什么事情，但就由你所引发的这种极大的负面影响，给你个辞退处理也不是不可能，你好端端的前途岂不就毁了！"何东升接着郑岩的话茬说："不但你的工作受影响，连你叔叔都受到了牵连。"

听了父母的话，何启云心里有种从没有过的恐慌，此时他才真正意识到事态的严重性；他更不知自己的事怎么会跟叔叔搭上边。当他把目光移向叔叔时，何东强说："好像上访材料上说，我腰缠万贯，在兴隆县说一不二，我运用自己的权力，徇私枉法为自己的侄儿摆脱了罪行追究。"何启云说："简直是胡说八道。"何东强说："不过上访材料打动了省委书记霍峰，这就不能小觑了。省委相关领导在霍峰对上访信作出批示后，也做了相关的批示，要对这封信反映的问题予以彻查。"何东强看着侄儿说："当联合调查组找你了解情况时，你要如实回答，绝对不能使性子，犯脾气。"何启云虽始终认为自己没做错什么，但此时的境况使他不得不把头低下说："叔，我知道了。"

从何东强家出来，何启云匆忙地奔向利来大酒店找乔英，但让他失望的是，酒店的人告诉他，乔英已辞职一个多星期了。

30

联合调查组由清江省政法委秘书长带队，省高检、省高法、省公安厅都派出了主管业务的副职，并在全省范围内组织了几名法医专家和痕迹专家，共二十余人的队伍来到了兴隆县，住进了利来大酒店。

郝强究竟是因病而亡还是被人害死的，必须得开棺验尸。在开棺验尸前，联合调查组指示，先把郝强的坟墓看好，以防尸体丢失。

大肚川乡派出所5名民警暂停了所有的业务工作，轮流在郝强的坟墓前值守。

接连多日，联合调查组围绕邹香霞上访的问题，进行了大规模细致的走访调查，以及对了解的情况进行综合研究，虽然发现何启云和乔英的确存在私情，但没能找出两人害死郝强的证据。似乎谜底的揭开，只有开棺验尸。

天气已进入4月份，可这年的气温却比往年低，天空时常飘舞着雪花。大肚川派出所5名民警虽知道不会有人盗掘郝强的尸体，但为了贯彻上级的指示，他们在郝强坟墓附近搭个窝棚，24小时值守在这里。这天是韩平军和何启云值守，韩平军患了伤风感冒，他披着警用棉大衣坐在窝棚里，双手捧着保温杯喝着热水。何启云百无聊赖又心事重重地站在窝棚外望着远处发呆，他忽见村道上有个车队向这边驶来，再细一看，车队里有警车。他转身对韩平军说："韩所长，来了个车队，可能是开棺验尸来了。"韩所长放下保温杯出了窝棚，望着车队说："应当是开棺验尸来了。"

车队停下，从车里下来一群人。韩平军和何启云迎了上去。人群里有顾景江，他把韩平军介绍给了联合调查组的两个领导，或许何启云的名字太过敏感，他没有介绍何启云。在韩平军的引领下，众人来到郝强的坟墓前，有人拿着锹镐没几下就把没多少堆土的坟墓挖开，有些腐烂的棺材板随之被揭开。

一股腐尸的气味弥散开来，但周围的人没有后退的。何启云见郝强的面部因腐烂有些残缺，不过尸体的衣着还是完整的。

照相机镁光灯闪烁之后，一个法医下到了棺材里……

现场少有言语，无论是勘察检验的还是袖手站立的，都面色严峻。

沉闷而又压抑的气氛，让何启云心生惧怕；他感觉自己将会随时被人带走，失去自由。他暗自给自己打气，自己没有做错什么！

31

当车队远离，韩平军拍了下何启云肩膀说："煎熬的日子终于过去了，回派出所好好休息休息。"

何启云木然地跟在韩平军的身后向警车走去，他说："韩所长，你开车吧。"接着他把车钥匙给了韩所长。

韩平军接过车钥匙："你小子竟也会使唤人了。"

何启云说："韩所长，我感觉特别累。"

两人上了车，韩平军启动了车，问仰在副驾驶位置上的何启云："吓着了？"

何启云显得有气无力："这么大的架势，我以为他们会把我带走。"

"你若有问题，不等开棺验尸，他们就带走你了。"

联合调查组的人曾找过何启云了解情况，他挂念着乔英，他问："他们找过乔英吗？"

"我听说他们派人到过贵阳，那应当是找乔英去了。"韩平军看了眼何启云说："既然乔英跟你不辞而别，那就让事情过去吧。随着时间的推移，你会忘了她的。"

"我怎能忘了她！"何启云认定，乔英的不辞而别肯定有因由，他要了解这因由。他问，"韩所长，我可以回家了吧？"

"你可以回家了。"

回到派出所，何启云连办公室都没进，就钻进了自己车里。韩平军叫住他:"既然你忘不了乔英,那我有件事告诉你。"

何启云急切想得到答案:"你快说。"

"你出差的那段时间,乔英到过邹香霞家,去的目的是劝说她别再上访了。邹香霞好像说,'你若离开何启云,我就不上访了。'"韩平军说:"这是我听村里人说的。"

何启云恍然地说:"原来是这样。"

韩平军感慨地说:"你为了爱情经历这么多磨难,祝你好运!"

"谢谢你,韩所长。"何启云开车走了。

郑岩见儿子回了家,忙问何启云想吃点啥。何启云无精打采地往自己的房间走着说:"有口吃的就行。"虽说儿子没说想吃什么,但郑岩还是下厨房忙活去了。何东升进了何启云的房间问,"单位没你的事了?"何启云仰在床上没好气地说:"对我又是调查,又让我连看了一个多星期的坟包,再有我的事,还让不让我活了。"何东升问,"坟包怎么不看了?"何启云说:"今天联合调查组对郝强进行了开棺验尸,坟包不用再看了。"何东升看着儿子说:"既然郝强的死跟你没关系,你也不要有什么心理负担,别老这么闷闷不乐的。"何启云说:"知道了。"他接着说:"爸,你让我静一会儿吧;我挺累的。"何东升往房间外走着,疼爱地看着儿子嘟囔着:"你这孩子呀!"

吃饭的时候,郑岩见儿子萎靡的样子,当然知道除了联合调查组的调查给他带来的压力外,主要是他还在想着乔英。她开导儿子说:"乔英走了就走了吧,她跟你在一起也不合适。"何启云敏感地问:"你是不是跟乔英说过什么?"郑岩一愣,掩饰地说:"没、没跟她说过什么。"何启云看出了端倪,就大声地说:"妈,你究竟对她说了什么?"何东升呵斥他,"你怎么对你妈这样说话!"郑岩不想再对儿子隐瞒,她说:"我是找过乔英,我跟她说过,她跟你在一起不合适。"何启云气恼地放下饭碗说:"妈,你怎么能这样!"他起身离开了厨房。

何启云给乔英打电话。可电话里回应着,"您好,您所拨打的号码是空号。"他接着打开电脑上了QQ,乔英的网名秋水伊人上边的玫瑰花,还是暗淡的,没有色彩。他给乔英留了言,除了写上思念的话,还把近日发生的事情叙述了一遍。而后他浏览着电脑上保存着的乔英的照片,脑海中回荡着《传奇》的歌曲:只是因为在人群中多看了你一眼,再也没能忘掉你容颜,梦想着偶然能有一天再相见,从此我开始孤单思念,想你时你在天边,想你时你在眼前,想你时你在脑海,想你时你在心田……

何启云感伤地泪流满面。

32

联合调查组开棺验尸后,把相关的检材分别送到公安部鉴定中心、司法部鉴定中心、西安政法大学鉴定中心,做DNA检验和病理检验。

三个地方的结果同时出来后,证明检材里没有毒。既然不是毒死的,那么死者又是否死于大叶性肺炎灰色肝变期呢?邹香霞的上访材料有这样的内容,"公安局的法医收了何启云家的钱,说不上拿个狗肺子或猪肺子的糊弄我,随便说肺子里检出什么大叶性肺炎灰色肝变期。"联合调查组把东林市公安局法医庞旭建叫到了兴隆县问,"你说死者是大叶性肺炎灰色肝变期,那个检材呢?"庞旭建说,"因在兴隆县公安局做的法医鉴定,检材在兴隆县公安局物证的冰柜里。"

联合调查组再次把检材做病理复查,检查出的确大叶性肺炎灰色肝变期。那么这个检材是否就是郝强身上的呢?

经过对检材和开棺的收集的检材做DNA检验,结果是同一人的。
真相大白,联合调查组认定邹香霞上访是无理访。

摆在联合调查组面前的后续问题是,若把查证的结果告诉邹香霞,她不相信查证的结果,日后还上访怎么办?怎么解决这个问题?有人说,是不是邹香霞这人精神有问题。联合调查组决定对邹香霞做精神方面的鉴定。

4名精神病鉴定专家来到了兴隆县,他们分别跟邹香霞谈话,最后得出一致的结论，邹香霞患有严重偏执型精神病。

邹香霞偏执型精神病必须得治疗，可治疗是需要费用的，邹香霞的家庭条件承担不起治疗费用。经过多方协调，邹香霞精神病的治疗费用由兴隆县民政局负责垫付。

邹香霞住进了兴隆县精神病防治院。

联合调查组经过两个月的工作，查清了邹香霞所谓的上访问题。联合调查组返回了省城清江。

33

兴隆县公安局所面临的压力和笼罩在何启云家人头上的阴影，随着联合调查组的离去，都得以释然和散去。而何启云心里没有过多的兴奋，他的神情还是欠缺阳光般的朝气。这天傍晚下班，韩平军对何启云说："一切都过去了，你应当高兴些才是。派出所整天跟群众打交道，你那张笑不起来的脸，别让群众对你有意见。"何启云没有接着韩平军的话茬说下去，而是转了个话题说："韩所长，我想休假。"派出所警力少，工作忙，韩所长想拒绝，但他马上又意识到了什么，他问："你要到贵阳找乔英？"何启云点了一下头。韩平军不想让眼前的这个年轻人永远不开心，他说："我同意你休假。"

何启云驱车回家的途中，接到了母亲的电话，郑岩在电话里说："我到县城办点事，现在在你叔叔家，你没事的话就来接我。"何启云说："我现在就去接你。"

郑岩到县城办事是为了儿子，这段时间何启云在家里跟父母几乎没话，他除了吃饭能跟父母坐在餐桌上，其他时间都是把房门关严憋在自己的房间里，并有时自己在房间里喝酒，屋里的灯光经常亮一宿。郑岩怕儿子再出现什么问题，便通过熟人的介绍到县医院神经科找大夫咨询。郑岩介绍完儿子的情况，大夫说："你儿子长期这样下去，不仅容易在精神方面出现不好的结果，而且会患上其他的疾病，人的情绪在一定条件下对人的生理功能有着多方面的影响。如抑郁、焦虑、忧愁、悲伤、怨恨、愤怒、委屈等不良的情绪，在一定条件下能够引起人体机能系统的失调。所以你儿子的事情，你必须得重视，他追求爱情没有什么过错，你不能用门第观念来阻挡他……"郑岩在大夫的开导下，心里无奈地默认了儿子对乔英的感情。

何启云见到母亲第一句话就是"妈，我已申请了休假，我要到贵阳去。"郑岩坐在副驾驶位置上，表情平淡，一时没有说话。何启云以为自己说的话，会引起母亲的强烈反应，他侧头看了眼母亲说："妈，我说的话，您听清楚了吗?"郑岩开口说："你的话，我当然听清楚了。"她接着说："你既然对乔英的感情如此坚定，那我就不说什么了，只要你开心就好。"听了母亲的话，何启云的脸上露出了久违的笑容，他充满感激地说："妈，谢谢您！"郑岩说："你回家先不要对你爸说，你爸的工作我来做。"

两日后，何启云登上了清江到贵阳的航班。

何启云联系不到乔英，他虽知道乔英家的详细地址，但他清楚，乔英不太可能回农村的家里。他推测，乔英回到家乡，首先要去贵阳监狱看她父亲，乔桂生或许知道乔英的下落。

何启云到贵阳监狱办理了接见手续，坐在接见室里，心中很茫然，他不知道这次到贵阳能否见到乔英，跟她再续前缘。他心里顾忌的是，自己若找不到乔英，或是她不理会自己的话，那么自己的贵阳之行，将给自己日后的人生蒙上浓重的阴影。乔英是逃犯的女儿，自己家庭条件优越，且身为警察，竟全然不顾家人和组织的劝阻和告诫，去追求自以为是的爱情并以失败告终，那么自己将难以面对家人和同事……何启云不敢再想下去。

随着接见室里间的门响，身着囚服的乔桂生走了进来。乔桂生见到何启云面露惊诧，何启云隔着一层厚玻璃指了下电话机。

在何启云看来，乔桂生比一年前略胖了些，且面色红润，精神饱满，与刚被抓时的沮丧和绝望判若两人。何启云拿起电话说："大叔，近一年来怎么样？"

"挺好的，挺好的。"乔桂生忙不迭地答了话，对何启云的称谓难以承受又满是感激地说，"你管我叫大叔我可不敢当，你是警察，我是犯人；况且如果没有你的帮助，说不上我的刑期会很长。"

何启云则问："我抓了你，又帮了你；你知道为什么吗？"

"因为你善良。"乔桂生感喟地说，"我被抓，妻子出车祸而死，女儿还受到了精神刺激；你同情我的家人，才帮了我。"

"我虽然同情你的家人，但我没有善良到帮你打官司的地步。"何启云望着乔桂生，坦诚地说，"我帮你，是因为我喜欢乔英，我为了让她减少痛苦和忧虑才这样做的。"

乔桂生握着话筒，思忖了会儿说："你说的这一层，当时我也想过，不过我又想，你是警察，我女儿是农村家的孩子，怎么可能……"

何启云焦切地打断乔桂生的话："我真的喜欢乔英，不，我是真挚地爱她！如果我当你的女婿，你会同意吗？"

乔桂生愕然……

34

乔桂生没有反对何启云和女儿的感情，他说女儿好像开了个小吃部，并告诉何启云一个手机号码。

何启云走出监狱，没有急着上车返回市里，而是兴奋地拿着手机，拨着新得来的乔英的手机号码；可他连拨两遍，手机里却传来"您拨的电话已关机或不在服务区"的提示音。何启云想，现已是近中午，乔英若开小吃部的话正是做生意的时间，她应当不会关机呀？他怀疑自己把手机号码记错了，他欲找乔桂生再核实下，返回没走几步，又觉得自己不会记错乔英的手机号。他心里祈祷般地默念着，"乔英呀，开机吧！"便第三次拨打了那串号码。

"嘟、嘟……"手机里传来了风音，何启云的心仿佛跳到了嗓子眼，握手机的手也在颤抖。

"喂，你好。"乔英那柔和的、甜美的声音，久违地在何启云耳边响起。

"乔英吗？我是何启云，我来……"何启云想说他来到了贵阳，他认定自己的话也定会给乔英带来惊喜。可他的话没说完，乔英那边挂断了电话，手机响起忙音。

不过乔英随即给何启云发来了短信：你不要再找我了，我已经结婚了。

何启云的心顿时跌落到了谷底，他乏力地坐在路边的马路牙子上，他想不通曾对自己那么柔情的乔英，怎会突然变得如此决绝！

过了一个小时，何启云才上了一辆小客车。

何启云已没有必要在贵阳待下去，他回宾馆订了返回清江的机票，而后在客房昏昏沉沉地睡了过去。

何启云是被宾馆外小吃的叫卖声唤醒的，饥肠辘辘的肠胃提示着他，从早晨到现在已经一天没吃东西了。

外边下着蒙蒙的雨，一脸愁楚且没有撑伞的何启云似乎对雨没有感觉。在何启云的心中，凡是与乔英相关的字，都会引起他酸楚却又甜蜜的回味。宾馆外一家"英英小吃"让他停下脚步继而走了进去。一个在灶边忙碌的背影很像是乔英，他心跳加速，刚要过去看个仔细，可那侧影有些凸起的肚子，使他苦笑着把目光移向了一个空着的餐桌。

何启云要了碗贵州小吃豆花面，几大口便吃下了肚。他叫了声："结账。"

这时，小吃部一直播放着歌曲的音响，传来了一首不知名的歌曲打动了何启云，歌曲的歌词是：其实我早应该了解，你的温柔是一种慈悲，但是我怎么也学不会，如何能不被情网包围，其实我早应该告别，你的温柔和你的慈悲，但是我还深深地沉醉在，快乐痛苦的边缘……

一直沉溺于伤感中的何启云，被这首歌深深地打动，似乎这首歌就是为他此时的心绪所写。他从衬衣兜里掏出自己和乔英的合影，不由泪眼朦胧。

何启云故作坚强地告诫自己，一切都过去了，一切都过去了！他的双手慢慢用力地撕着手中的照片。

"不要……"一个女人急切的声音，从何启云的身后传来。

女人的声音太过于熟悉，何启云迅疾从椅子上站起转身。

站在何启云身后的不是别人，正是令他魂牵梦萦的乔英，她手里拿着零钱，显然是过来给何启云结账的。

何启云犹如眼前出现幻觉般问："真的是你吗？乔英？"

乔英端详着何启云，点下头，眼中流落出晶莹的泪珠。

何启云紧握着乔英的手，可他目光下移，看着乔英凸起的肚子，他的手随即松开问："你真的结婚了。"

乔英的脸上透着羞怯，小声说："我没结婚，我肚子里的孩子是你的。"她接着拉起何启云的手说："走，我俩到外边去。"她在门口拿了把雨伞。

乔英一直把何启云拽到一个僻静处，何启云说："你刚才的话，我没听清。"

乔英大声说："我没结婚，我肚子里的孩子是你的。"

何启云惊喜欲狂地猛然间把乔英搂在怀里说："你害死我了，你不是不接我电话，就是欺骗我你结婚了……"

乔英打断何启云的话说："你哪知道我的苦楚呢？在你出差的时候，邹香霞说除非我离开你，她才会不告你；再则，你母亲也找到我，让我跟你断绝关系。所以我回到了贵阳，我内心虽对你难以割舍，但你若好，我再苦也觉得值得。好在我怀了你的孩子，有你我的骨肉在，我这一生将不会孤独。我没想到，你会到贵阳找我。"

何启云说："邹香霞被鉴定为精神病，她住进了精神病防治院，再不会有人告我了。我母亲已同意了你我的婚事，我这才到贵阳找你。跟我走吧，回到我家，我俩就结婚。"

"好！我俩结婚。"乔英喜极而泣。

何启云怜爱地说："你不会再有挫折，我会让你一辈子幸福。"

天空中的雨停了下来，晚霞中竖起一道彩虹，一幅绚丽的美景展现在两人的眼前。

爱与不爱

1

每天早晨父亲都外出遛弯，七点钟准时返家。这天朱蜀榆睁开眼见七点半了，却没听到父亲在客厅活动的声响，他下床到了父亲的房间，见父亲在床上半卧着，手抚着头。他问，"爸，你哪不舒服？"父亲说："头晕。"他找出血压仪帮父亲测了测血压，见高压180低压110。他忙找降压药给父亲服下。突然他想起这天值班，就叫醒了玩了半宿网络游戏的儿子朱力，让他照看父亲。而后就匆忙地出了家门。

刚推开办公室的门，肖强便跟在朱蜀榆身后进来说："朱队，来了一个叫方淑琴的妇女，报案说是女儿失踪了。"肖强是刚参加工作的中国人民公安大学的毕业生，人勤快，嘴也勤，什么都要事先征求朱蜀榆的意见。还没来得及吃早餐的朱蜀榆，把手中装有两个包子的塑料袋放在办公桌上说："你接待下，做个笔录。"肖强应了声，转身出去了。

朱蜀榆所在的单位是东安市公安局新华分局刑侦大队，肖强虽管他叫朱队，但他不是大队长，只是刑侦一中队的中队长。他生活和仕途均不如意，当初娶了个貌美的媳妇，结果媳妇跟他没过十年，随个大款到了南方。现在家里有个身体不好的父亲，和因自己整日忙工作而欠缺管教导致吊儿郎当的儿子。他虽对工作没少付出，可他个性耿直且不知笼络关系，故而五十岁的人了仍是科员。他心存不满，常牢骚满腹。

吃下两个包子，朱蜀榆给家里打了个电话，问父亲感觉怎样？饭吃了没？父亲说感觉好多了。还说朱力在外边买了豆浆和油条，饭也吃过了。

肖强返回递给朱蜀榆笔录说："朱队，你看看笔录。"朱蜀榆看着只有两页纸的笔录，见方淑琴叙述说，"女儿程艳在新玛特商场租赁柜台做生意，昨天早上离家上班后，晚间下班没回家，给她打电话，却处于关机状态。这种情况在以往是没有过的。我找遍了我所知的熟悉程艳的人，结果都没见到程艳。程艳长得漂亮，再则她刚跟在北京的丈夫徐小可离婚，徐小可还纠缠她，我很担心她的安全。"

肖强问："朱队，那你说这起案件怎么查？"

"咱们目前能做的事，就是到新玛特商场做下了解，调取监控。"朱蜀榆说："你再给市局指挥中心打个电话，告知一下。"

"方淑琴想见领导。"

"那就让她来见我吧。"

肖强出门把方淑琴领了进来，他对方淑琴介绍朱蜀榆说："这是我们的朱队，你有话就跟他说吧。"方淑琴把一张照片递给朱蜀榆说："这就是我失踪的女儿。"她接着给朱蜀榆作揖说："朱队长啊，女儿联系不上，我总有种不好的预感！拜托你一定把我女儿找回来啊！"

朱蜀榆没看手里的照片，而是观察着方淑琴，见她身材高挑，容貌端庄，不过神情憔悴忧郁。他把对方让在沙发上说："大姐，你的心情我理解，说不定你女儿跟朋友外出旅游，因某种原因没跟你联系。以目前的情况，我们只能做立线侦查。"方淑琴问："什么是立线侦查？"朱蜀榆解释，"所谓立线侦查，是对犯罪情报进行核实，使'嫌疑人'上升为'犯罪嫌疑人'。也就是说你提供给我们的情况，我们要核实，看能否构成案件，以便采取下一步的侦查措施。"

方淑琴似懂非懂地点了下头。

方淑琴走后，朱蜀榆才端详起手中的照片，他见照片里的女人很像跟自己离婚的妻子吴华。他不由得想起了吴华先跟自己玩失踪而后再提离婚的事。他随口对肖强说："说不定这个叫程艳的女人，为了摆脱前夫，跟哪个有钱的男人私奔了。"

2

朱蜀榆值班期间接了几个警，没有对程艳失踪一事进行调查。第二天上午，他接到方淑琴满是焦虑的电话，说女儿仍没音信。朱蜀榆心中一沉，忽觉得程艳的失踪凶多吉少。他挂断手机对肖强说："跟我到新玛特商场。"

程艳卖箱包的精品屋有个竹帘软门，软门上挂了把明锁。朱蜀榆跟邻近的精品屋业主表明身份，打听程艳的情况。几个业主相继说："程艳这几天没什么特别，昨天是晚间五点下班走的。没见有谁在程艳屋里长时间谈什么。程艳虽在新玛特经营箱包才两个月，但她的生意还不错，没有不干的意向。"

新玛特商场几个监控录像显示，程艳昨天下班时，神采奕奕，步伐轻盈。

朱蜀榆在移动通讯公司调取了程艳的通话记录，他和肖强对程艳近一个星期的通话进行核实，在单位核实忙活了一下午，也没发现什么疑点。

肖强说："程艳的失踪查到这，也没法再查了。"朱蜀榆说："程艳或被诱骗或被劫持，肯定是发生在下班的途中，明天我们要调取程艳下班后途经的监控，看能否发现什么。"

傍晚下班的时候，副大队长刘旺走进朱蜀榆的办公室说："老朱，做下准备到广州，协助二中队抓捕杀人逃犯。"

刘旺是朱蜀榆最不待见的一个人，不但业务能力很差，还每逢案件总想捞点实惠。他一年前和朱蜀榆竞聘副大队长的位置，因他摊上在市委工作的老丈人而胜出。刘旺说的杀人逃犯，是杀死妻子的韩广全，韩广全是朱蜀榆的高中同学，在逃十多年了。几年前的清网行动，刘旺是抓捕韩广全的责任人。半个月前有证据显示，韩广全在广州，二中队去了几个人抓捕，到现在还没结果。

朱蜀榆说着风凉话："你刘副大队年轻，工作经验丰富，你到广州岂不轻而易举就把人抓回来了。"

刘旺服着软说："老朱大哥，你就别糟践我了。韩广全性格你最了解，你不出马这个人真的很难抓。"

"最近父亲有病要住院。"朱蜀榆又找了个理由，"昨天还有个失踪人员的报案，失踪人员是个年轻貌美的女人，我揣测这个女人凶多吉少……"

"失踪人员的报案，我接替你和肖强搞。"刘旺说，"你父亲有病住院，你不是还有儿子可以帮忙照顾吗？"

"你说得倒轻巧。"这时，朱蜀榆办公桌上的手机响起，他拿起手机见是儿子打来的，以为父亲又有什么事，他接听电话问："儿子，怎么了？"儿子却在电话里说："爸，我妈打电话来说要见你……"

朱蜀榆对刘旺说："下班了，我该走了。出差的事，明天再说。"

3

在朱蜀榆的眼里，吴华的美在他心中曾是那么刻骨铭心，瓜子脸、丹凤眼、鼻直、唇薄、身材颀长、大胸。当初吴华离他而去，他爱之深恨之切地险些气疯。他一次酒喝多了携枪到处找吴华和那个至今不曾谋面的男子，想毙了这对狗男女。日后他接触韩广全因妻子出轨把妻子杀死的案件，想起自己曾经带枪找妻子和其情夫的莽撞，不由对激情犯罪有了更深刻的体会。随着时间的推移，他对自己和吴华的分离，不得不认定是必然，作为一个小警察，岂能配得上既有注册会计师的身份、又可称为尤物的女人；况且两人的个性又难以相容。

儿子在电话里告诉朱蜀榆，让他到牡丹会饭店。牡丹会饭店是一家五星级酒店，朱蜀榆走进凉爽宽敞的饭店大厅时，不由得推测：吴华这十多年看样是发达了！他继而想：吴华有钱了，找我会做什么呢？有一点应当肯定，她绝不会跟我再续前缘的……

进了三楼儿子所说的八号单间，房间里还没有人。朱蜀榆向服务员要了一壶茶，点燃了一支烟。或许是因为失踪的程艳与吴华长相相似，他不由得想：有的漂亮的女人或红颜薄命或因红颜发迹。

随着高跟鞋的声响，吴华闪进了单间，后面跟着朱力。一袭红裙的吴华仍旧那么漂亮，若说因时间的推移而改变的话，只能说她显得愈具风韵。

朱蜀榆起身，握着吴华伸过来的手说："风采依然呀！"

吴华带着唏嘘说："你可有些老了。"

朱蜀榆坐下，摸着脸颊的胡须说："我肯定不如你，我活着可有些累。"

"看样子这么多年来，你性格还没改。"吴华挪了下椅子，靠近朱蜀榆坐下说，"若你仍是原先性格的话，你说你能不累吗？不知变通，不知随和，仕途走不通，还是那样傻呵呵地工作。你要是能听我话，花些钱铺垫下，现在弄个分局局长应当不成问题……"

吴华指出的缺点，应当是朱蜀榆老实本分的优点；可这优点，不仅是吴华眼中的缺点，在朱蜀榆心里也是一个难以改变的痛。朱蜀榆打断吴华的话说："所以说，咱俩只能分道扬镳。"

"别谈那些陈谷子烂芝麻的事了。"朱力把一瓶茅台酒放到桌上，对朱蜀榆说："老爸，这是我妈给你拿的酒，你想吃什么好的，尽管点。"他接着唤了声服务员。

朱蜀榆没有接服务员递过来点菜用的平板电脑，而是对吴华说："点什么，你随意。"

吴华点了菜单里龙虾海参等价格昂贵的四样菜。

服务员端菜上来，吴华打开茅台酒，给朱蜀榆斟着酒说："老爷子我没找，怕他情绪激动。"朱力说："老爸，我来时，已给我爷爷准备好晚饭了。"吴华说："我在广东东莞开了两家企业，效益很不错，我这次来，是准备把朱力带过去。"朱蜀榆把目光移向朱力。朱力说:"我当然跟我妈去了,省得在家让你心烦。"朱蜀榆没言语,一口把杯中的酒喝尽。

吴华说:"这些年,你既照看孩子又赡养老人很不容易!日后孩子跟我走了,有适当的,你就找一个吧。"朱蜀榆苦笑了下说:"适当的难找啊!"吴华从挎包里掏出一张银行卡放到朱蜀榆的跟前说:"这卡里有五十万,密码是你手机号码的后六位数,算是我这些年对你的补偿吧。"朱蜀榆把卡推回说:"感情的伤害不是金钱所能补偿的,再则……"儿子在旁把卡装进朱蜀榆的衣兜里,打断他的话说:"咱家有钱没钱我还不知道,你何苦在我妈跟前装'高大上'呢!"吴华说:"对于我来讲,感情的伤害,只能用金钱来补偿了。卡你还是装着吧,老人有个事啥的,你不至于手里紧。"吴华的后一句话,使朱蜀榆动了心,他说:"好,卡我装着。"

4

朱力虽然在朱蜀榆眼里是个不知上进的孩子,但他跟爷爷感情甚笃。爷爷得知孙子将长久离开,不禁泪眼朦胧地说:"孙子这一走,我这日后有个头疼脑热的,就没人照顾了。"朱蜀榆说:"不是还有我嘛。"父亲有些怨气地说:"你着家的时候都少,还谈什么照顾我。"朱蜀榆无言以对,他萌生出把父亲送进敬老院的想法。

吴华和儿子走后,朱蜀榆把东安市逛了个遍,找了个依山傍水条件上乘的名叫怡人的敬老院。不曾想,他在怡人敬老院的走廊里遇见了高中女同学杨丽媛。杨丽媛说敬老院是她办的。杨丽媛高中时是班花,当时帅气的朱蜀榆曾跟她有过懵懂的早恋。

在杨丽媛宽敞明亮的办公室,朱蜀榆呷着杨丽媛端给他的龙井茶,跟她聊着。杨丽媛说:"你若不来,我也会上门找你。"朱蜀榆调侃地说:"你上门找我?难道说你要把高中时咱俩的好事接着进行下去?"杨丽媛说:"难道你忘了?你们公安机关仍在通缉的杀人案犯韩广全是我的表哥。"朱蜀榆恍然说:"这个我真忘了,对,他是你表哥。"杨丽媛说:"我家在林海镇,上高中时,我是在我姑家生活的。韩广全杀人在逃,我姑一人生活了两年,后被我父母接到林海镇。一个月前我姑病逝,她临走的时候,还念念不忘你两年来对她在生活上的照顾。她对我说,日后要当你面转达她对你郑重的谢意。"朱蜀榆唏嘘说:"你姑是个很好的老人,韩广全犯事对她打击很大。"接着他又轻描淡写地说:"韩广全没犯事前,我经常到你姑家去。儿子犯罪,她孤身一人,我怎么也得开导开导她不是?"

杨丽媛问:"你孩子挺大了吧?"朱蜀榆说:"我儿子二十三了,跟他妈到东莞了。"杨丽媛说:"怎么你和妻子两地分居……"朱蜀榆把自己的生活简单地说了下。杨丽媛叹口气说:"听同学说你娶了个美貌的妻子,我以为你抱得美人归,怎么也得踏实地过一辈子。没想到婚姻竟如此脆弱!"朱蜀榆淡笑着说:"我想踏实地过一辈子,可人家看不上我。"而后他问道,"你大学毕业不是在省城中学教书吗?怎么还开上敬老院了?"杨丽媛说:"我丈夫是做生意的,我教了几年书,他便让我辞职协助他做生意。一年前,我丈夫因车祸身亡,我跟我丈夫的家人为遗产的事,打了场官司。我不愿在省城待了,就到东安开了这家敬老院。"

两人正说话间,刘旺给朱蜀榆打来电话问,"老朱,这几天怎么没看见你?"朱蜀榆说:"家里有点事,忙活家里事来着。"刘旺说:"广州你得去呀。"朱蜀榆不好再推脱,就说:"我去,我今天就订机票。"

挂断手机,朱蜀榆说:"单位让我出差,我得做准备去。我父亲在这儿,就得拜托你了。"

"你父亲在这儿,你就放心吧。"杨丽媛说,"等你出差回来,我给你接风。"

5

朱蜀榆在航空售票处订完机票,坐在车里默念着:"韩广全呀!你虽曾是我的好同学,可我是警察,没办法只有去抓你了!抓到你那天，你得理解我呀！"继而他又释然地想："自己纠结啥呀？自己不抓韩广全，他早晚也得让别的警察抓到。"

在分局门口，朱蜀榆见刘旺领着肖强等人要出去。肖强说："朱队，丹江边上发现一具女尸，有可能是失踪的程艳。"听肖强如此说，朱蜀榆也上了警车。朱蜀榆问肖强："通知程艳母亲了吗？"肖强说："通知了。"

丹江在东安穿城而过，发现女尸的地点在丹江的下游，此处没开发，江堤两岸边只有麦田地。到了现场，派出所民警已将女尸打捞上岸。派出所民警说："今早5时，市局110指挥中心下达指令，说一钓鱼者在岸边发现一具女尸。我们到了现场，发现尸体的老汉说，他每天早上都过来钓鱼，今早意外在江边的芦苇中发现有蓝色的物体，近前一看是一具穿蓝连衣裙俯卧的女尸……"

打捞至江堤上的女尸已被正过身来，朱蜀榆掀开蒙在女尸面上的编织袋，见女尸虽有些浮肿，但容貌仍不失生前的俊秀。他说："应当是失踪的程艳。"

一辆黄色出租车驶了过来，方淑琴下车在女尸跟前先是愣了下，接着就扑通一声跪在女尸面前，恸哭着："程艳呀，你怎么扔下老妈就这样走了呀！我可怜的女儿，我要是知道是谁害死了你，我一定让他偿命。"她忽地起身，情绪激动地对朱蜀榆说："害死我女儿的肯定是徐小可，你们快把他抓起来。"

"方大姐，你不要过于悲伤；你女儿是否是被人害死的，还得要通要尸检和进一步的调查才知道。"朱蜀榆考虑到明天出差，就把方淑琴引见给刘旺说："这是我们的刘副大队长，日后有什么事可以跟他联系。"

方淑琴对刘旺说："刘副大队长，你一定要给我女儿伸冤，不能让我女儿死不瞑目呀！"

刘旺不为方淑琴情绪所动，一副公事公办的样子说："既然肯定死者是你女儿，那你就先回去吧。如果你女儿是非正常死亡，我们会采取侦查措施的。"

方淑琴说："你们现在就得采取措施呀！杀人者就是……"

刘旺显然有些不耐烦:"你不要在这打扰我们的工作,我们还得做现场勘察。"

朱蜀榆打着圆场说:"方大姐,你的心情我理解,你先回去吧,有什么情况会告诉你。"他见出租车已开走,就说:"这样,我开车送你回去。"

终于,朱蜀榆把方淑琴劝上了警车……

晚上,朱蜀榆给肖强打电话了解程艳尸检结果。肖强说:"排除了他杀,程艳是酒后溺水死亡。"

6

韩广全在广州的线索来源于一次通话记录,韩广全在广州城乡结合部用一家超市的电话打给朋友,而其朋友多年前就已被公安机关掌控。二中队的民警在那家超市周边排查了一个星期也没找到韩广全。朱蜀榆到广州后,了解到韩广全经济拮据,所用的假身份证的名字半年内没出现在住宿和乘坐交通工具相关网络系统上,从而推测,韩广全仍在打电话超市的附近可能性比较大。

朱蜀榆对民警说:"韩广全喜吃卤制品,特别喜吃卤的豆制品。我们把人撒下去找卖卤制品的地方守候,或许会有收获。"

一天傍晚,朱蜀榆刚到一个卖卤制品的摊位前,发现一个光膀子秃头的男子从背影看很像韩广全,他喊:"韩广全。"

对方回过头,朱蜀榆见的确是韩广全,他疾步近前。

出乎意料的是,韩广全没跑,而是站在原地,脸上露出一丝笑意说:"老同学,我知道会有这一天。"他将手中装有卤制品的塑料袋扔在地上,双手一合说:"把我铐上吧,落在你手里我心甘。"

韩广全的从容,倒使朱蜀榆踟蹰止步。直到别的民警上前,用手铐将韩广全双手铐上。

韩广全押解回东安时,新任分局长曹宇亲自和分局班子成员到火车站迎接。曹宇握着朱蜀榆的手说:"晚间给你接风,并给你报功。"因为朱蜀榆原先不受领导待见,所以此时他感到有种从没有过的温暖。

晚间的接风宴很热烈,曹宇给予了朱蜀榆高度赞扬,他说日后民警的仕途发展,就应当首先考虑朱蜀榆这样有能力、能破案、任劳任怨的老民警。曹宇的话,说得朱蜀榆心里很感动。但让朱蜀榆不解的是,平时在领导面前最能卖弄的刘旺,在酒宴上却罕见地没作声。

第二天上班,肖强对朱蜀榆说:"朱队,刘旺惹麻烦了。"朱蜀榆问,"什么麻烦?"肖强说:"让方淑琴告了,方淑琴告他不作为,没有对她女儿的死展开调查。"朱蜀榆说:"你不是说程艳不是他杀吗?那还调查什么?"肖强说:"程艳尸检确实不是他杀,是酒后溺水身亡。可方淑琴较真的是,她女儿因为什么会喝那么多的酒溺水,让咱们给个说法。结果刘旺说,你女儿的死不构成刑事案件,我们无法调查。至于你女儿为什么喝那么多酒溺水,那只有你问你女儿了,就这样两人吵了起来,方淑琴被刘旺搡出了分局,他还警告方淑琴再扰乱办公秩序,就给她行政拘留。方淑琴一气之下,告状到市局纪委和市信访办,听说若不对程艳的死展开调查,她还要告到省里……"

办公桌上的电话响起,朱蜀榆拿起电话接听。电话是曹宇打来的,他让朱蜀榆到他办公室。

曹宇把朱蜀榆让座在沙发上问:"刘旺的事你听说了吧?"

朱蜀榆说:"刚听说,是方淑琴告刘旺……"

曹宇神情凝重地问:"你对这起案件怎么看?"

"喝酒溺水死亡从表象上看,似乎不构成刑事案件。"朱蜀榆思忖着说:"不过方淑琴说的也有道理,她女儿为什么喝那么多酒从而导致溺水死亡,应当搞清楚前因。若是前因是有人以剥夺他人生命为目的的蓄谋,那就是刑事案件了。"

曹宇若有所思地点了下头,说:"刚接触这起案件的是你,现在还是由你负责把这起案件查下去吧。"

"好吧。"朱蜀榆说,"程艳的死若构不成刑事案件的话,我也会用事实让方淑琴打消上访的念头。"

"要的就是你这句话。"曹宇把案头的一本卷宗递给了朱蜀榆。

7

法医检验为程艳酒后溺水死亡,方淑琴却说是徐小可害死的。那么已和程艳离婚的徐小可为何要害死程艳?又是怎么让程艳酒后溺水死亡呢……这诸多难解的问题在朱蜀榆脑海中萦绕。

程艳的尸体被打捞上来时,身无他物;现场勘察也没发现其他东西。朱蜀榆和肖强来到了方淑琴的家,方淑琴一副病怏怏的样子,当她听到公安机关对她女儿的死已展开调查的消息,脸上有了些精神。

朱蜀榆问:"程艳失踪那天是否带了大量现金或贵重东西?"方淑琴说:"我看没有,她那天走时就带着一个小包,小包里装着钱包和手机。"朱蜀榆又问,"程艳失踪那段时间情绪有没有反常?"方淑琴说:"她情绪没什么反常。"朱蜀榆说:"你让我俩看看程艳住的房间。"

方淑琴家是一大一小两居室,程艳住大屋。程艳的房间凌乱不堪,虽然摆设只有单人床和一个电脑桌,但地上的箱包货物却多到让人难以下脚。朱蜀榆让肖强打开电脑,看是否有查案的线索。电脑存有几部电影和大量程艳个人的照片,在回收站里,有被程艳删除的照片。照片经复原,是程艳和一个男子的合影。方淑琴说:"跟程艳合影的男子就是徐小可。"朱蜀榆看着照片,觉得徐小可和程艳在相貌上很不相配,程艳靓丽自不必说,而徐小可不但满脸疙瘩,身高还不及程艳。朱蜀榆在窗台上发现一个扣着的镜框,他把镜框翻过来,是程艳和徐小可的婚纱照,不过徐小可的面部已被碳素笔划模糊。

程艳房间里的发现,让朱蜀榆认定,程艳和徐小可不是平和地分手,而是爱得如火后又走到了冰点,这冰点使两人相互结下仇怨。如此说,方淑琴怀疑徐小可害死了女儿,不是没有道理。

回到客厅,朱蜀榆对方淑琴说:"说说你女儿和徐小可的事吧。"

"程艳能跟徐小可结婚，是徐小可死缠烂打的结果。结果这桩婚姻终归不幸福，还葬送了我女儿的性命。"方淑琴说："程艳和徐小可是东安大学的同学，徐小可从大一开始就追求程艳，程艳当时没看上其貌不扬且家境一般的徐小可，加上我的管束，两人在大学期间只是同学的关系。可在大学毕业的时候，程艳从学校搬回家里，我多次见徐小可给程艳打电话，程艳在电话里明确告诉他，他俩至多是同学关系，不可能再进一步发展。不曾料到的是，一天晚间，徐小可竟然在我家的楼下，点燃心形的蜡烛，手捧鲜花跪在地上，祈求程艳答应做他的女朋友……"

说到这，方淑琴哽咽起来。朱蜀榆从茶几纸抽里抽出纸巾递给她说："大姐，别激动，慢慢说。"

方淑琴用纸巾擦拭下眼睛，说："也都怪我糊涂，我见徐小可对程艳如此痴情，就对程艳说，'要不你跟徐小可处处试试看。'程艳听我这么说，她也被徐小可纠缠得无奈，就答应和徐小可处朋友。处朋友期间，徐小可表现得相当好，隔三差五就到我家干这做那，我和程艳逐渐地接受了他。两人大学毕业没找到合适的工作，就提出到北京干番事业，徐小可拿走家中给他准备的买婚房的钱三十万，就和程艳到了北京。到北京两人的情况我就不清楚了，结婚半年就离了。程艳两个月前回到东安，徐小可曾到我家闹，并威胁要跟程艳同归于尽……"

朱蜀榆问："徐小可那次闹后，过后有过其他举动吗？"

"那倒没有。"方淑琴说，"不过以徐小可的秉性，他是一条道走到黑的人。所以程艳的死，我就认定跟他有关系。"

8

对徐小可进行调查，朱蜀榆发现徐小可在程艳失踪那天在东安，他在程艳失踪后跟其姐徐小英通话多次。

朱蜀榆和肖强登上了东安到北京的航班。

费了很大周折，朱蜀榆和肖强找到了徐小可租住房子所在的北京西城区的一个小区。两人蹲守了三个多小时，在晚间六点多钟，才看到一个男子驾驶一辆别克轿车进了小区，男子与徐小可的照片相像。朱蜀榆肯定地说："这人就是徐小可。"

徐小可一下车便被朱蜀榆和肖强控制住了。朱蜀榆亮出证件说："东安市公安局的，找你了解情况。"徐小可面容现出一丝惊诧，不过很快就平静下来说："你们找我了解什么情况？"朱蜀榆说："到你租住的房间谈。"

徐小可租住的房间只有一室，房间的客厅里仍旧挂着他和程艳的婚纱照，徐小可的床头柜上还放着程艳的影集。

谈话在客厅里，徐小可坐在沙发上，跷着二郎腿。朱蜀榆和肖强则谨慎地站立在徐小可左右。

朱蜀榆开门见山地问："徐小可，知道因为什么找你吗？"

徐小可一脸茫然："不知道。"

"程艳死了。"朱蜀榆说，"程艳是你的前妻，所以我们找你了解情况。"

徐小可惊讶地"啊"了声，问："她怎么死的？"

朱蜀榆没回答徐小可，而是转了个话题问："你和程艳因为什么离婚的？"

"能告诉我程艳是怎么死的吗？"徐小可迫切地问。

"程艳怎么死的，你应当知道。"朱蜀榆说，"你现在回答我的问话。"

据徐小可说，他和程艳到北京，自己进了一家公司打工。程艳在一家酒店打工。两人结婚加上买车，将所带来的钱都花光了。两人都是打工族，生活自然拮据。程艳在酒店当上领班后，经常很晚回家；她的衣着和首饰也发生了变化，他问程艳哪来的钱买东西？程艳说是工作挣的。他担心程艳在酒店那种环境中，经不住诱惑跟了别人。他查看程艳的手机，发现不少暧昧短信，便开始对程艳由温柔变为管束。程艳难忍受他的管束，便提出了离婚……

朱蜀榆问："离婚后，你又找过程艳吗？"

徐小可沉默了下，说："程艳回到东安，我到她家找过她。不过后来也想开了，两人性格不合，离就离呗，干嘛缠着人家。"

朱蜀榆盯着徐小可问："7月28日，你在什么地方？"

"我离婚后，心里烦闷，到天津旅游去了。"

"是吗？"朱蜀榆厉声说，"你在撒谎。"

"让我想想。"徐小可显然故作平静地想了下，说，"对，那天我回东安看我妈去了。"

"那天你见到程艳了吗？"

"没有。"徐小可忽然歇斯底里地吼，"程艳怎么死的你还没告诉我！"

"我刚才说了，程艳怎么死的，你应当知道。"朱蜀榆说："正因为你知道程艳是怎么死的，我们才到北京找你调查。"

"我什么都不知道。"徐小可竟下逐客令说，"我也不再回答你们的问题，请你们离开这里。"

"你现在已经失去了人身自由。"朱蜀榆轻蔑地看眼徐小可，接着对肖强说："给他办理下手续。"

肖强从挎包里掏出拘传证和笔摊在茶几上说："在上面签个字吧。"

徐小可脸上忽地淌下汗来……

9

徐小可在二十多个小时的火车上一路无语。回到东安，朱蜀榆也没按着讯问，而是直接把徐小可关进了看守所里。

朱蜀榆跟曹宇汇报完抓捕徐小可的经过时说："徐小可的疑点太多了，我认定，程艳的死，跟徐小可有关系。一个星期内，我会拿下徐小可的口供。"曹宇欣慰地说："若是案件侦破了，你不仅尽了义务，还给分局解决了难题。"

从曹宇的办公室出来，朱蜀榆遇见了刘旺。刘旺跟朱蜀榆打了个招呼问,"徐小可撂了吗?"朱蜀榆说:"没有。"刘旺显得亲昵地拍了下朱蜀榆的肩膀说:"我跟你说老朱,这起案件难办呀!别为了平息方淑琴的上访,再弄出冤案来。你说程艳就是一个酒后溺水身亡,没外伤,没性侵,你怎么认定嫌疑人……"朱蜀榆打断刘旺的话说:"我心里有数,你放心。"刘旺像是不解地摇了下头,离开了他。

朱蜀榆回到办公室对肖强说:"查下徐小可家的住址和人口情况,咱俩去见徐小可的母亲。"肖强在电脑前劈啪敲了几下键盘说:"徐小可家住新华路紫云小区五号楼402室,他家户籍登记三人,除徐小可外,还有他母亲荣显君和他姐姐徐小英,荣显君是东安师范学院的教授,徐小英在统计局工作。"他接着说:"徐小英怎么这么面熟?"

朱蜀榆到了肖强的身旁,看了眼显示屏上徐小英的照片,问,"你见过她?"肖强说:"肯定见过,但忘了在什么地方见的。"

两人上了警车,肖强忽地拍了下方向盘说:"我想起来了,你出差到广州时,我见过徐小英在分局门外,跟刘旺唠着什么。"朱蜀榆一怔,问,"刘旺当时看到你了吗?"肖强说:"他没注意到我。"朱蜀榆若有所思地没再说什么。

两人敲开了徐小可的家门,开门的是一位满头银发的老大妈。朱蜀榆问:"你是荣显君吧?"对方说:"是。"肖强亮出工作证说:"我们是公安局的。"荣显君情绪低落地说了句,"你们是为程艳的事而来的吧?"就把两人让进了屋内。

屋内没有装饰过,只是白墙和水泥地面;客厅一张方桌上摆有一台老旧电视,外加四把椅子。

三人坐下,朱蜀榆对荣显君说:"想必程艳死亡的事你已经知道了。"荣显君说:"程艳的母亲到我家来过,她说我儿子害死了程艳。"她像气短似的深吸一口气说:"徐小可虽跟程艳离婚了,但他怎能害死她呢?"

朱蜀榆说:"程艳虽是酒后溺水而亡,但也不能排除他杀的可能。我们怀疑徐小可与程艳死亡有关,他已被我们从北京解回羁押在看守所。"

"连你们警察都认为徐小可害死了程艳？"荣显君问了这句话，似乎朱蜀榆说出了她的预感，神情透着绝望说："徐小可太爱程艳了！而程艳却不爱他……"她欲言又止。

在朱蜀榆的开导下，荣显君又缓缓地说："我这人命不好，找了个嗜赌的丈夫，为了两个孩子，只能跟他熬日子。丈夫死了，却忽地发现，由于对丈夫的操心，疏忽了对孩子的管教，特别是徐小可，好高骛远，想做什么，非得不顾自身的条件想做成。他跟程艳搞对象时，我就觉得两人不般配，一个能力低下，却很固执；一个容貌艳丽，性格开朗奔放。唉！"荣显君仰头喟叹一声说："都怪我这个母亲管教不了自己的孩子。"朱蜀榆问："7月28日，徐小可回过家吧？"荣显君说："具体哪天我说不清，7月份他确实在家待了几天，记得有一天傍晚，他浑身湿漉漉地回家来。"朱蜀榆听了荣显君的话，眼睛一亮……

从徐小可家出来，朱蜀榆拨通了徐小英的手机，他问，"你是徐小英吧？"对方说："我是，你是哪位？"朱蜀榆说："我是警察，要找你了解些情况。"徐小英问："找我了解什么情况啊？"朱蜀榆说："见面谈吧，我现在去你单位。"徐小英像是犹豫了一下说："你最好不要到我单位来，你要找我了解情况，我们换个地方谈话可以吗？"朱蜀榆说："当然可以。那你10分钟后到你单位附近的清香茶馆。"

跟徐小英的谈话，她有些慌张。她一开始还想掩饰，说弟弟的事她一概不知。朱蜀榆几句话就使徐小英败下阵来，他说："我们已经把你弟弟从北京押解回来，至于你弟弟的事你知不知情，那不是你说不知情就能解脱的了的。你考了三年公务员，去年才考上，你不想因包庇弟弟，毁了你的前途吧？"徐小英沉默几分钟说："我弟弟的事详情我的确不知道，他只说他害死了程艳。他害怕，打电话问我怎么办。我得知程艳的母亲到公安局报案后，就到你们分局打听情况，刘旺示意我拿钱可以摆平我弟弟的事，我便凑了10万元钱给了刘旺。不曾想，你们还是抓了我弟弟并找上门来。"她说完，低头哭泣。

朱蜀榆和肖强听了徐小英后面的话，都大吃一惊……

10

　　到看守所提审徐小可前，朱蜀榆让肖强把从徐小可住处拿到的程艳的影集带着。肖强在文件柜里找出影集不解地问："照片对审讯徐小可有帮助？"朱蜀榆说："在通常情况下，男女离婚后会为淡忘对方而少有保留对方物品的，可徐小可居然在床头放有程艳的影集。说明他对程艳是很有感情的，现在已经推测出是程艳主动提出后并坚持的情况下两人才离婚的。徐小可的作案动机，就是他对程艳由爱到恨所促成的。徐小可若仍拒不交代犯罪，程艳的照片或许能派上用场。"

　　当徐小可坐在提审室里的审讯椅上，他大声地质问朱蜀榆："我没有杀程艳，为什么不放我？"

　　"你嚷什么？"朱蜀榆双目如炬地盯着徐小可说："你杀没杀程艳，你心里比谁都清楚。"

　　徐小可不再言语，他只和朱蜀榆目光对视了几秒，便低下了头。

　　对徐小可的审讯，是围绕着他和程艳为何离婚而进行的。

　　显然徐小可不愿再回忆过去，他说了句"我该说的都说了"，便缄默起来。

　　朱蜀榆说："你不说，你和程艳过去的一切，也不会在你心中抹去。"他随即将几张程艳的照片摆在了审讯椅前面的挡板上。

　　此时徐小可见到程艳的照片，身体打了个激灵，脸上透出了难以名状的痛苦表情，继而闭上了眼睛。他双手如果不是被手铐铐住，定会撕掉照片。

　　过了会儿，徐小可有气无力地说："你们把程艳的照片拿走好不好。"

　　朱蜀榆要的就是这个效果，他没有拿走程艳的照片，而是静静地观察着徐小可。

　　徐小可不可能为不看程艳的照片而长久地闭眼和把头扭向一边，

两个小时后,他号啕大哭起来。

朱蜀榆见有戏,就开导说:"我们清楚,程艳是你心爱的女人。你把内心隐藏的话说出来,心里就没有重负了……"

徐小可仰头声嘶力竭地大叫:"是我杀死程艳的……"

徐小可交代,他深爱着程艳,可婚后没多久,程艳难以容忍他的管束,便坚决提出了离婚。程艳离婚后,为了彻底摆脱徐小可就从北京回到了东安。而徐小可心里却放不下程艳,他想破镜重圆,他给程艳打电话,程艳换了手机号……案发几天前他再次回到东安,案发当天,他在程艳下班到家门口时堵着了她。他软磨硬泡地让程艳跟他吃饭。程艳无奈地答应说:"咱俩只吃最后一顿饭,日后便再无纠葛。"徐小可买了熟食和一瓶白酒,打车到了他和程艳恋爱时经常光顾的江边公园的一僻静处,他想以此地唤起程艳对往昔的回忆,期冀挽回两人的感情。徐小可和程艳在江边从白昼一直喝到夜色朦胧。当徐小可提出要和程艳重归于好再次被拒后,他恶毒地逼迫程艳说:"你要和我断绝关系,今天你就必须蹚过眼前的江水。"程艳已跟徐小可恩绝情断,在酒精的作用下,她毅然地向江中走去。徐小可看着逐渐被江水淹没的程艳,不但不施以援手,他内心还萌生出,自己得不到她,别人也得不到她的快意……

听了徐小可的交代,一直追寻案件真相的朱蜀榆,内心却高兴不起来。

11

从看守所回到单位,朱蜀榆忽地想起把父亲送到敬老院已有半个月没去看望了。他买了父亲爱吃的羊肉烧卖,驱车到了怡人敬老院。

父亲的房间有了些许变化,除了窗台上摆放着几盆花卉,原角柜上的小电视,变成了挂在墙上对床的大电视,卫生打扫得也很干净。父亲仰在床上看着电视上的保健节目,他看了眼进门的儿子说:"单位不忙了?"

"不忙了。"朱蜀榆把装烧卖的纸兜放在茶几上说:"爸,还没吃饭吧?我给你买了烧卖。"

父亲好像对烧卖没有了以前的兴致,他说:"这的饭菜很可口,你往后来不要再买东西了。"

朱蜀榆拿水瓶给父亲杯里加了些水,说:"好,我不再买东西了。爸,你下床趁热吃。"他问,"你在这住的还行吧?"

"吃住都不错。你那个同学杨院长还经常来看我。"父亲满意地说着,下床坐在沙发上吃起了烧卖。

朱蜀榆衣兜里的手机响起。他掏出手机接听电话。电话是杨丽媛打来的,她说:"我看见你的车停在了楼下,怎么刚来?"朱蜀榆说:"刚过来,谢谢你对我父亲的照顾!"杨丽媛说:"老同学,你这么说岂不外道了。你方便的话到我办公室来坐坐吧。"朱蜀榆说:"那我待会儿过去。"

父亲听出了什么,他挥了下手说:"你忙去吧,不用陪我,你看我好好的。"朱蜀榆本想多陪一会儿父亲,见父亲如此说,就离开了父亲的房间。

杨丽媛要请朱蜀榆吃饭,她说附近一家山庄的烤羊排不错。朱蜀榆说:"应当我请你。"杨丽媛说:"客气啥,就当给你接风了。"

山庄很有特色,亭榭、水池、彩灯,让人感觉既绚丽又静谧。朱蜀榆说:"这地儿很美。"过了会儿又接着说:"我俩可以在亭榭就餐,充分体会这美景。"穿白底蓝花装束的服务员将两人引至一座亭榭里。

杨丽媛点餐时,对朱蜀榆说:"来瓶古井贡酒,我陪你喝点。"朱蜀榆说:"你原先也喝白酒吗?"杨丽媛说:"我原先至多喝点红酒,可自从丈夫去后官司缠身,我就觉得白酒比任何酒都好,开心时喝得微醺畅快,烦恼时一醉方休。"

杨丽媛的话让朱蜀榆想起了程艳和徐小可,程艳肿胀的尸体和徐小可号啕大哭的景象在脑海中挥之不去。

酒菜上来,服务员将两个杯斟上酒。

杨丽媛端起酒杯打断朱蜀榆的思绪说:"你在想什么?来喝酒。"

朱蜀榆跟杨丽嫒碰下杯喝了口酒后缓缓说："在想你刚才说的话，酒是好东西，不过心胸狭隘的人喝下酒有可能就会酿成祸事。"

　　杨丽嫒说："肯定是什么案子引发你联想了。"

　　"我搞了这么一件案子……"朱蜀榆叙述了程艳失踪的案子。

　　杨丽嫒说："其实爱与不爱都随缘，可是就有人放不下。"

　　"放下了，说不上还有另外的缘分在等着你。"朱蜀榆热切地看着杨丽嫒说："比方说我和你。"

　　杨丽嫒愉悦地笑了……

不再为爱尴尬

1

荣秀在外表看是个五官端正、身材高挑的女孩。

荣秀走到客运站时已是汗流浃背。她坐在客运站外一棵枝繁叶茂的榕树下,树下的阴凉使她身上的汗渐渐消退。她的目光在熙攘的人群中搜寻了会儿,而后便靠着榕树,望着蓝蓝的天。

荣秀时常这样一个人坐着,幻想可以成为一个普通女人,找个好老公,生个健康可爱的孩子。这个普通的愿望,对她来说,却难以实现。在以往如蝼蚁一般生活的二十三年里,她从未像常人一般拥有过亲人的关怀。而现在艾时义追求她,使她有种不期而遇的幸福。虽然这幸福难以铺展开,或许很快夭折,但她仍旧品味着其中的愉悦。

荣秀是半年前在这个叫宁陵的城市打工中认识的艾时义。她是假日酒店的客房服务员,她一次收拾客房时,见到客人遗落的火车票,火车票是去往北京的,一个小时后开。她记得这间客房的客人是个皮肤黝黑的男孩,男孩在酒店住了一个星期,他每次见到荣秀,都露出洁白整齐的牙齿向她微笑。她想到男孩在火车站找不到火车票时的那种焦虑,便毫不犹豫地拿起火车票,离开酒店赶往了火车站。在火车站检票口,她见到了茫然地仍旧翻着里外衣兜的男孩。她把票递给男孩。男孩面露惊喜，说了些感谢的话。她说了句不用谢，转身欲走时，男孩叫住她，向她伸出手说："我叫艾时义，咱俩交个朋友吧"。她羞涩地跟艾时义握了下手，就离开了火车站。没想到，半个月后，艾时义到酒店找到她，请她吃饭。艾时义在建筑工地当技术员，在荣秀的眼里算是知识分子，她对艾时义很倾慕，两人就此拉开了恋爱的帷幕。

荣秀挎包里的手机响了起来，她掏出手机接听电话。电话里艾时义问："你到客运站了吗？"荣秀说："到了，我在客运站门口的榕树下。"

过了会儿，艾时义走到容秀的跟前，目光深切地看着她说："该检票了，咱俩进站里。"

荣秀起身，像想起什么似的说："我走得匆忙，忘了给你父母买礼物了。"

艾时义右手提起布兜说："我替你买好了，在这兜里。"

容秀俏皮地笑了下说："谢谢了！"便挽着艾时义的胳膊，向客运站大门走去。

荣秀和艾时义上了开往林海的客车，艾时义拧开一瓶矿泉水递给荣秀说："喝点水吧。"

荣秀接过矿泉水，呷了一口问："林海是个挺大的地方吧？"

"林海是个农业县，地方不大。"

"你说我见到你父母，该说些什么呢？"

艾时义哈哈两声说："你想说什么就说什么呗。我父母都是铁路工人，没什么挑剔的，不要太拘谨。"

"我可不像你，在建筑工地当技术员，还去过北京。"荣秀有些忐忑地说："我在农村待了二十多年，除了进城当服务员，没见过什么世面。我要有说不对的地方，你别埋怨我。"

"我不会埋怨你的。"艾时义握着荣秀的手说，"其实我跟你一样，大多数的时间都是在家乡小县城度过的。我到宁陵打工才半年。"

荣秀面露诧异："不会吧，难道你认识我后才到的宁陵？"

"我外出旅游住在假日酒店时，就对你有好感。我若不把火车票落在客房，咱俩还没有机会见面呢！"艾时义说："我是为了跟你相处才到的宁陵。"

艾时义的话使荣秀满是幸福感地把头靠在了艾时义的肩上。

客车徐徐驶出了客运站。

2

到艾时义家时天已擦黑，艾家人准备了一桌丰盛的晚宴。艾父艾母对荣秀很热情。荣秀有种欺骗艾家人的感觉，心里很惶恐，她说了一句："伯父、伯母好。"便觉得没别的话可说。

好在艾母问荣秀家的情况，使氛围不至冷清。荣秀回答艾母的问话说："我家住在离这四百公里的青岭子小镇，由于母亲过世的早，我念到初中就不念了，在家务农多年。去年我父亲也去世了。我有个哥哥已结婚。我是半年前才到宁陵打工的。"艾母唏嘘着说："没想到你这孩子受了这么多的苦。"谈到苦，荣秀回味着自己的生活，心潮起伏，眼泪吧嗒吧嗒地掉了下来。艾母忙用筷子夹起块排骨放到荣秀的小碟里，劝慰地说："别哭孩子，往后咱就是一家人了，你不会再受那么多苦了！"荣秀感动地说："谢谢伯母。"

吃完饭，看了会儿电视，老两口临到房间休息时，艾母对儿子说："你俩今天坐了四个多小时的汽车，也早点休息吧。"艾时义说："好的。"他接着把电视闭了。荣秀到卫生间洗漱。

因艾家是两室的房子，荣秀返回客厅，对仍坐在沙发上的艾时义说："你到房间睡吧，我睡客厅。"

"哪能让你睡客厅呢。"艾时义看着荣秀说："还是我睡客厅吧。"

"那也好。"荣秀低下头，避开对方热辣的目光，走进了另一房间。

艾时义随荣秀进了房间，猛然间把荣秀搂抱在怀里，他肆意地亲吻着她的嘴、脸颊和脖颈，他的手也伸进她的内衣里，但他解她腰带时，她犹如在温柔乡里猛然惊醒般，断然把他推开说："不行。"

艾时义愣怔了一下，讪讪地沉默了会儿，而后打开柜门，拿出被子和枕头放在床上，自己又在柜里捧起了套行李。

艾时义转身离开房间时，荣秀说："对不起！"

艾时义以自己的揣测说："你是个纯真的女孩，我或许不应该这样，但我是真心喜欢你！"

荣秀抚摸着艾时义的后背说："我也真心喜欢你！咱俩会有那么一天的。"

艾时义扭头微笑下："晚安。"便出了房间。

荣秀轻关上门，躺在床上难以入睡，脑海中浮现出以往的情景……

荣秀自一出生，就既有女性的身体特征，又像男孩一样是个"带把儿"的。荣秀五岁那年，父母带她到宁陵的一家医院诊治。大夫检查后说："做女孩儿的手术需要花费五千元，做男孩儿需要一万元。"在农村需要劳力，受了一辈子累的母亲说："如果能做男孩就做男孩吧。"但荣秀的父亲并不热衷于儿子和女儿的选择，毕竟自己已经有了一个儿子，做手术就意味着要花钱。父亲说："那我们攒够钱再来做手术。"没有等到家里攒够钱，母亲就离开了人世，父亲也不再关心她到底是男是女，将来要如何生存。她初中毕业，父亲说没钱供她上学，让她回家务农。一年前，父亲到外地打工，工伤死了。哥哥拿着父亲40万赔偿款，也不管自己的妹妹，和媳妇在县城做着小买卖滋润地生活着。自从认识艾时义后，荣秀考虑到自己必须做手术，她狠下心来软磨硬泡管哥哥要钱，哥哥只得给她银行卡里打了五万元钱。荣秀虽然同时拥有男女两套生殖器官，但她不长喉结，没有体毛，除了下身像蚕蛹似的男性器官外，其他身体部位都是按照女性来发育的。她从来没有怀疑过自己是一个女人。荣秀自小自尊心很强，当她得知自己与他人不同后，她哀求家人不要外传，好在家人对她的秘密守口如瓶。母亲在她小的时候，给她穿的是封裆裤，没有穿过开裆裤；她上学期间都是背着同学上厕所；这使她犹如别的女孩一样生活到现在。

艾时义对荣秀很好，他领她逛遍了宁陵市的景区，他知道她喜欢吃橘子，每逢跟她约会，都送她一兜橘子。荣秀对艾时义也好，她每隔一段日子，就到艾时义所工作的建筑工地，给艾时义洗换下的衣物和床单被罩。

荣秀时刻告诫自己，自己身体的秘密，绝对不能让艾时义知道。让荣秀犯难的是，艾时义的急三火四，在自己没成为完整女人之前，便有可能知道了她的秘密。

荣秀思来想去，只得无奈地决定，自己先离开艾时义，待手术后，再来找他。她觉得自己准备的五万元钱，应当够手术的费用。

天蒙蒙亮时，荣秀才睡。

3

坐在返程的客车上，艾时义说："我父母对你挺满意的。"

"两位老人很慈祥。"荣秀腼腆地说，"如果咱俩能够结婚的话，我会好好地待你父母的。"

"咱俩当然能结婚，我愿跟你生活一辈子。"艾时义眼里满是憧憬地说，"咱俩若想在宁陵发展的话，就在宁陵买套房子。"

荣秀从没奢望过在城市买房子，她说："宁陵的房子很贵的，能买得起吗？"

"我在建筑行业工作，工资还是可以的，可以贷款慢慢还嘛，你说呢？"

未来虽很美，荣秀却有些茫然。她没有接艾时义的话，沉默下来。

艾时义不解地问："你怎么不说话？"

荣秀转个话题说："我有件事要告诉你。"

艾时义说："你说。"

"这段时间咱俩不能再见面了，我要到外地去照顾我姑姑。"荣秀头一次撒谎，她表情很不自然。

"照顾你姑姑?"艾时义盯着荣秀问,"你到什么地方去?去多长时间?"

"我到北京去,可能得两三个月吧。"荣秀避开艾时义的目光说:"我就这么一个姑姑,她孤独一人得了重病刚做完手术,需要人照顾。"

艾时义并没表示诧异,他说:"那你就去吧,你不但要把病人照顾好,也要照顾好自己。"

荣秀说:"你放心,我会照顾好自己……"

到了宁陵,艾时义到建设银行取出了卡里存有的两万元钱,揣到荣秀的包里说:"这钱你拿着,初次到大都市去,好好溜达溜达。"荣秀感动地拥抱着艾时义说:"你等我……"

4

荣秀辞掉了宾馆服务员的工作,做好了外出手术的准备。

荣秀临出远门前,回到了家乡青岭子镇。虽然出去仅半年多,可老屋的房前屋后却长满了杂草,门上的暗锁也有些锈蚀,她开了半天才打开。

午后的天气有些阴,荣秀打开灯的开关,却没见灯亮。她拧下灯泡,见是好的,她怀疑电线出了问题。她出了家门,到供销社买了一捆电线。

自从没了母亲,荣秀逐渐习惯了自己生活,自家的两亩田地和一点菜地的活,在她眼里不在话下。她似乎是个全能手,电工的活对她来讲也不算难事。下午的时间,她不但把家里的电灯修好了,还把院内的杂草清除得十分干净。

荣秀的家乡有个长辈,她的舅舅。舅舅从小就关心她,现在跟离婚的表姐在一起生活。她理所应当要去看望舅舅,她从旅行袋里拿出两瓶酒和四个罐头,出了家门,向舅舅家走去。

舅舅见外甥女到来,很高兴。他让女儿炒了几个菜,留荣秀吃晚饭。

吃饭间，舅舅喝着酒，嘘寒问暖，问荣秀在外边怎么样？荣秀介绍了自己打工的情况，说在外边挺不错。

"你长大了，也该成个家了。"舅舅打量着荣秀，浑浊的双眼有些湿润地说："你说你小的时候，你父母也没把你身体的毛病治好……"

荣秀仰头喟叹地说："当时家里穷，母亲过世后，父亲也没考虑到我的将来。"

舅舅有些自责，且又无奈地说："你说我若条件好些，还能帮衬你父母给你治病；可我在农村待了一辈子，只靠几亩薄田生活，实在没有能力帮你。"

"我处了个男朋友，他对我很好。"荣秀说，"我把宁陵的工作辞了，我过几天就要到北京一家医院做手术。"

荣秀的话，让舅舅宽慰了些。他脸上透着亮色说："医院你都联系好了？钱够吗？"

"医院是我通过网络联系的……"荣秀见舅舅扭身哈腰在床底下找什么，就问，"舅，你找什么？"

舅舅找出一个塑料袋，递给荣秀说："这有三千元钱，你拿着。"荣秀不想接受舅舅的钱，她说："我的钱够了。"舅舅说："你必须拿着……"离开舅舅家时，舅舅说："你明早看看你父母去吧。"荣秀应了声。

清晨下起了细雨，荣秀拎起装有贡果和纸钱的编织袋，持把镰刀撑起雨伞出门给父母上坟。

父母的坟在山里，要走一段山路。等荣秀走到坟前时，身上已湿了大半。母亲的坟和父亲的坟毗邻，当初哥哥把因工伤死亡的父亲骨灰带回来的时候，曾要和母亲合葬。荣秀拒绝说："父母在一起生活大半辈子，每天都吵，还是给父亲单埋吧。"哥哥便把父亲的骨灰盒埋在了母亲的坟旁。

其实荣秀没同意把父母合葬，是基于对父亲的恨。即使父亲死了，她内心里也不愿给父亲上坟，只是每次到坟前，象征性地给父亲烧两张纸。在她的记忆里，父亲娇宠哥哥，除了打骂她外，从没给过她爱，以至于她现在以"双性人"尴尬的身份生活在世上。

荣秀把母亲坟上的杂草用镰刀除掉，在坟前摆上了贡果。

荣秀边烧着纸钱边念叨着："妈妈你要保佑你女儿手术成功，等女儿结婚生子后，会多给妈妈烧纸钱……"

荣秀只顾把雨伞遮在燃烧的纸钱上，她的脸上不仅淋有雨水，还有溢出的泪水。

5

荣秀坐了两天的火车来到了北京。

北京的高楼大厦和摩肩接踵的人群，让荣秀眼花缭乱。女孩总是爱美的，荣秀曾听说过北京的西单，她到了西单想买件像样的衣服，可昂贵的价格却让她咋舌；她舍不得买衣服，狠心买了部智能手机。她想用手机把北京的景色拍下来，过后给艾时义看。

荣秀到了事先经过联系的安康美容整形医院，医院对荣秀进行了染色体检查，结果表明为"女性"，并且她女性的生殖系统皆具备。

荣秀虽对检查结果感到释然和喜悦，但她还是忐忑地问接待她的邱大夫："我手术后，能结婚生孩子吗？"

邱大夫说："从你自身的情况看，当然可以。"她解释说："所谓双性人，在医学层面上的解释为同时拥有男性和女性的生理特征。一般来说，双性人是无法生育的，因为在发育期时，男性荷尔蒙和女性荷尔蒙会被同时分泌，导致其生殖系统无法完全成熟，在青春期无法达到正常的生育能力。这种情况通常可以通过进行摘除手术，并按照患者两性生殖系统成熟程度来决定所服用的荷尔蒙，在术后使患者的生殖系统成熟，那样就可以和正常人一样拥有生育能力了。"

荣秀又问手术需要多少钱和什么时间可以手术？邱大夫说："像你这种身体情况手术加上服用药物大约需花费四五万元钱。不过目前手术暂时不能进行，你得需要服用调节激素水平的药物，调理一段时间身体。"邱大夫在处方上开了一些药物递给荣秀说:"按时服药,过一个月后来复查。"

荣秀需要手术,再加上在北京说不定要待多久,她清楚自己银行卡里的钱并不宽裕,她必须得找个零活干。荣秀走进了医院附近的一家小饭店,她问老板娘是否需要人手。老板娘打量了她一眼说:"你要当服务员吗?"荣秀点下头。老板娘说:"那你在这干吧,一个月工资三千元,工作时间是上午九点到晚间十点。"荣秀说:"有住的地方吗?"老板娘说:"我可不管住的地方,你若要住的话,就只能住在这饭店了。"荣秀说:"那好,我今晚就在这住,明天开始上班。"

荣秀退掉了几天前来北京时住的旅店,在地摊上买了些衣物和一套行李。

小饭店打烊后,老板娘临走前,不放心地看了眼荣秀,把厨房的门锁上了,为了省电,又收起了空调遥控器。荣秀望着离去的老板娘,不满地"哼"了声。虽然老板娘略显刻薄,但荣秀对现有的工作还算满意,毕竟解决了吃住问题。

荣秀把门关好,穿上白天买的红连衣裙和高跟鞋到了卫生间的镜子前,前后左右地照着。

在容貌上,让荣秀感到缺憾的是她脸上的皮肤有些糙,她凑近镜子,摸着颧骨上的毛孔,蹙了下眉。其实荣秀的嗓音也比较粗哑,不过这粗哑的嗓音别人说像明星周迅,这使她心里边少了份羞愧。

荣秀很喜欢色彩艳丽的衣服,但由于身体的原因而形成的自卑,使她很少在外人面前表露自己的喜好。她只有独自一人时,才穿上自己喜欢的衣服。

对荣秀而言,北京一行,意味着她人生的新起点。她看着镜中的自己,不由得下着决心对自己说,从今以后,自己喜欢什么衣服就穿什么。

早晨,荣秀被热醒。她汗流浃背地进了卫生间,脱光了身子用脸盆冲起凉来。

突然,老板娘手捧着餐桌布出现在门口。荣秀犹如惊吓般"啊"

了一声，把手中的塑料盆扔在地上，双手捂着私处。

老板娘瞪着眼睛诧异地盯了她片刻，把餐桌布放到洗衣机上，转身走了。

荣秀想起，小饭店的门只是暗锁锁上了，自己没有在里边插好，老板娘才打开门进来。

荣秀从卫生间出来，老板娘问，"在家没跟别人洗过澡呀？"荣秀说："我家在农村，是没跟别人洗过澡。"老板娘不知道，荣秀之所以光着身子怕人看，是唯恐让人发现她难以启齿的身体秘密。

6

临近的建筑工地有个长着络腮胡的年轻人常到小饭店吃饭，他跟小饭店的人熟络了，便有时唠几句嗑。络腮胡问荣秀："是哪地方人？"荣秀笼统地说："是黑龙江的。"络腮胡对荣秀的回答并没介意，他问荣秀，"结婚没有？"荣秀说："没有。"络腮胡感叹地说："女孩在外打工不容易呀，将来找个条件好的人家嫁了就好了。"络腮胡的话，让荣秀想起了艾时义，她一脸幸福的样子对络腮胡说："我对象家的条件挺好，过段时间我们就结婚。"络腮胡说："那你可把握好机会呀！"跟络腮胡说完话，荣秀打开手机，给艾时义发条短信："亲爱的，我或许下个月就能回去，等我！"

这天上午，小饭店还没开门，传来敲门声。打扫卫生的荣秀到了门前，见门口站着络腮胡。络腮胡说："我昨晚钱包可能落这儿了。"荣秀知道昨晚络腮胡在小饭店喝酒到半夜，她说："我给你看看。"她转身找了一圈，返到门口说："没有啊。"络腮胡说："我进去找找。"荣秀没想别的，便打开了门。

小饭店仅有五张小饭桌，络腮胡挨个桌找了一遍说："怪了，那落哪了呢？"他继而盯着荣秀。

荣秀以为络腮胡怀疑自己捡了他钱包，忙解释说："大哥，我可没见到你钱包。你是不是落别的地方了？"

络腮胡没有了丢钱包的着急样，而是嘴里还带着酒气地盯着她说："你捡了也不要紧，钱包里的钱都给你也行。"

　　荣秀没注意对方的眼神，她脸上满是不解地说："你怎么这么说，我岂能要你钱？你说的钱包，我真的没看见。"

　　不料，络腮胡拽过荣秀的手说："咱俩在外打工都不容易，你也处对象了，男女之事你也不陌生。我喜欢你，咱俩亲热一下吧。"

　　络腮胡的言行，使荣秀受到惊吓般用力甩掉他的手，往后退着说："大哥，你可别这样。我们老板娘每天买菜早来，你赶快出去。"

　　络腮胡没有听从荣秀的话，他的双眼移到荣秀的胸部，咽口唾液，喉结鼓动了下说："我给你钱。"他说着从裤兜掏出几张百元钞票，往荣秀手里塞。

　　"我不要你的钱，你快点出去呀！"荣秀边近乎哀求地说着，边接着往后退。可她却被绊倒在她晚间睡觉打的地铺上。

　　荣秀的倒下，让情欲难耐的络腮胡寻到了最佳时机，他压在荣秀的身上，将手伸向了荣秀的裙子里。

　　络腮胡的手触摸到了荣秀的私处。荣秀极度悚然，她急切间疯了似的抬起双手向络腮胡脸部挠去。

　　络腮胡忙躲避着站立起来，他看了眼荣秀凛然的神态，逃似的转身奔向门口，恰与走进来的老板娘撞了个满怀，老板娘手中的菜散落在地上。

　　惊慌的络腮胡和刚从地铺坐起的荣秀，让老板娘顿感发生了什么。她颇具正义感地用肥硕的身体堵在门口，一把抓住络腮胡骂着："你他妈的干什么好事了？"

　　络腮胡冲老板娘跪下说："大姐，我没干什么呀？你不信你问问她。"他扭头带着乞怜的神情看着荣秀。

　　荣秀走到络腮胡的跟前，满眼喷火地看着他。

　　络腮胡自知若荣秀不放过他，他将大祸临头，他冲荣秀磕了两个头说："我也没伤害到你，你放过我吧！"

　　荣秀踌躇了下，对老板娘说："放他走吧。"

　　老板娘手仍就抓着络腮胡，惊异地看着荣秀。

荣秀的情绪忽地由愤怒变为憋屈，她双手捂脸哭出了声，继而把老板娘撞了趔趄冲出了屋内。络腮胡也趁机跑了，只剩下一脸茫然的老板娘。

荣秀到了偏僻处，情绪虽稍平复了些，但内心的孤寂和自卑，和险遇侵害后因身体毛病而不得不保持缄默的无奈，使她很想找人倾诉。她从裙兜里掏出手机，开机拨通了艾时义的电话，没等她说话，艾时义在电话里急切地问："是荣秀吗？"

荣秀说："是我。"

艾时义连珠炮似的说："这半个多月你手机怎么老关机？你现在好吗？你姑姑怎么样了？"

听到艾时义的话，荣秀内心倍感温暖，她既幸福又感伤地说："我在北京，一切都挺好的，我手机关机是因为……"其实荣秀关闭手机，是怕自己和艾时义通话中说出实话。她此时也顿觉自己的遭遇也无法向艾时义倾诉，她顿了一下说："我回去再给你解释吧。"

"你知道我多么惦记你吗？"艾时义不禁又问，"你下个月能回来吗？"

"姑姑恢复得挺好，我差不多能回去。"荣秀担心艾时义再问下去，自己会说漏了嘴，她最后说了句，"我爱你，等我。"

荣秀没等艾时义再说什么，挂断了手机。

7

一个月后，荣秀辞掉了小饭店服务员的工作。

荣秀到安康美容整形医院复查后，邱大夫说她身体调理得不错，可以进行手术。不过邱大夫问，"只有你一个人来的北京吗？"荣秀对哥哥已失望，她点头说："我父母过世早，只有我一人。"邱大夫说："你一人可不行，你术后需要人照顾，况且术前还得家属签字。"荣秀思忖下说："我表姐来可以吗？"邱大夫说："既然你没有更亲近的人，你表姐来也可以。"

荣秀给舅舅给打了电话，提出让表姐来北京。舅舅爽快地答应了她。

表姐两天后到的北京，荣秀和表姐办理完手续，医院决定翌日手术。

已是深夜，在陪护床上睡过一觉的表姐醒来喝水时，看到荣秀躺在床上瞪着眼睛，不禁问："荣秀，你怎么还不睡？"

"我既兴奋又害怕。"荣秀扭头说，"不知明天手术会怎么样？"

表姐劝慰地说："邱大夫不是说了吗？你的条件很不错，手术肯定没问题的。"

"终于等到了这一天。"荣秀的眼睛闪着泪光说，"我明天就能告别让我厌恶二十多年的身体，成为一个完整的女人了。"

表姐被荣秀的情绪所感染，她说："荣秀，你从小就善良懂事。你爸爸那么偏袒你哥，他老是打你，你哥也不关心你，而你却默默忍受一切，很小的年龄就操持家务，下地干活。老天会庇佑你的！"

"老天应当庇护善良的人。"荣秀感触地说，"以前我总是怨恨老天，为何不让我跟别的女人一样，为何偏偏给我这样的命运让我去经历？让我受那么多的苦？现在看来，老天是让我经历的痛苦愈多，才能更加感受到人生的幸福。"

表姐问："你到北京这么长时间，没给你男朋友打电话吗？"

"来北京前，我跟他说北京有个姑姑，得了重病手术后需要护理。"荣秀说："我只给他打过一个电话。我太想给他打电话了，可是我不能打，我怕泄露我身体的秘密。我怕他知道我身体的秘密后，离开我。"

"你呀，编了个善意的谎言，又觉得愧对人家。"表姐说，"你长时间不给他打电话，他再犯疑，影响他对你的感情。"

"我当时没考虑那么多。"荣秀继而说，"他对我很好，他听我说要到北京，将银行卡里的两万元钱都给了我。他不会改变对我的感情……"

表姐考虑到再过几个小时荣秀就要上手术台，就说："睡一会儿吧。休息好，保持放松的心态，迎接明天的手术。"

荣秀"嗯"了声，闭上了眼睛。

一大早，荣秀就被护士缓缓地推进了手术室。在荣秀的眼里，手术室里的阵容可谓庞大，穿着无菌服的邱大夫和十余名医护人员有条不紊地忙碌着。荣秀看着这么多人为自己努力，她也在暗中给自己打气，自己一定会成为完整女人的！

女麻醉师给荣秀打麻醉药，麻醉师口罩上方那慈祥的双目，让荣秀想到了自己的母亲。荣秀感觉只有聊天才能使她忘记此时的恐惧，她问，"手术不会很疼吧？"女麻醉师说："你放心，你不会感到疼的。"她又问诸多问题，手术后会不会很疼？多长时间能出院？我日后真的能生孩子吗？没等女麻醉师回答完她的问题，她便昏睡过去。她梦见了母亲，母亲说："我见过你男朋友了，不错的小伙子！婚后生个胖儿子，妈妈帮你照看……"

8

正如表姐所说，荣秀长时间不给打电话，的确影响了他对荣秀的感情。荣秀在北京给艾时义打过一次电话，又杳无音讯，这让艾时义思绪纷繁。他当初喜欢荣秀，是因为荣秀容貌的清秀和个性的单纯。荣秀似乎对他表现得不理不睬，使他纠结于怨怼和思念之中。他虽对荣秀缘何不跟他通话不理解，但却没有怀疑荣秀对他的真心。艾时义萌生出探究荣秀秘密的念头。至于这念头是否得当，他给自己一个劝慰，既然想娶荣秀为妻，就应当对她进行深入了解。

艾时义听荣秀说过，她家住在一个叫青岭子的地方。他也知道荣秀有个哥哥在县城，不过她哥哥的名字和住址他都不知道，找她哥哥肯定不易，他只有到荣秀的家乡了解情况。他跟单位请了假，到火车站登上了开往青岭子方向的列车。

艾时义通过打听青岭子派出所民警，找到了荣秀的家。荣秀的家门紧锁，在艾时义意料之中，他的目的是找邻居打听荣秀的情况。他对邻居的一个大婶说自己曾是荣秀在宾馆打工的同事，因荣秀辞职不干了，自己联系不上她，便到她家来找她。大婶说前段时间荣秀回家一次，她到哪了她也不知道。艾时义问荣秀是怎样的一个女孩子？一个小伙打听一个女孩的情况，大婶显现出心知肚明的神情，笑着说："荣秀这孩子很不错的，她自小性格内向，不太爱说话，也很少跟同龄的孩子在一起玩耍，但她听父母的话，很懂事，家里屋外的活都能拿得起放得下。"大婶说："她有个舅舅在附近住。"艾时义忙问，"她舅舅住哪？"大婶手指着东侧说："二十米开外红门的那家。"

艾时义买了些礼品，敲了半天门，舅舅才把门打开。艾时义问："我是荣秀的男朋友，您是舅舅吧？"

舅舅点下头，打量下艾时义，热情地说："请进吧。"

艾时义进屋，把礼品放在方桌上亲切地说："舅舅，这是我一点心意。"

舅舅拿起桌上的暖水瓶倒杯热水放在艾时义跟前说："买这么多东西干什么？你们年轻人在外边挣钱也不易。"

艾时义说："头一次到您这来，应当的。"

舅舅把艾时义让座在凳子上，他也坐下说："荣秀前几天回来，她是说处了个男朋友。"

艾时义看着舅舅问："荣秀有姑姑吗？"

舅舅很诧异："她哪有姑姑。"

"那她去哪了？您知道吗？"

"她没跟你说？"舅舅似乎感觉出什么，又说："她说外出办什么事。"

"我和荣秀处得很好，她也到过我家，我父母对她也很满意。荣秀离开我时，说到北京照看她有病的姑姑。她既然没姑姑，那她去哪了呀！"一种感伤的情绪弥漫在艾时义的心中，他眼睛有些湿润。

"唉！"舅舅长叹一声说："她是去北京了。"

艾时义近乎哀求地说："舅舅，我和荣秀日后就是一家人了，按理说我俩之间没什么隐瞒的，她或许怕我担心就没告诉我到北京的目的。荣秀到北京干什么去了，您就告诉我吧！"

舅舅被艾时义的话所打动，他犹如下决心似的，点燃一支烟大吸了几口后说:"荣秀很看重和你的感情,她也真心想和你成家,她到北京手术去了……"

艾时义急切地问:"她怎么了?因为什么手术?"

实诚的舅舅把荣秀的秘密和盘托出。

艾时义听得目瞪口呆,大脑一片空白。他双手插入头发中,把头沉沉地低下。

艾时义的神态,让舅舅面露无措。他问:"你没事吧?"

沉默半晌,艾时义抬起头,牵强地笑了下说:"舅舅,我没事。我知道她干什么去了,我就放心了。"他乏力地起身说:"舅舅,我该走了。"

9

荣秀出院时,邱大夫告诉她,"你再服两个月的药,待经期调理正常后,你就可以结婚生孩子了。"荣秀感谢邱大夫一番后,和表姐离开了医院。

荣秀和表姐回到租住的房子,表姐说:"我俩把房子退了后,就可以回家了。"

荣秀虽然也归心似箭,但她更期望自己成为完整女人后,再出现在艾时义面前,她说:"我想待我的身体彻底恢复后,再离开北京。"她又说:"表姐,你也别回去了,在北京陪我。"

表姐有些吃惊地说:"那还得等两个月,北京什么都贵。"她环视了下小屋:"这不到十平方米的居室,一个月房租就两千元钱。"

"我手里的钱够咱俩在北京的支出。"荣秀说,"北京或许你我这一生只来这一次;借此机会,咱俩在北京好好游览一下。"

表姐犹豫着点下头。

在荣秀看来,自己身体手术的部位完全长好,和经期正常就意味着是完整女人。可没过多久,她发现自己的身体还发生了其他变化,她的裤子有些短,她一量身高,结果比原先高出三厘米。更让她惊喜的是，她脸上的皮肤细腻了，有些粗哑的嗓音也变细了。以往像是小苹果的胸部，似乎一下子膨胀成了水蜜桃，使她的衬衣有点紧巴。

荣秀跟表姐说，自己变高了。表姐不以为然地看了她一眼说："是吗？我没看出来。"她为了验证身体的变化，对表姐说："咱俩洗澡去吧？"表姐说："洗澡挺贵的，晚间热点水擦擦身子得了。"荣秀坚持说："走吧，花不了几个钱。"

在浴池里，虽然雾气缭绕，洗澡的人摩肩接踵，但仍有几个人情不自禁地多看了荣秀几眼。更衣时，一中年妇女打量着荣秀的身体说："这孩子身材真好。"中年妇女的话，也引来表姐关注的目光，她细看着荣秀，手从她丰满的胸部滑到平坦的腹部说："你别说，你身体真的变化很大，标准的模特样。"

荣秀腼腆地笑了一下，心里涌起从没有过的做女人的自信。

10

"双性人"对艾时义来讲，是个悚然的称谓。他对荣秀的感情是全身心地投入，但自从他得知荣秀对他所隐瞒的真相后，不仅失魂落魄，还有一种被骗的感觉。他很想发短信质问荣秀，"你明知自己身体有毛病，不能结婚和生儿育女，为什么还答应跟我处朋友？难道你经过手术，就能成为完整的女人吗？"他对荣秀的印象彻底颠覆，他觉得荣秀很不厚道。

很少沾酒的艾时义，喜欢上了在工棚里独自饮酒。他喝一小口酒，抓两粒花生。他似乎在品酒，其实他在品味不知荣秀秘密前和她相处的好时光，及他此时的孤独和落寞。

一次艾时义饮酒，听手机微信中的歌曲《红尘中遇见了你》，男女深情地对唱着："从来不曾相信过奇迹，此时万幸终于遇见你，像那万千星光般美丽，爱落进了我的心里，原来所有错过的风景，只是为了在此等到你，不问这条路通向哪里，从此我不会再孤寂……"

歌曲的意境契合了艾时义当初认识荣秀的心思，他伤感地流下了泪水。

歌曲被手机的铃声打断，艾时义见显示屏上是"荣秀"两字，他抬手想划屏接听，手指却在手机屏幕上停下。他告诫自己："荣秀已成为你的过去，不要接听她的电话！"

手机铃声停下，荣秀用微信给他传来消息，"亲爱的，怎么不接电话，不知你最近怎么样？"

艾时义没有回复荣秀的消息，而荣秀又接连发来消息，"这段时间我没有跟你联系，你是不是生气了……我很快能回到你身边。"

荣秀还发来几张照片，有她在天安门前的自拍和几件男士的衣服的照片。荣秀的自拍不仅呈现出俏丽的容貌，她的笑意并充满了纯净和自信。她在照片后附加消息，"我给你买了几件衣服，不知你觉得怎么样？这可是我买的最贵的衣服呀！"

荣秀给艾时义发来的消息和照片，无不洋溢着深切的爱意。这爱意消融着艾时义心中因对她的不满而横亘的壁垒，他已说不出对荣秀责备的话。他终于给荣秀回复了消息，"衣服挺好的，谢谢你！我累了要休息，过后联系。"

艾时义的眼睛定格在荣秀的照片上，在他的心中，既有丝丝的甜蜜，又有隐隐的伤痛。他扪心自问，"我还爱她吗？"

11

艾时义为了了断和荣秀的联系，他平常把手机关闭。一个月后的一天午后，他给母亲打电话时开了手机，电话打完后，见手机有多条荣秀发的均是一个内容的短信，"我星期四下午三点到宁陵，你能接我吗？"

艾时义对自己说，就当自己没看到这个短信吧。可他脑海中却又蹦出另一个声音，"荣秀从北京回来肯定带着大包小裹，难道你不能从朋友的角度去接她吗？"后一个声音占了上风，他问旁边的建筑施工监理老刘，"今天是星期几？"老刘说："今天是星期四。"艾时义看了下手机上的钟点，见是二点四十分，他对工友说："我出去办点事。转身出了工棚。"

在火车站外的出站口处，荣秀撑把阳伞伫立在烈日下，向四处张望，她的脚边放着两包行李。

艾时义下了出租车，远远地见到荣秀，脑海中忽然有个声音响起，"荣秀欺骗了你，你不应再跟她接触了。"他在路边停下了脚步。

两人一个执拗地等待，一个踌躇不前。

荣秀从挎包里拿出手机，拨打着电话。

艾时义的手机响起，他犹豫了下，接听了电话。荣秀说，"你可算开机了，你在哪？"艾时义支吾了下说，"我、我在工地。"荣秀问，"我给你发的短信，你看到了吗？"艾时义说："刚看到。"荣秀说："我在火车站，你过来接我。"艾时义说："我离不开。"他接着转个话题说，稳定了下情绪说："你到北京后，我去了你家里，你舅舅把你的一切都告诉了我。"荣秀急切地问，"你什么时候去的我家？我舅都跟你说了什么？"艾时义说："你走不久我去的你家，你舅告诉了我你到北京的目的。"荣秀不再说话，静默片刻后，艾时义的手机里传来挂断电话的嘟嘟声。艾时义见荣秀把阳伞扔到一旁，蹲在地上双手掩面，像在哭泣。

艾时义本想把话讲清而离开，可荣秀痛苦无助的样子刺痛了他的心，他徘徊在原地倍感无措……

不曾想，一辆满载脚手架的货车在转弯时，货车的尾部凸出的脚手架刮倒了神情恍惚的艾时义……

12

荣秀再次给艾时义拨打电话，他听到老刘的声音，艾时义正在第一医院抢救……

荣秀听到对方的电话，不禁大惊失色，她忙把行李寄存在火车站，打了辆出租车直奔第一医院。

荣秀在医院放射线科室门口遇见了老刘,因她常上建筑工地找艾时义,她熟悉老刘。她问老刘艾时义的伤是怎么造成的?老刘说:"他近三点的时候说外出办事,结果在火车站被货车尾部的脚手架刮倒,他在被货车司机送医院的途中给我打了电话。"

正说话间,放射线科室的门洞开,艾时义躺在平车里被几个工友推了出来。荣秀见艾时义脸色煞白,微闭着双眼。她的心紧缩着近前叫着:"时义,你醒醒……"

艾时义没有睁开眼睛,工友在护士的引领下,将他推向走廊尽头的手术室方向。

荣秀只知艾时义是为了接她而酿成的车祸,她心中不仅是愧疚,更有一种天塌下来的感觉。她心疼得泪流不止。

老刘扒拉她一下说:"别管哭,还有很多事要做。"她起身,和老刘到了手术室门口。荣秀问老刘,"费用交了吗?"老刘说:"货车司机交的钱。"

一个女大夫从手术室里出来,老刘忙问,"伤者怎么样?"

女大夫说:"伤者身体左侧肋骨两处骨折,断端向内移位,刺破肋间血管产生血胸,现需手术;但伤者血型特殊,是RH阴型血,这种血型是非常稀有的血型,因为极其罕见,被称为'熊猫血',因此此种血型的血血库里没有库存。你们赶快去做血型化验,看是否跟伤者的血型匹配。"她接着问,"家属来了没有?"

老刘说:"我们还没有来得及通知他父母。他父母在外地,来也得明天到。"

女大夫说:"手术得需家属签字。"

荣秀只想着给艾时义尽快手术,她没加考虑地说:"我给签字,我是他媳妇。"

女大夫说:"那好,你跟我来。"荣秀随女大夫进了医生办公室。老刘和两个工友到处置室采血。

荣秀从医生办公室出来,焦虑地到了处置室。她问老刘:"血型匹配上了吗?"

老刘指着两个工友说:"他俩验了,不是一个血型,我说抽我的血,护士嫌我太瘦。艾时义这种血型的人稀少,我刚才已给工地打电话,多叫了些人过来。他们正在路上。"

荣秀撸起袖子对护士说:"抽我血吧。看我的血型能否匹配。"

让荣秀欣喜的是,经检验,她的血型竟跟艾时义的血型一致。护士打量下荣秀说:"得从你身上至少抽400cc的血,你能承受吧?"

荣秀毫不犹豫地说:"抽吧,没事!"

或许是焦虑和疲惫,荣秀抽完血后,感觉眩晕,她歪坐在手术室外的椅子上迷糊着了。不过三个小时后,当手术室门被推开的时候,她身体激灵了一下清醒了过来。

一辆平车被两个护士推出了手术室,荣秀疾步近前,仍见艾时义闭着眼,与推进手术室前所不同的是,他的脸上有了血色。荣秀问随后出来的女大夫,"伤者手术怎么样?"女大夫说:"不必担心,手术情况很好。"荣秀脸上的焦虑变为欣慰地说:"谢谢大夫。"

艾时义被推进ICU病房,护士对荣秀等人说:"你们可以回去休息了。"荣秀问,"不用护理吗?"护士说:"至少三天后出了ICU病房家人才能护理。"

老刘对荣秀说:"给艾时义的家人打个电话吧。"荣秀说:"过几天再打吧,他父母现在看他这样怕难以承受。他出了ICU病房我护理他。"老刘思忖了下说:"也好。"

13

在ICU病房,艾时义清醒时唯一感觉就是伤口的疼痛,其他时间便昏昏欲睡。护士每顿给他喂饭,都是不重样的营养膳食。他问,"我父母送的饭菜吗?"护士说:"你妻子送的饭菜。"他一脸不解地说:"我妻子送的?"护士说:"对呀。"他自然想到了荣秀,问,"我怎么没见到她?"护士说:"她来的时候,你都在睡觉,她只能在走廊隔着门窗看着你。"护士接着说:"你的血型是罕见的RH阴型血,很难找到相同的血型匹配,恰好你妻子的血型跟你一致;若抢救时没有你妻子在，你的生命就危险了。"他若有所思的"啊"了声。护士见艾时义表情平淡，就不解地问，"你和你妻子感情不好吗？"他苦笑了下，没再言语。

艾时义虽没有言语，但他却侧头去望门窗。门窗没有荣秀的面庞，只能看见走廊里匆匆行人的侧脸。他忽然觉得荣秀在自己的记忆中有些模糊，似乎唯一能记起她特征的是略带沙哑的声音。他自问，"像妻子似的待我的荣秀该是什么模样呢？"他侧头望门窗有些累了，便扭过头，闭上了眼睛。

艾时义很快进入了梦乡，梦中，他在火车站刚下出租车，接到了荣秀的电话，荣秀问，"你到了吗？"他说："我到了。"荣秀说："啊，我看到你了，我就在你的正前方。"他挂断电话，见到了十几米外一个女孩，女孩的脚下有两件行李。女孩向他挥手，用沙哑的声音喊他过去。沙哑的声音使他认定女孩就是荣秀。他近前，女孩身着蓝色衬衣，胸部平平，没有女人的特征；女孩嘴角上像男人胡子的绒毛，让他心里不由一凛地自问，她是荣秀吗？就在他愣神的瞬间，一辆满载脚手架的货车尾部刮到了他。他肋部剧痛地瘫软在地。一个身着红衣裙的女孩忙过来扶他，他被眼前红衣裙女孩吸引，对方齐耳的短发充溢着灵动和轻盈，椭圆形脸上的双目犹如一泓清水，挺直的小鼻子透着秀美；一袭红裙不仅彰显着活力，更勾勒出曼妙的身姿。他感觉对方很面熟，他问，"你是谁？"女孩说："我是荣秀啊，刚才向你打招呼的女孩不是我……"他依稀觉得自己被荣秀抱到救护车上。他在医院苏醒了过来，见自己和荣秀分别躺在两张病床上，连接两人的是一根透明软管，荣秀正通过插在两人胳膊上的软管把自己的血输送给他。荣秀脸色煞白地看着他说："我把我身上的血都给了你，我快死了！"他心里涌起生离死别的不舍，他声泪俱下地说："你不能因我而死，我不要你的血。"他说着拔着胳膊上的软管……

艾时义从梦中醒来，惊悸地左右观望后，问正束缚他双手的护士，"荣秀呢？荣秀呢？"护士说："这除了我外，没别人，你是做梦了，还拔点滴管。"

一个梦境，倏然让艾时义深刻地意识到，自己仍深爱着荣秀！他豁然明白，荣秀到北京做手术对自己的隐瞒，是那么的用心良苦！他更深切地体会到荣秀对自己的付出，正如护士所说，若抢救时没有你妻子在，你的生命就危险了……

艾时义此时是那么想见到荣秀，他问护士，我什么时候能离开ICU病房。护士说："明天。"

翌日上午，当艾时义被护士用平车推出ICU病房时，站在门口的荣秀眼睛虽湿润却微笑地注视着他。眼前荣秀的容貌和衣着，就是艾时义梦中救起自己的人。

艾时义第一句话说："你近前我跟你说话。"

荣秀靠近平车俯下身来，艾时义说："出院咱俩就结婚好吗？"

荣秀虽只"嗯"了声，但随之眼里滴下的泪水落在了艾时义的脸上。

徒劳的抵赖

1

早班会上，东河市看守所所长孙伟看着主管民警代英夫说："今天上午中级法院要对 4 名嫌疑犯执行死刑，其中有何安。何安一贯不安分，把他从监室提出来交给法警前，一定要注意安全。"

代英夫点头："知道。"

孙伟又安排两名民警协助代英夫押解何安。

出了会议室，代英夫到了自己主管的 8 监室门口，站在监室里面在押人员不易觉察的位置透过打饭口观察着何安。

此时正是在押人员反省的时间，17 名在押人员盘腿坐在板铺上，监室里一片寂静。在监室的一隅，杀死 3 人的死刑犯何安双手抚弄着被锁在板铺上的脚镣，面部阴沉地冥想着什么。忽地，窗外传来了时断时续的警车警笛声；何安听到警笛声面色煞白，浑身一颤。

当代英夫听到监区外嘈杂的声响，他知道法院行刑的队伍到了，他向不远处的同事挥下手，便掏出钥匙打开了监室门。

何安在看守所已关押两年，两年的时间有多名死刑犯从监室里被带出执行死刑；当死刑犯从监室里拉出时，无一例外是三个民警押解死刑犯。当何安看到代英夫和两个民警走向自己，他虽多次设想会有这么一天，可他此刻仍旧愣怔住了。

"何安，你今天该上路了。"代英夫边用钥匙开着何安脚上锁在板铺上的脚镣锁头，边对其他在押人员说："你们谁给他找双新鞋穿。"

在押人员易连成起身，从被垛中抽出一双新懒汉鞋，又把身上的新上衣脱下递给了何安。何安穿上新上衣，木然地穿上新鞋，就被两个民警架出了监室。

出了监室的何安挣脱着要撞走廊的窗户，可他的双臂被两双有力的手控制着，他仅向窗前挪动了两步。

代英夫指着何安说："你在看守所的这段日子虽然没消停，但管教对你不薄，你别再给我们找麻烦。"

"我不想上刑场。"何安见寻死觅活的对抗方式无效，就耷拉下脑袋对代英夫说："对不起，代管教。"

在摘脚镣的过程中，何安接过代英夫递给他的一支烟贪婪地吸着说："代管教，我是真的没杀人。"

代英夫当管教十多年，还没见过何安这样死到临头仍不悔罪的人；他不免厌烦地看他一眼催促道："你是否罪有应得心里清楚；快把烟抽了吧。"

何安被看守所民警一送出监区，东河市中级法院的法警用尼龙绳开始束缚他的四肢。何安想说什么，可他刚吐出个"我"字，就被颈部的绳索用力地勒了回去。

代英夫在何安换下的衣服中，发现了东河市中级人民法院给他下达的刑事判决书，判决书上写着：经审理查明，2006年3月，因怀疑同村村民蒋刚偷自家的鸡，便到蒋刚家与蒋的家人产生冲突，被告人何安将蒋刚的父亲蒋永贺打成轻微伤。蒋永贺的妻子刘芸芝在向被告人何安索要医药费无果的情况下，将何安告到属地北安派出所。2006年10月21日，何安因刘芸芝把自己告到派出所一事恼羞成怒，持尖刀到蒋家报复刘芸芝，将蒋永贺、刘芸芝、和蒋刚杀死……

看罢判决书，代英夫不由想起何安逃逸3年被抓后，他对自己罪行的抵赖。

2010年2月28日，东河市人民检察院对何安的故意杀人一案下达了起诉书。何安对代英夫说："案发那天，同村的修四找我帮他砍秋菜，然后开车给他朋友送去。我答应了修四，就从家里拿了一把刀，随修四去了地里。帮修四干完活后，我在他家吃的饭。吃完饭我回到家里，我妻子对我说蒋家把我告了。当时我借着酒劲说去蒋家唠唠。我出了家门，去找好朋友祁晓东，不曾想祁晓东家锁门，我在一个台球厅找到了祁晓东，我把祁晓东叫到台球厅外对他说，'老蒋家把我告了，你陪我到老蒋家去唠唠。'在去老蒋家的路上，我上了趟厕所小便，解裤子时，我把用来砍秋菜的刀掉在了地上，祁晓东捡起刀说，'你把这刀给我吧。'我见他喜欢这把刀，就没好意思回绝他，把刀给了他。到了蒋家，蒋永贺开的门，我和祁晓东进了蒋家的屋里，我就因医药费的事跟蒋永贺的老婆刘芸芝吵了起来，蒋永贺和蒋刚动手打我。我和祁晓东想离开蒋家，在往外走的过程中，蒋永贺不知用什么东西打在了我的头上，我一下子就昏了过去。当我醒来时，我发现祁晓东扶着我，我看见蒋永贺浑身是血地躺在院子里。我问祁晓东，'怎么了？'祁晓东说，'全干死了。'我问，'你干死他家人干什么？'祁晓东说，'我不干死他家人，他家人就得干死你。'我说，'蒋家肯定怀疑是我杀的人，我得跑，我不跑你就得完。'祁晓东说，'我给你拿钱跑。'我说，'我回家拿钱；我跑了，警察抓不到我，你就不用跑了。'之后，我回家拿了些钱就跑了。当时出了这么大的事，把我吓坏了，就想这事是因我而引起的，我一个人抗了就得了。要是案发后我不跑，我被警察抓了，说出真相警察肯定会信我的；而我跑了几年后再说出现真相，却没人信我了。"

2010年3月21日，东河市中级人民法院公开审理了何安的故意杀人案，何安在庭审的过程中，说出了自己编造的谎言。

针对何安提出的杀人案非系其一人所为，还有其他人参与犯罪的申辩，2010年5月8日，公诉机关东河市人民检察院以补充证据为由，向东河市中级人民法院提出了延期审理的申请。

何安在接到法院的刑事裁定书，得知检察院撤诉的消息后，在监室里着实高兴了一阵子。他认为自己这么抵赖下去，自己的命或许真的能保住。

然而,有一天,公安民警领了一个人到看守所提审了何安。何安以为那个人是与民警一起的,当民警指着领来的那人问何安:"你认识他吗?"

何安觉得对方面熟,他说:"见过,但想不起来是谁了。"

民警说:"他就是你指认杀死蒋家人的祁晓东。"

何安一听傻了眼,可随即又狡辩说:"啊,我想起来了……"

民警气愤地说:"你想起了什么,我们经过内查外调,了解到祁晓东在外地打工多年不跟你接触了,你在那瞎赖什么……"

经过补充侦察,民警揭穿了何安的谎言。

2010年7月11日,东河市检察院再次下达了何安故意杀人一案的起诉书;同年7月18日,东河市中级人民法院公开审理了此案。一个月后,东河市中级人民法院下达了刑事附带民事的判决书:一、被告人何安犯故意杀人罪,判处死刑,剥夺政治权利终身。二、被告人何安赔偿附带民事诉讼原告人各项经济损失467095.50元……

何安不服死刑判决,委托律师向丹江省高级人民法院提起了上诉。丹江省高级人民法院经核实后,驳回了上诉……

"老代,何安被执行死刑,你这个主管民警也少了份负担。"孙伟的话打断了代英夫的思绪。

代英夫说:"是啊,何安是监室里最不安全的隐患。"

2

何安随其他3名死刑犯被法警押出了看守所;押解死刑犯的东风大卡车在高墙外一字排开,法警扶何安上车时,他的双腿犹如被抽调了肌腱软软的用不上力,一股热流也在裤裆里弥漫开来。他是被法警强推硬拽上车的。

何安在看守所押的两年时间里,闻的大多是酸臭的气味。照进监室里的阳光,也是被铁栅栏切割成一小块一小块打了折扣才照到他的身上。虽然他因绝望和极端的惊悚身体抖成筛糠，但高墙外的一切诱使他大口呼吸着清新的空气，抬头眯缝着眼睛望了望炫目的太阳，接着又把目光投在了路边花池里萌生出的小草上。

行刑车队启动了，强劲的风吹透了何安的衣衫，下身刚才的热流已变得冰凉。清新的空气、明媚的阳光和绿茸茸的小草让他产生了强烈的生的愿望，强劲的风也把他的绝望吹散；他的思维猛然间活跃了起来，他坚定着自己走向死亡之门前的最后信念，"我要想办法活下来。"

行刑车队在郊区一个叫草帽岭的山上停下，这山顶是片开阔地；这片开阔地是东河市司法机关给死刑犯执行死刑的地方。

何安被押解下车，他仰头伸了下脖子，感觉套在脖子上的绳索没那么紧；他又看了两边的法警，法警已放松警惕地跟旁边的人搭讪。

何安运足了气力狂呼："法官，我冤枉，我没有杀人……"

何安的呼喊，使在场的执法者感到愕然，刑场上人为的声响倏然沉寂起来，只有猎猎的风响在人们的耳际。

负责何安案子的是中级人民法院女法官金艳，她问何安："你说你没杀人，那是谁杀的人？"

"祁晓东杀的。"何安喘着粗气忙说。

"祁晓东已经排除在案外，你怎么还说是他杀的。"

"人真的是祁晓东杀的，如果是我杀的，那你们找出有力的证据来指控我。我杀人最起码有作案工具吧，你们都没有找到我的作案工具，我这样死，真的是很冤的……"何安在狡辩中，显得很真诚，他的眼中还有些湿润。

听了何安的话，金艳跟上级商议，并和在场的检察官进行了沟通。为了确保万无一失，沟通的结果是，对何安的死刑暂缓执行。

当何安听到金艳让法警把自己送回看守所时，他湿润的眼睛还落下了几滴泪珠。

何安再次被搀扶上车的时候，听到执行另外 3 名死刑犯死刑时产生的清脆的枪响，他像是犯心脏病似的，身体虚脱，若没有两边的法警驾着肯定会瘫软下来。

3

何安被送回看守所后,金艳找孙伟和代英夫说:"何安在刑场上鸣冤叫屈,所以我们把他拉了回来;虽然现在的证据能够证明他的罪行,但出于对被执行的死刑犯审慎态度,我们要对他案件的相关证据再进行全面的分析。我们也希望你们看守所这边,协助我们揭穿他的抵赖。"金艳带有几份希冀地说:"若是能得知他作案工具的下落那就更好了。"孙伟对代英夫说:"你是监室主管民警,在保证监室安全的前提下,你要竭力协助法院工作。"代英夫说:"我会争取让他认罪服法。"

在鬼门关逛了一趟的何安,回到了监室,其他在押人员神情透着惊奇地让他讲事情的经过。他脸色煞白惊悸劲没过,只有气无力地说了句,"我是冤枉的,怎能枪毙我。"代英夫提他出来了解情况,他也是说这句话。

何安白天虽觉得自己很累想睡觉,可到了晚间却睡不着了;他半闭着眼睛望着天棚顶上的日光灯,思绪回到了5年前。

何安的家在东河市北安乡胜利村。何安没外出打工前在外人看来是个挺不错的人,安分地种地,稳当地和妻子抚养着女儿过日子。32岁那年,他随同乡到东河市内干了一年多建筑工;打工期间,生理的需求使他常去按摩房找小姐嫖娼。当嫖娼逐渐变成一种习性也就改变了何安的德行,这种德行加上他的个性也就决定了他命运的走向。他回到家,一见到漂亮的女人眼睛就发直。他先后跟村里两个女人或强迫或半推半就地发生过关系,跟他发生过关系的女人不想家庭破裂和让人指指点点,都保持着沉默。何安认为,只要找着对女人下手的机会,下了手是不会出问题的。

同村蒋强的媳妇付晓丽有着漂亮的脸蛋和婀娜的身材,惹得何安一天不见付晓丽就觉得缺了点什么。付晓丽是本分的女人,她从何安的目光中读出了什么,每次见到何安,就躲着他。付晓丽越是躲着何安,何安内心的欲火就难以按捺。一天早上他看见蒋强和弟弟蒋刚还有父亲蒋永贺开着农用车到城里卖菜去了;下午的时候,他到小卖部买烟又看到蒋强的母亲刘芸芝在里面打麻将。他意识到蒋强的家里只有付晓丽一人在家时,他的心因兴奋而狂跳不已。

当何安叼着烟来到蒋强家时,见付晓丽正打扫着院子,她身后跟随着4只老母鸡。付晓丽穿了件稍短的绒衣,她略哈腰干活的动作,让她后背露出一截白嫩的腰际。何安把烟扔在地上,目光冲着白嫩的腰际到了付晓丽的跟前;付晓丽身后的老母鸡被何安惊扰得"咯咯"地散去,她看着散去的老母鸡诧异地扭过头,看到悄无声息的何安,不由惊吓般地说:"唉呀妈呀!"

何安色迷迷地盯着付晓丽说:"没吓着吧?"

付晓丽捂着胸口,不客气地说:"你像个鬼似的冷不丁出现在人家身后,怎么没吓着?"

"我这不是一个大活人吗?怎么像个鬼似的?"何安掏出烟找着借口说:"路过你家这,想抽支烟,结果没火。"

付晓丽挥动着手里的大扫帚接着打扫着院子,厌烦地说:"忍两分钟回家抽去呗。"

何安黏糊着:"都是一个村的,不就是跟你借个火吗,咋这样呢?"

付晓丽见院子外走过同村的一个妇女,目光不时地往她家院子里瞟。

付晓丽当然知道,自己和何安单独在一起,才引来了同村人的目光。她为了打发走何安,把扫帚立在墙边说:"你在院里待着,我给你拿打火机去。"

何安找的就是跟付晓丽单独在屋里的机会,他岂能在院里待着;他尾随着付晓丽就进了屋。把付晓丽推搡在里屋的炕上……

正在这时,蒋家的爷仨开着农用车回来了。正忙乎付晓丽的何安,没注意听窗外农用车的引擎声。当蒋强进屋,见媳妇躺在炕上,上身露着两个大而白的奶子,何安正撕扯着给她解裤子。

蒋强怒目圆睁地吼着:"操你娘的。"就扑向了何安。

何安看见蒋强，惶恐得忙下炕，边双手挡在脸前抵挡着蒋强拳头的攻击边往外跑。可门被蒋家另外两男人堵住，爷仨同仇敌忾地把何安好顿胖揍……

何安肿着脸回家，妻子郑洁问他脸怎么了？何安撒谎说，在村头差点被一辆轿车撞到，他跟司机理论，车里下来两个人把他打了顿，驾车跑了。

何安的话，让郑洁将信将疑。

蒋家顾及脸面，没把付晓丽险些被何安强奸的事抖搂出去，蒋强和妻子付晓丽离开了胜利村到市里打工去了；何安身上的伤也就能自圆其说了。

不过一颗仇恨的种子那时已种在何安的心里……

一声虽轻但明显是说自己的话传到何安的耳际："不睡觉半睁着眼睛在那想什么呢？"

何安的铺位离打饭口很近，他扭头见孙伟正在打饭口外观察着自己，他忙说："孙所长，我马上睡。"

4

早晨开饭的时候，易连成给了何安两袋方便面。何安感激地说："谢谢。"

易连成说："咱俩还说啥谢。"

方便面对何安来讲是金贵的。在看守所里方便面等食品是要在小卖店买的，只有家里有人来给存盒饭票的在押人员人能买得起方便面。何安自从进了看守所，他妻子郑洁由于花钱给他请律师，没多余的钱给他存盒饭票，只给他送过衣物。何安近乎每天都吃苞米面、发糕和菜汤，吃得直烧心。何安很有滋味地把用菜汤泡的方便面吃得一滴汤都没剩。

开完早饭，代英夫打开监室门，叫了一个在押人员出去谈话。何安想到昨天出监室要撞窗户的行为有可能给自己带来的严管后果，他不由得对坐在身旁的易连成说,"若是代管教找你谈话,就对他说我找他。"

"你昨天也真是的。"易连成说:"你以为自己撞个头破血流,就不会被押往刑场吗?"

何安眼中忽地噙着泪水,冤屈地说:"我没杀人,我不该死呀!"

"反省时间,禁止谈话。"坐在后边的值班员石国章说。

易连成疑惑地看何安一眼,没再作声。

代英夫找易连成谈话的时候,易连成没等说起何安找他的事,他却先提到了何安:"何安昨天从刑场拉回来,在监室里情绪怎么样?"

"还行,没有反常的表现。"

代英夫观察着易连成片刻说:"你刚进来一个星期,跟何安关系处得不错呀?"

易连成听出代英夫话里有话,他踌躇下说:"我俩码铺(反省静坐)和睡觉都挨着,所以就熟悉些。"

"即使你俩熟悉,你也不能隐瞒什么吧?昨天他半宿没睡觉,你怎么还说他没反常的表现呢?"

易连成辩解:"我昨晚下半夜坐班(在押人员不睡觉相互监督),8点钟打铃我就睡了,我不知道他半宿没睡。"

"你很会遮事,你以为我不知道你俩的关系吗?"代英夫说,"你3年前因参与一场斗殴,误以为将他人打得很重,你便逃逸。你逃到到七台河的一家煤矿工作,你认为煤矿是躲避警方抓捕的最佳场所。没想到你在煤矿见到了逃亡的你妻子的表哥何安……"

易连成听到代英夫说到这,惊愕地睁大了眼睛。

代英夫淡笑下接着说:"难道我说的不对吗?"

易连成低下头轻声地说:"对。"

"正因为你俩是亲戚关系,所以你进来后始终关心着何安。"代英夫说:"你俩倒是一对铁杆兄弟,你见到何安这个杀死3人的逃犯,你没有举报。何安外出时遭到警察查验身份证查出问题被抓,他被抓后也没向警察提起你。直至一个星期前,办案单位从你家人那得知你的藏身处你才落网。"

易连听了代英夫的话，神情复杂地似乎想说什么，但又欲言又止。

代英夫严厉地说："你把头抬起来，我给你讲个道理。"

易连成抬起了头，眼神却没离开地面。

代英夫看出了易连成内心的恐慌，他重复着刚才的话说："我刚才说你俩是一对铁杆兄弟是因为你俩都没有相互举报，对吧？"

易连成点下头。

"何安是个杀人犯，他不可能举报你，即使追究他的包庇罪，他本身就是死刑也没有追究的意义。而你则不然，你就是个轻伤害犯罪，按刑法规定应处以三年以下有期徒刑或拘役；但若再追究你包庇罪的话……"代英夫盯着他没有再说下去。

其实易连成的家人已在办案单位做好工作，不再追究他的包庇罪。两天前办案单位民警来提审他，也明确地跟他说："你是初次犯罪，到法院环节履行好民事赔偿，就可以判缓刑。"但他听了代英夫的话，心里忐忑地想，若是看守所的民警跟办案单位指出他包庇罪的话，那能否判缓刑可就两说了。他不想节外生枝，面露乞求地给代英夫跪下说："代管教，我错了，你饶了我吧。"

代英夫始终想着怎样让何安认罪服法，他思忖了片刻，设计了个将计就计的方案，冷峻地问："你能按我说的话做吗？"

易连成连说："能、能、能。"

…………

5

何安见代英夫没有找自己谈话，加上晚间开饭，石国章分给他被别人挑剩下的一小块发糕，使他认为代英夫在对他实行严管，他意识到以后在看守所的日子将越发难熬。

深夜，当其他在押人员都进入梦乡，坐班的两个在押人员也半闭着眼睛在监室里梦游似的走动时，易连成睁开睡意朦胧的眼睛，推了下饥肠辘辘难以入眠的何安，耳语："饿了吧？"

何安轻"嗯"了声。

易连成像变戏法似的从被窝里掏出一个馒头递给他："用被子捂着嘴慢点吃，别噎着。"

何安向易连成投来感激的目光接过馒头，避开坐班的慢慢吃了起来。

一个馒头下肚，何安觉得胃好受多了，他想睡觉却来了精神。

易连成见他没睡的意思，就耳语地跟他唠了起来，他说："你说你多不值当啊，为了点医药费把人杀了。"何安说："人真不是我杀的，是祁晓东杀的。"易连成说："那当初抓你后，你怎么承认了？"何安说："当时不承认不行啊，北安分局刑警大队给我从七台河押解回来后，不按照他们所问的交代问题，他们就打我；我实在难以承受才屈打成招啊。"易连成问，"那你当初跑什么呀？"何安说："这话说来就长了……"这时，走廊里响起巡视民警的脚步声，何安闭上了嘴。

巡视民警走过后，何安似乎不再想说什么了，他假寐地闭上了眼睛。易连成见状，也侧过身睡了。

何安很想睡觉，可他的脑海却又固执地浮现出以往的场景。

自从何安想占付晓丽的便宜没得逞，挨了蒋家爷仨一顿胖揍后，他始终在寻找机会报复蒋家的人。一天下午，何安发现家里养的两只老母鸡少了一只，他四处找鸡路过蒋强家时，发现他想占付晓丽便宜那天认得的蒋家的四只鸡一只不少地在院内觅食，而鸡窝旁边还有一小堆摘下的鸡毛。他认定是蒋家偷了自家的鸡，便想借此机会把心中的怨气发泄一下。

何安进了蒋家的院里，直奔蒋永贺的住处。蒋永贺和蒋刚爷俩在炕上围着一盘炖好的鸡在喝酒，两人见到何安一愣。何安怒气冲冲地指着那盘鸡，对蒋刚说："你家穷不起了，偷我家鸡当下酒菜。"

没等蒋刚说什么，蒋永贺说："你怎么说话呢？谁偷你家鸡了？"

何安边说着："我就这么说话怎么的。"边拿起酒碗砸在蒋永贺的头上。

蒋永贺的头上顿时出了血。

蒋刚怒骂着："你他妈的敢打我爸。"就要下炕和何安动手。

"你忘了你爷仨打我的时候了。"何安扔下这句话，怕吃亏便跑了。

蒋永贺被打成轻微伤，他到医院进行了诊治。蒋家爷俩知道何安到他家撒泼的原因，便没有跟他计较。蒋母不知内情，就向何安要医药费。蒋家其他成员不好把何安要占儿媳付晓丽便宜的事告诉她，就劝她伤无大碍，算了吧。可蒋母气愤不过，多次找何安要医药费，何安对蒋母要医药费一事，总是以没钱为由推托不给。

蒋母在索要医药费无果的情况下，将何安告到了属地的北安派出所，派出所的民警对案件进行了调解处理，让何安包赔蒋永贺860元钱医药费。面对派出所的调解处理，何安表面应承得挺好，可就是不见行动。派出所民警曾多次督促何安履行调解。

一晃半年过去了，北安派出所因何安没有包赔蒋永贺的医药费，最终给何安下达了传唤证，传唤何安到派出所接受处理其殴打蒋永贺一案，何安没在家，郑洁接了传唤证。

当晚7时许，何安回到家中，郑洁说："老蒋家给你告了，派出所给你下传票了。"

何安听了郑洁的话，不禁恼羞成怒，他趁郑洁不备，在衣柜里拿出自己私藏的一把刀就往外走。

何安到了蒋家，与蒋家的人因医药费的事话不投机没说几句，就掏出刀，恶魔般地开了杀戒，他持刀分别刺蒋永贺和刘芸芝胸部、四肢数刀，刺蒋刚胸部、背部、四肢数刀，将蒋家3人杀死。

何安杀人后，首先想到的是逃逸，他匆忙返回家对郑洁说："我杀了老蒋家三个人。"

听了何安的话，郑洁大惊失色。当她看见丈夫的脸上、身上和手上有血，其中一只手还有伤后，才相信丈夫所说的话。

何安把黑色毛衣外套脱下扔进炉子里，对郑洁说："你给我看着点，把毛衣给我烧干净了。"

郑洁忐忑地劝他说："你还是去投案吧。"

何安说:"我才不去投案呢,投案也是个死,你给我找些钱,我出去躲躲。"

郑洁找了 1000 元钱给何安。

何安接过钱,拿起一件外衣,出了家门,消失在夜幕中……

何安闭眼要睡的时候,耳际响起易连成的话:你说你多不值当啊,为了点医药费把人杀了。他不仅懊悔地想,若不记恨着蒋家爷仨给自己的胖揍,当初想开些给蒋家几百元钱的医药费,一切不就结了吗!

6

放风的时候,何安的定位锁头没被打开。他已经连续几天没放风了。全监室里唯剩何安在其他在押人员轮换监视下独自坐在监室里。

易连成接过代英夫在放风场上边扔下的一支烟,小心翼翼地说:"代管教,我跟你商量个事。"

代英夫说:"说吧。"

"能不能让何安放会儿风?"

代英夫问石国章:"这几天何安表现怎么样?"

石国章说:"还可以。"

代英夫从衣兜里掏出钥匙,他没像往常一样让值班员石国章开定位锁,而是把钥匙扔给了易连成说:"让何安出来吧。"

易连成接过钥匙,进了监室,给何安打开了定位锁。

易连成在放风场跟代英夫的对话,何安都听在了耳里。他挪动着有些麻木的双腿,感动地说:"连成,我日后做鬼都得报答你呀!"

易连成也有些感慨地说:"我不照顾你我还照顾谁呀!快上放风场呼呼吸新鲜空气吧。"

易连成对何安好,源于两方面,一是受代英夫的安排使然,还有一层原因是何安曾有恩于他,当初他逃到七台河煤矿见到在矿上已是工段长的何安后,心里确实萌生过举报何安立功的想法,可在一起煤矿坍塌事故中，因事先何安有预感，他没有安排易连成下井，他才幸免于那次死亡8人的矿难。从此他把何安当作了自己的恩人，在看守所仍旧如此。

何安晃荡地走进放风场，仰头想要对代英夫说声谢谢，可代英夫转身走了。

在押人员放完风，代英夫将何安提出了监室。

没等代英夫问话，何安在小塑料凳上一坐下就下着保证说："代管教你放心，我日后绝不会再违反监规了。"

何安在看守所里两年来不是在监室里惹是生非，就是见到人大代表和上级检查团等喊冤叫屈。代英夫知道像何安这样想活命的死刑犯，对他再怎么教育也不可能使他对自己的罪行进行反思，他就事论事不客气地说："法官把你从刑场上拉了回来，说明你的案子有疑难之处。疑难的案子需要时间甄别和审理，你若是这期间在监室里惹一点事，我肯定整治你，我会让你在看守所待一天难过一天。"

"我自从被从刑场拉回来后，深切地感受到了法律的公正。为此我也悔恨以往在监室里惹是生非，对不起了代管教。"何安虚伪地流着泪说："我相信法律能还我一个清白，我现在只有安心地服从管理，接受改造，耐心地等案件真的破了后，法院给我改判了。"

从何安的神态上看，代英夫看出他对罪行的抵赖颇为自信，他不由得说："法律是否还你清白，关键在于你是否清白。如果你不清白，法律却放纵了你，那么法律就丧失了起码的公道。"

代英夫的话，让何安的神情愣了下，便默然低下了头。

代英夫曾多次想象，杀死3人的案发现场，该是多么血腥！被害者的家人该是多么的痛苦和悲愤！可眼前的惨案制造者却百般抵赖。在代英夫的眼里，何安的人性中起码的惭愧和良知均丧失怠尽，否则的话，他不会对自己做下的滔天血案进行抵赖。他实在没有心情再跟何安谈下去，他打开监室门对何安说："你回去吧。"

正在这时，提审员刘忠春来提易连成。代英夫把易连成叫出了监室。

没过几分钟，刘忠春把易连成送了回来。代英夫见易连成手里多了几页纸，就问："下起诉了？"

易连成说："是下起诉了，过几天开庭。"

代英夫想着何安的事，就说："你跟我到办公室。"

易连成随代英夫到了办公室……

7

易连成晚饭时，把自己在小食堂定的一个猪肘子分给了何安一半。虽然塑料碗里的猪肘子使肚里缺少油水的何安大喜过望，可他还是有些不好意思地推让说："你不用给我这么多，我吃两口就可以了。"

易连成说："吃吧，你也吃不了我几天的东西了。我开完庭，说不上就当庭释放了。"

易连成的话，使何安忽地神情凝重地摇下头说："不知我的案子能会怎样？"继而又感戴地说："连成，谢谢你在这段时间对我的照顾，让我在看守所里体会到了亲情。"

"我就给你一口吃的呗，有啥呀。"易连成说，"当初在煤矿时，你若是没看出矿难的端倪，让我下井，现在有没有我还两说呢。若说感谢，我得感谢你一辈子。"

"唉！"何安喟叹一声，不再说什么，用手撕下一大块肘子塞进了嘴里。

半夜的时候，两人相互耳语唠着嗑，易连成说："放出去后，我每月都来给你存点盒饭票。"

"长时间押在看守所里，家里没条件管，每天只吃发糕和菜汤真难挨呀。你每月给我存200块钱盒饭票就行。"何安说，"家里若不是给我请律师花费大的话，你嫂子也能给我来存点盒饭票。"

易连成侧头看着何安问："你的案子能翻过来吗？"

"不知道。"何安说，"听天由命吧。"

"你若是冤枉的，我想肯定能翻过来。就像你说的，办案单位连作案工具都没找到，凭什么定你罪。"

说到作案工具，何安忽地变得有气无力，他用低得不能再低的声音说："就是啊。"接着他把眼睛闭了上。

易连成观察他片刻，也合上了眼。

不一会儿，易连成打起了鼾声，而何安又睁开了眼睛。

何安之所以难以入眠，是因为易连成提到了作案工具。他当时杀人后，想扔掉刀，可担心扔掉刀被警察找到，他把刀带回了家。在没见妻子前，把刀的血迹在自己的毛衣上擦拭干净，而后装进一个塑料袋里，藏在了仓房的屋檐下。他现在追悔的是，若是当初把刀带走，扔进江河里就好了。他此时最大的心结是怕作案工具被办案单位搜查出来。他心里很清楚，那把刀若是被搜查出来，自己也就失去了抵赖的抓手，就只有上刑场了。

何安的思绪不由得又飘向了刑场，他的耳际再次响起刑场上的枪声，或是极度恐惧，或是凉意，他身体哆嗦了两下。他把被子往上拽了拽，迷糊了过去。

何安再睁开眼时，头晕沉沉的。他一时没有睡意，眼睛呆呆地望着洁白的天棚，他想到了妻子和孩子，他眼前出现了幻觉，洁白的天棚犹如一个大屏幕，显现出了他妻子郑洁和女儿何艳的影像；郑洁梳一头披肩的长发，穿一身冬天穿的红夹袄，她微笑着和蹦蹦跳跳的何艳向他走来……何安眼睛直直地望着幻觉里产生的景致，直到眼睛干涩又进入梦乡。

早晨上班时，石国章报告代英夫："代管教，何安今早发烧，现在还没起来。"

代英夫进了监室，见何安双目呆滞，满脸通红，喘着粗气。他把手放在何安的额头上，有发热的感觉。

代英夫解除了何安的定位锁，往监室门外边走着边对石国章说："给他擦擦手和脸，我找大夫去。"

代英夫找来了狱医，给何安打上了点滴。

十多分钟后，代英夫端进来一碗带有荷包蛋的面条吩咐石国章说："这碗面条，待会儿何安打完点滴给他吃。"

何安虽然身体难受没有扭头看那碗面条，但代英夫的话，使他的心中涌起一股暖意。

代英夫傍晚下班时，见何安的病情有些好转，便把何安叫到了走廊。

待何安坐在小塑料凳上，代英夫问："现在感觉怎么样？"

"好多了。"何安脸上初次透着些许真诚地说，"谢谢你了，代管教。"

代英夫平淡地说："没什么，这是我的工作。"

"代管教，我想麻烦你一件事。"

"你说吧。"

"代管教，我想麻烦你通知我家人一声，让律师来一趟，我要向最高院申诉。"何安说，"再一个能不能给我纸和笔，用于写申诉材料。"

"我可以通知你的家人。"代英夫虽厌恶何安，也深知他的上诉毫无意义，但出于稳定在押人员情绪的考虑，还是从警服兜里掏出纸和笔递给他说："申诉是法律赋予你的权利，申诉材料要抓紧时间写。"

其实何安向代英夫要纸和笔，首要目的是给家里写信。他觉得对自己死刑改判的隐患就是那把作案工具。易连成是唯一值得依托的人。何况易连成曾跟他说过，他放出后，若需要他做什么尽管吱声。何安用代英夫给他的笔和纸写了封信，用发糕当糨糊封好交给易连成。他再三嘱咐易连成藏好他的信，好放出后交给他的妻子。易连成把信缝进了外衣里。

8

何安的信转到了代英夫的手里，何安在信里写道：

郑洁你好：

三个月前律师来说了家里的情况，我知道家里为我官司的事，已弄得倾家荡产，心里很难过。你是我的好老婆，是孩子的好母亲，可我对不起你！我虽被从刑场上拉了回来，然而我官司日后是否有转机，我心里没底。我日后若是被执行了死刑，我只有来生报答你了。我写这封信的主要目的，是让你办件事情，那就是把仓房门上房檐下的东西处理掉，切记不要让任何人知道。

老公何安

代英夫意识到，何安在信中让郑洁处理的东西，很可能就是他的作案工具……

这天上午，代英夫进监室对在押人员进行教育，并问何安是否写完上诉材料。何安说上诉材料正在写。

刘忠春出现在监室门口说："易连成，出来开庭。"

代英夫说："易连成出去吧。"

易连成从板铺上下地时，何安拽了他一下，他的手在易连成衣服前襟处捏了下藏在里面的信。

代英夫当然看明白了何安的举动，他不动声色地问："何安什么意思，恋恋不舍呀？"

何安对易连成的绝对信任，使他认定，只要代英夫不搜易连成的身的话，那么若易连成开庭当庭释放，自己写的信定会转到自己的家里。他触摸到了易连成衣服里的信，有些释然地狡辩说："代管教，你别说，我真有些舍不得易连成。"

易连成临出监室门对代英夫说："代管教，我若是当庭释放的话，我剩下的衣服和盒饭票，留给何安可以吗？"

代英夫说："你的物品，你有权处置。"

何安坐在板铺上伸长脖子望着易连成说："谢谢！我若能活着出去，肯定报答你。"

代英夫看着何安，心里说："你不会活着出去的。"

这时，孙伟在走廊里叫代英夫。代英夫出了监室，孙伟兴奋地告诉他，何安的办案单位已有反馈，他让妻子处理掉的东西正是一把刀。现在办案单位正对刀做鉴定。代英夫面露喜悦地说："太好了。"

正如易连成所期盼的，他当庭释放了，没有再回看守所。

通常情况下，看守所的在押人员外出开庭回来后是要搜身的。何安知道，易连成若是不能当庭释放的话，他身上夹带着那封信是很容易被搜出来的。何安在忐忑中煎熬了大半天，下午3点放风时，他问代英夫，"易连成这个时候没回来，就是放了吧？"代英夫说："是放了，刚才法院的人到看守所给他开了释放证明。"何安为自己的问话做着掩饰说："那易连成留下的盒饭票我可以用了吧？"代英夫点下头说："可以用。"

何安确定易连成被释放后，同时认定自己的计划已成功。他想，自己不认罪，作为重要直接的证据作案工具如果法院再找不到的话，那么即使法院有其他的证据，法院也很可能给自己留个活口，法院应给自己改判处死刑缓期二年执行。对生的渴望，使何安内心中充溢着从没有过的欢悦；晚间，他谎称自己过生日，用易连成留给自己的盒饭票订了不少好吃的，用饮料当酒，招呼几个他认为关系不错的在押人员与他同庆。

9

何安把写的上诉材料交给了代英夫，他上诉材料所咬定的是，杀人者是祁晓东，法院无作案工具证明自己是杀人凶手。

这天，代英夫把何安提出了监室往监区门口走。

何安琢磨，平时提审都由提审员刘忠春将在押人员提出监室，而这次却是代英夫代劳，他觉得情形有些不妙，不免恐慌，有些口吃地问："代、代管教，你提我到哪？"

代英夫说："办案单位提审你。"

何安稳定了下心绪，往自己期待的方面想着，"法院对自己的案子没有新的发现，提审我应当会有好消息。"

代英夫没有把何安带到提审区，而是把何安领进了会议室。

进了会议室的何安有些发懵，他见到了办理自己案子的公检法三方的人；并把目光愣愣地落在了自己诬陷的祁晓东身上。

法官金艳说："何安，祁晓东给你领来了，你俩再对质一下吧。"

何安忽然神经质地指着祁晓东说："就是他杀的人，就是他杀的人……"

祁晓东无奈地冷笑下说："何安，你我无冤无仇，怎么就非得指认我杀人呢…………"

何安打断祁晓东的话，涨红了脸，唾液横飞，歇斯底里地反复说着："你休要抵赖，你休要抵赖……"

"够了，你闭嘴。"当初对何安进行审讯的北安分局刑警大声断喝。

何安半张着嘴，没有再发出声来。

何安安静下来后，会议室里司法机关的人你一言我一语地对何安说道理、摆事实、讲证据劝了半天，可仍无法改变何安冥顽的想法。别人的话一停，他明显底气不足地梗着脖子看着祁晓东仍旧说："你休要抵赖。"

"其实你一味地重复'你休要抵赖'的话，说明你无法说出更多指正祁晓东的理由，是理屈词穷的表现。"金艳从桌子上黑布袋里掏出一个透明塑料袋说："这些东西你熟悉吧。"

塑料袋里所装不是别物，正是何安杀死3人的那把匕首和他让易连成带出的信。那信上他写的歪扭的字体，他看得很清楚。

何安顿时犹如霜打的茄子一般蔫了下来，他低下了头……

两个月后，东河市中级人民法院决定给何安执行死刑，何安被提出了看守所，押赴刑场执行枪决。何安在押解的过程中没再喊冤叫屈。

代英夫看到了法官交给看守所的丹江省高级人民法院刑事裁定书：经审理查明，原审判决认定的事实，上诉人何安曾多次供述，并与证人证言、现场勘查笔录、刑事技术鉴定结论相吻合；且有何安作案工具所提取的血渍，经DNA检验与被害人蒋永贺的血液成分一致，并有何安作案时掉到现场的衣服纽扣等物证，足以认定。何安所提"其没有杀人，是祁晓东杀的人"的上诉理由及辩护人所提"一审判决认定的事实不清，证据不足"的辩护意见均不能成立。原审判决认定上诉人何安持刀杀死被害人蒋永贺、刘芸芝、蒋刚的犯罪事实清楚，证据确实充分。本院认为，上诉人何安故意非法剥夺他人生命的行为，以构成故意杀人罪，其犯罪手段特别凶狠，后果特别严重，社会危害极大，应依法严惩……依照《中华人民共和国刑事诉讼法》第一百八十九条第（一）项规定，裁定如下：驳回上诉，维持原判……

上午9时许，在东河市郊区草帽岭的刑场上，随着一声正义的枪响，何安罪恶的生命结束了。

悲喜爱情

1

罗钢坐了十多个小时的火车到省城东林市的时候，已是华灯初上。他出了站台才饥肠辘辘地想起自己自打坐上火车还没有吃过东西，于是走进了站前的一家抻面馆。

吃过一碗抻面，罗钢按老板娘的指引，住进了抻面馆附近的一宿二十元钱的得胜旅店；他住的房间虽有两张单人床，但只住进他一人。

罗钢虽困乏，但昏昏然中又难以入睡。他望着头顶有些吱吱作响的管灯，内心思绪纷繁……

罗钢的家在兴隆县大肚川乡胜利村，父亲罗天生是个农民，母亲姜美兰是个乡小学的代课教师。从罗钢小时记事起，父母就时常吵架；他到县城上初中后，逐渐明白，是父母的个性差异，才使两人矛盾不断。当初父母走到一起时，仅仅出于双方的父母认为都是一个村的互相了解的考虑。父亲是没多少文化、个性粗犷的汉子；母亲是有一定文化的清高的女人。父亲过于平庸和喜欢酗酒，且总怀疑漂亮的母亲在外边与人有染，这些让母亲倍感厌烦。三年前，父亲怀疑母亲在外边与人有染终于被验证，他在乡小学的宿舍里把小学校长祁涛和母亲捉奸在床。他把母亲一顿暴打，并把祁涛和母亲乱搞男女关系的问题告到了县委。母亲的出轨在乡里闹得沸沸扬扬，不仅祁涛离婚后在乡小学消失，母亲也辞职含泪离开了家里。父母离婚时，罗钢正在县城读高中。母亲到县城找到他，给他一张存有五万元钱的存折，告诉他好好学习，要自己照顾好自己。因母亲的离开，罗钢没人管束，消沉了下来，他高中毕业后，没有考上大学，用母亲留给他的钱在县城一所民办高校念了三年大专。罗钢回到村里，见父亲酗酒更甚，没有女人的家凌乱得不成样子。罗钢跟父亲说要外出打工，父亲给了他1000元钱，他便坐火车到了东林。

罗钢凌晨刚睡着，却被新到的客人搅醒。他拉窗帘望了眼窗外，见天已放亮。他索性起床出了旅店。

毕竟初次出远门到大城市，罗钢对一切都感觉到新鲜，他望了会儿遛弯的老人，继而仰头看着鳞次栉比的高楼大厦，又把目光投向了街边还没有营业的各色店铺。在早晨7点的时候，他掏出手机从通信录里调出了贺加宽的名字，按了拨号键。

贺加宽是罗钢的初中同学，他到东林打工已有几年。罗钢此次到东林就是投奔他的。

贺加宽接了电话，问罗钢"在哪呢?"罗钢说"我到东林了，在火车站附近。"贺加宽说："我现在打车去接你。"

几年没见，贺加宽变得魁梧了，穿戴也不错，没有了上学时邋遢的样子。他下了出租车见罗钢两手空空的，就问："没拿几件换洗的衣服?"

"包在旅店呢，我昨晚到的。"

"咱俩先吃饭去，待会儿办完退宿手续跟我走。"贺加宽搂着罗钢的臂膀，向昆仑酒店走去。

进了昆仑酒店餐厅，贺加宽给了服务员100元餐费，对罗钢说："这是自助餐厅，你喜欢吃什么就拿什么。"

罗钢没有进过酒店，况且他觉得两人吃顿早饭花100元钱不值得，拽着贺加宽说："这地方也太贵了，咱俩还是上包子铺吧。"

贺加宽拿起两个餐盘，递给罗钢一个说："听我的，就在这吃。"

吃饭过程中，贺加宽问："罗钢，当初上初中时，你是班级学习最好的一个，怎么还没考上大学呢？"

"我爸妈离婚了，他俩若不离婚，说不上我还能考上大学……"罗钢简单地说了自己的情况，问，"你在电话里跟我说你当服务生，你在什么地方当服务生？"

"在洗浴中心。"

"收入多吗？"

"收入还行。"贺加宽说，"管吃管住每月2000元工资，另外还有提成。"

"怎么当服务生还有提成？"

贺加宽没直接回答罗钢："你到我那干，你就知道了。"

2

贺加宽所在的单位是夏威夷国际商务酒店，贺加宽先是领着罗钢到人事部报到，而后坐电梯上了32层的顶楼进了一间偏僻的小屋。

贺加宽指着上下铺的床上铺说："你睡这，下边是我的铺位。"他又从铁皮衣柜里找出一套黑西服和一件白衬衣说，"把这套行头换上。"

罗钢把包裹扔在上铺，换着衣服问："服务生这活怎么干？"

贺加宽说："当客人到休息大厅的时候，你就过去问需要什么服务。客人需要什么服务，你就照做就行了……有的客人需要出台小姐，你就叫小姐过来就行了。"

罗钢不解："出台小姐什么意思。"

"就是卖淫的小姐。"

罗钢似懂非懂地"啊"了声。

"你跟我观察几天就明白了。"贺加宽领着罗钢出了寝室。

洗浴中心也在顶楼，两人没走多远就到了洗浴中心的休息大厅。一个穿着暴露的女子走过来笑嘻嘻地看了眼罗钢，跟贺加宽说："小贺，在哪掏个帅哥来。"

贺加宽给罗钢引见女子说："这是红姐。"他对红姐介绍罗钢说："我初中同学罗钢。"

红姐向罗钢伸出染着绿指甲的纤细的手说："认识一下，日后多关照。"

"红姐，你好。"罗钢的手跟红姐的手接触时，红姐挠了下他的手心。罗钢满脸通红。

"还挺腼腆的。"红姐挥了下手，出了休息大厅。

罗钢问贺加宽："红姐怎么说让我日后多关照？"

"我不是跟你说了吗，观察几天你就知道了。"贺加宽说："你没事就在大厅门口站着，过来客人，你过去问对方需要什么服务就可以了。"

罗钢站了一上午，腿有些酸软。中午在食堂吃过饭，他找了个旮旯的沙发，躺下迷糊着了。

洗浴中心的何经理进了休息大厅巡视，他发现了睡觉的罗钢，用力地拍了下罗钢的脑袋："起来。"

罗钢不认识何经理，他被拍疼了，扭头不满地说："你手怎么那么贱，打我干什么？"

"你他妈的睡觉还有理了。"何经理不客气地说，"不愿意在这干，给我滚蛋。"

贺加宽听到吵声，忙跑过来对何经理解释说："何经理，他刚来不懂规矩，你多包涵。"

罗钢得知对方的身份，也忙赔礼："对不起，何经理。"

何经理睨视了两人一眼，转身走了。

"你要是感觉累了，就找个地方坐一会儿，睡觉肯定不行。"贺加宽说："刚才那个何经理，可是黑白两道都走的大哥，你在他面前可得规矩点……"

在两人身边路过一个穿浴衣的客人，贺加宽中断和罗钢的说话，跟在客人的身后。

罗钢目视着贺加宽，只见贺加宽在客人躺的沙发上的后侧，跟客人耳语了会儿，就向在吧台旁等待客人挑选按摩的几个女子伸出一个手指，红姐便在凳子上起身走了过来。贺加宽离开，客人随后跟红姐去了按摩间。

进来一个秃顶男子，他先是在吧台瞟了眼几个按摩女。罗钢学着贺加宽的样子在沙发后，对秃顶男子耳语："先生，您需要什么服务？"

"先给我来壶碧螺春。"秃顶男子说，"叫06号按摩的过来。"

罗钢到了吧台前，看到了挂有06胸牌的女子，旁边一女子管她叫徐燕，递给她一块糖。徐燕不浓妆艳抹，而是满身透着一种清纯；清秀的脸庞不苟言笑，显得有些冷意。

罗钢对徐燕说："那边客人让你过去。"

徐燕拎起装有按摩用物品的拎兜起身而去。递给她糖的女子说："别去了就立马回来。"

正应了那女子的话，当罗钢端茶给客人送去的途中，徐燕折身回返，并对罗钢说："日后有人叫我，你应当问问需要怎样的按摩。"

罗钢一头雾水。

晚间，罗钢请贺加宽吃饭。他说："今天有客人叫徐燕，徐燕不高兴地又返了回来。"

"那肯定是客人让徐燕出台。"贺加宽说，"徐燕是只按摩不出台的。"

"我哪能看得出谁是按摩的，谁是出台的？"

"正规按摩不出台的有两个，一个是徐燕，另一个是史秋英；史秋英40多岁了，她想出台也没人点她。"贺加宽点拨说："当你问客人需要什么服务的时候，如果客人问，这都有什么按摩，或者问最高价位的按摩是多少钱时，这个客人很可能需要出台的。你听了这话，你才能给对方介绍出台的。"

罗钢问："你不是说有提成吗？怎么干能有提成？"

贺加宽诡异地笑了下："你若是给客人推荐小姐，小姐出台挣钱多了，自然就给你提成了。"

贺加宽的话，让罗钢恍然大悟。不过此时，他耳边响起父亲的话,"在外边,你可别到'黄赌毒'的地方去,别让警察给你逮了去。"他不由得想,现在的工作岂不就涉黄吗?这地方不能久待。

3

既然罗钢不想在洗浴中心久待,他也就没有听从贺加宽的建议,不给客人介绍小姐,只是本分地干着自己服务生的工作。

罗钢不随波逐流,徐燕洁身自好,两人之间相互有了好感;两人见面由点头微笑,进而能谈会儿话。当罗钢得知徐燕的家跟自己的家同在兴隆县大肚川乡,徐燕家所在的丰收村跟自己家所在的胜利村仅相距15公里时,他感觉同徐燕的关系更近了一层,并喜欢上了她。

罗钢想请徐燕吃饭,可因内心忐忑,几天过去了始终没能说出口。这天他给徐燕发了条短信:"晚间有时间吗?我请你吃饭。"

徐燕很少跟别人唠嗑,她没活的时候就在手机上看下载的小说。罗钢发完短信,往吧台处看了眼,恰巧这时,一个长着酒糟鼻且散发着酒气的客人走进休息大厅,他指了下徐燕。徐燕揣起手机,拎起拎兜,随着客人进了走廊里面的按摩间。

罗钢瞟了一眼酒糟鼻,看到对方色迷迷的目光,不免对徐燕有些担忧。他知道徐燕每次随客人到按摩间,按摩间的门总是虚掩着。他站在休息大厅门口,倾听着走廊里面的动静。

躺在沙发上的一个客人喊:"服务员,来壶龙井。"

罗钢应了声,忙到吧台前沏茶。他匆忙地端着茶具往客人跟前送时,险些跌倒。

何经理训斥:"又不是赶火车,你不会稳当点。"

罗钢点头跟何经理赔着笑,对客人说了句:"对不起。"而后又立马返到休息大厅的门口。

罗钢忽地听到走廊里有声响,继而传来徐燕像是说"不行"的声音。罗钢匆忙地向走廊里奔去。

推开虚掩的门,见床上的酒糟鼻压在徐燕的身上,正用力地扒徐燕的短裤。徐燕双手紧紧地把持着短裤,哀求地说:"大哥,不行,别这样……"

徐燕的神态让罗钢的心里有种针扎般的感觉,他怒不可遏地挥拳打在酒糟鼻的脸上。

酒糟鼻被打下床,满脸怒气地挣扎着刚要站起,罗钢接着一脚踢在对方的胸部。酒糟鼻重重地仰倒,头部磕在电视柜上,晕了过去。

徐燕对眼前突变的情形发懵,罗钢看着闭着眼睛的酒渣鼻也束手无措。按摩间里出现了短暂的沉寂。

何经理推门而入,见到倒地的酒渣鼻,忙问:"怎么啦?怎么啦?"

徐燕缓过神来,做着解释:"他要强奸我,罗钢就……"

"别说了。"何经理指着酒糟鼻对罗钢说:"愣着干什么?把他身体放平。"

罗钢忙俯下身,放平了酒糟鼻的身体。酒糟鼻嘘了一口气,睁开了眼。

见酒糟鼻苏醒过来,何经理的神态由焦虑瞬间变为像是遇见仇人般充满了敌视,他用脚扒拉下酒糟鼻:"没事吧?"

酒糟鼻晃下头,像是遗忘了刚才的事情,反问:"我咋的了?"

何经理说:"耍流氓了呗。"

酒糟鼻站了起来,双手合一,对面前三人说了两遍"对不起"。见对方没有拦他的意思,便要往门外走,可他刚到门口,就栽倒在地……

4

何经理领人送酒糟鼻到的医院,到了晚间,他才回来。何经理把罗钢和徐燕叫到办公室说:"酒糟鼻被医院确诊为脑出血,并呈现植物人状态说不出话,医生说随时会有生命危险。"

罗钢听了何经理的话,呆若木鸡。徐燕也茫然无措。

何经理怒视着罗钢，挥手打了他一个嘴巴："你就等着蹲监狱吧！"

罗钢捂着嘴巴，有种魂飞魄散的感觉，他扑通跪在何经理的跟前说："何经理，求求你救救我！"

徐燕倒是恢复了神态，略显镇定地说："何经理，您消消气，您看这事该怎么办？"

对于何经理来讲，事情闹大了，对洗浴中心并没有好处。他沉默了会儿说："我刚才回来的时候，酒糟鼻的妻子已到了医院，目前酒糟鼻的妻子对丈夫酒后按摩栽倒造成脑出血，还没提出什么异议。不过她过后很有可能把责任归咎于洗浴中心，若是警察介入调查的话，那就有些麻烦。好在出事时，只有咱们三人，你俩记住了，无论谁问起酒糟鼻的事，只能说酒糟鼻就是按摩后出门时栽倒的，没人动过他一指头。"

罗钢被徐燕扶起，他鞠躬对何经理说："谢谢何经理！谢谢何经理！"

"即使你躲过蹲监狱的一劫，你也得准备一大笔钱。"何经理说："无论洗浴中心是否担责，都得拿出一部分赔偿来。"

罗钢嗫嚅地问："那，那得需要多少钱？"

何经理狮子大开口地说："先拿 10 万元钱放我这。"

罗钢极度沮丧地摊开双手说："我上哪儿弄那么多的钱啊？"

"你惹了这么大的祸，拿出 10 万元钱还多吗？"何经理透着狠意说，"按摩间里有监控，你若不拿钱的话，那谁也保不了你。"

"事情都由我引起。"徐燕说，"我会帮罗钢想办法。"

"你俩可别想着跑，别让警察再通缉你俩。"何经理向外挥了下手，"你俩想办法去吧。"

罗钢和徐燕出了夏威夷酒店，进了一家小吃部的单间。

徐燕面对愁眉苦脸的罗钢，牵强地笑了下说，"你给我发短信说，今天晚间请我吃饭。但这顿饭我请你。"

罗钢恍然之间想到当时给徐燕发短信时那种甜蜜和忐忑以及现在悲惨的处境，不禁感慨地说："今天的事，像做梦一样。"

服务员走了过来，徐燕拿着菜单点了4个菜，她问罗钢，"吃什么主食？"罗钢说："我要喝酒，给我来瓶兴隆大曲。"徐燕说："那好，我陪你喝。"

酒菜上来，罗钢先是自斟自喝了一杯，而后悲怆地流着泪说："我该怎么办呀？！"

"别哭了，会有办法的。"徐燕递给罗钢纸巾说。

"能有什么办法呢？"罗钢接过纸巾擦拭着泪水说："我父亲一贫如洗，我母亲跟我父亲离婚后，我也不知道她在哪儿。"

徐燕叹口气，沉默了半天说："我可以帮你。"

罗钢压根没想到徐燕竟说出帮自己的话，他惊诧地瞪着眼睛看着徐燕。

"毕竟你是因为我而闯祸。"徐燕平淡地说，"我这有6万，你再想办法凑4万，10万元钱不就解决了吗？"

罗钢既如释重负又不相信地问："你哪来的那么多钱？"

"我干了两年多按摩攒的。"徐燕说："若不是干按摩一个月能挣个万八千元钱，这活我早就不干了。"

罗钢感激得眼中再次噙泪说："谢谢你！"

徐燕苦笑了下："你当时怎么那么鲁莽，其实酒糟鼻是不可能得逞的。"

"我唯恐怕你受欺负。"罗钢喝下一口酒，壮着胆子说，"我喜欢你。"

徐燕的脸绯红，她没有作声，而是静静地用筷子夹口菜放入嘴中。其实她对罗钢的印象还是不错的，洗浴中心的服务生，大都给客人介绍出台小姐，且跟小姐有染，而罗钢却没有这么做；他的高大和帅气，也让个别小姐倾慕，可他对小姐的搭讪和含情的目光，从没显示过相应的热情。

表示了自己感情的罗钢，面对徐燕若有所思的缄默，摸不清头绪般地问："你怎么不说话？"

"说什么？来喝酒。"徐燕端杯跟罗钢碰下杯，喝下一口酒说："你能告诉我，你父母为什么离婚吗？"

罗钢踌躇了下，便毫不掩饰地跟徐燕说了父母离婚的因由。罗钢问徐燕怎么干起了按摩的工作？徐燕说父母在世时，哥哥在农村结婚欠下了十多万元的债务，父母难以偿还。自己当时在县城一家饭店当服务员，为了多挣些钱贴补家里，她就到省城的按摩学校学起了按摩，而后就在洗浴中心干了起来……

两个被生活磨砺的年轻的心，相互之间找到了温暖；两人的饭一直吃到小吃部打烊。

5

经过一夜的抢救，酒糟鼻最终没能醒过来，于第二天凌晨去世。医院的诊断为：左脑出血，蛛网膜下腔出血；死亡原因为脑干功能衰竭。悲痛欲绝的家属无法接受酒糟鼻突然去世的事实，把责任归咎于洗浴中心。

何经理知道警察定会到洗浴中心来调查，他让出台小姐先隐匿几天；而后对罗钢和徐燕再三叮嘱，酒糟鼻就是按摩出门时栽倒的，没人动过他一指头。罗钢和徐燕诚惶诚恐地应着："何经理您放心，多余的话我俩不会说。"

警察显然没把两人当犯罪嫌疑人来对待，警察到洗浴中心调查，没有持严厉的表情，也没有探究的问话，而是两人说什么，警察记什么。

接受过警察的询问，罗钢当天就乘火车回家筹钱去了。

罗钢走进胜利村是清晨，他走到自家的门前，见挂着一把锁。难道家里没人？他抬手拍了几下院门，里面没有回应。

邻居徐村长听到拍门声，开门说："罗钢回来了。你父亲没在家，他身体不舒服，昨天到县城检查身体去了。"

罗钢心里一紧，忙问："我父亲怎么了？"

"没什么大事，他就说胃像装个铅块似的沉甸甸的。"徐村长说："我看哪，他就是喝酒喝的。"

罗钢虽然知道父亲没钱，可他仍怀着一线希冀期盼父亲能给他拿些钱。此时他听到父亲到县城看病的信儿，心里彻底凉了。他问："徐村长，你知不知道我母亲现在在哪？"

"这我还真不知道。不过你父母离婚，不就是因为那个乡小学的校长祁涛吗？你母亲应当跟祁涛在一起。"徐村长说给罗钢一条线索，"祁涛有个哥哥叫祁辉，在县委当办公室主任，你找他打听打听。"

"那好，我到县里面去打听。"罗钢要走。

徐村长说："你到家吃了早饭再走吧。"

罗钢凌晨下火车走到村里，早饭没吃，他说："好，那麻烦你了徐村长。"就跟着徐村长进了院。

在去县城的客车上，罗钢给父亲打了电话，问父亲身体检查怎么样？罗天生说："没什么事，就是慢性胃炎。"罗钢脑海里浮现出父亲憔悴的面容和孤独的身影，他打电话的真实意图就是向父亲要钱，可话到嘴边没说出口。他只是说："爸，我在省城一家酒店当服务生，挺好的；你在家也要保重身体。"罗天生说："你就放心吧。"

到了县委，罗钢找到祁辉说明来意。祁涛当初跟姜美兰偷情，曾让当哥哥的祁辉感觉丢面子，于是他跟弟弟极少往来。祁辉说他也不知道弟弟具体在哪。罗钢深知，凑齐几万元钱，只有母亲能帮自己。他不禁有种崩溃的感觉，焦虑和绝望，使他神情发呆。

祁辉盯了会儿罗钢的表情，同情地问："你找你母亲有急事？"

"嗯，"罗钢说："找不到母亲，我就会进监狱。"

祁辉虽没有深问，但他已看出事态的严重性，他在办公桌上拿起手机说："那我就尽力帮你找找。"

几个电话打过，祁辉说："你母亲和我弟弟在宁安县办了个养猪场……"

找到母亲，还要坐火车换汽车，而罗钢的兜里只有十多元钱，他难为情地开口说："叔叔，你能借我200元钱吗？"

祁辉二话没说，拉开办公桌抽屉，拿出500元钱递给了罗钢。

罗钢感激地说:"谢谢……"

在宁安县海浪河边一个颇具规模的养猪场,罗钢见到了母亲和祁涛。姜美兰将儿子搂在怀里,泪眼婆娑。她问儿子这几年怎么样?罗钢说高考没考上,在东林一家酒店当服务生。姜美兰说:"妈妈对不起你!当初只想离开是非之地,就跟着你祁叔远离家乡,到这办了个养猪场。儿子,妈的养猪场正缺人手,你别在东林打工了,就留在这吧。"祁涛和姜美兰虽是婚外情走到一起,但他和姜美兰情深意笃,他还没有孩子,于是他在旁边附和,"罗钢,听你妈的话,就别走了。"罗钢说:"妈、祁叔,我过段时间过来帮你们;我这次来,是因为在东林摊上点事……"姜美兰打断儿子的话,急切地问,"儿子,你摊上什么事了?"罗钢说:"妈,你就别问了,包了钱就没事了……"

第二天,罗钢兜里揣着母亲给一张银行卡,离开了宁安。

6

罗钢在火车上,接到了徐燕的短信,"什么时间回来?"罗钢回复说"正坐火车往东林返。"徐燕说,"那就好。"罗钢不放心地问,"警察没再找我吧?"徐燕说"没找,详情你回来再跟你说。"

罗钢出了火车站,见徐燕热情地奔了过来。罗钢感动地说:"没想到你会来接我。"徐燕显然已对罗钢萌生真情,她羞涩地笑了下说:"盼你早点回来,想见你呗。"罗钢心里洋溢着甜蜜,他说:"我请你吃点好吃的,你想吃什么?"徐燕说:"吃面条去。"罗钢说:"面条就算好吃的?"徐燕说:"上车饺子,下车面嘛。"

两人在一家小吃部吃饭的过程中,罗钢说钱已凑齐,明天就把4万元钱交给何经理。徐燕说:"你走的这几天,公安机关对酒糟鼻的死亡原因进行了鉴定,发现酒糟鼻患有先天性脑血管疾病,非常容易因血压骤升、剧烈运动等外因诱发脑血管破裂;而检查未发现酒糟鼻身上有致命性损伤,基本排除因外伤致死的可能性,因此认定为酒后突发病变的脑血管破裂导致死亡……"

罗钢撂下筷子，兴奋地说："既然公安机关有这么个鉴定结果，那我就彻底摆脱干系了！"

徐燕则没有释怀地说："你也别高兴太早，家属有可能起诉至法院。我听说，家属要40万。"

徐燕的话，犹如一盆凉水，给罗钢浇个透心凉。他惊呆了，说："那、那怎么办？"

"我咨询过律师，像这种情况，法院不一定受理。"徐燕说，"不过包赔对方些钱，是肯定的了。"

罗钢吁了一口气。

徐燕喟然地说："其实酒糟鼻怎么死的，你我都清楚。包赔对方一些钱，我们心里起码没有太重的负罪感！"

徐燕对事情的思量和内心的善良，引发了罗钢的感触："我无意间闯这么大的祸，只考虑到自己怎样避免牢狱之灾，别的也没考虑那么多！对方虽然有过错，但我也是造成了无法挽回的悲惨结局……"他叹口气，充满感激地看着徐燕说，"若没有你的相助，我真的不知道该怎么办！"

"你不要太自责，谁能料到会发生这样的事呢？再则事情因我而起，我怎能袖手旁观呢？"徐燕说："一切都会过去的。"

罗钢说："待我给完何经理钱，我就不干了。在洗浴干，我不适应。"

"我也不想干了。"徐燕说，"按摩虽然收入高，但很累，也没尊严。"

罗钢想说，"咱俩一起到我母亲养猪场去工作吧。"但又觉得唐突，话到嘴边没说出口。

两人从小吃部出来，罗钢有些不舍地说："我俩在外边走走吧？"

"你坐了一天的火车，回去早点休息吧。"徐燕说，"我回出租屋。"

罗钢说："那我送你回出租屋。"

回到夏威夷酒店宿舍，罗钢见门在里面已反锁，他敲了两下门。

过了几分钟门才打开,红姐出了门,对罗钢不自然地笑了下。

贺加宽边整理着床铺,边扭身对进门的罗钢说:"我以为你今晚不能回来呢。"

罗钢感到吃惊地问:"你怎么跟红姐还……"

贺加宽不以为然地说:"不就是玩吗?各有所需嘛。"他炫耀地说:"这洗浴的几个小姐我基本都忙活遍了,就差那个徐燕了。徐燕也是个假正经,你以为……"

罗钢面带怒容:"不许提徐燕!"

"你喜欢上徐燕了?"贺加宽见罗钢把头扭向一边不理会自己,就讪讪地转个话题,"你临走时,说回家一趟;这几天回家干啥去了?"

罗钢说:"父亲有病,我就回去看看。"

7

罗钢和徐燕走进何经理的办公室,没等何经理说什么,罗钢从徐燕的拎兜里拿出4沓钱放在桌上说:"何经理,4万元钱我凑齐了,你点下。"

何经理的满脸横肉动了两下,笑了下说:"好,放这吧。"

"何经理,前后给你10万元钱,你给写个收条吧。"徐燕说,"酒糟鼻的死,日后就没有我俩事了吧?"

何经理似乎心情不错,他写着收条说:"那当然,日后就没有你俩的事了。"

罗钢接过何经理递过来的收条,接着提出了辞职。

似乎洗浴中心并不缺人手,何经理爽快地答应了。

两人走出何经理的办公室,徐燕有些惊讶地问:"罗钢,你说不干就不干了?"

"刚走入社会就跌个大跟头。"罗钢如释重负地说,"洗浴中心的确不适合于我,换个环境,或许会好些……"

这时，罗钢的手机响起。走廊嘈杂，他拐进一间会议室接听着电话。电话是徐村长打来的，他告诉罗钢，他父亲早上去世了！

罗钢挂断电话，满脸悲戚；他忽地蹲在地上，哭泣着说："我这是怎么了？老天跟我过不去啊！"

徐燕听到哭声，惊诧地进了会议室问："发生什么事了？"

罗钢抹了下眼泪："我父亲去世了，我父亲就我这么一个亲人，我得回家料理后事。"

"你得给你母亲打电话，你父母夫妻一场，她肯定会去的。"徐燕说，"你一个人怎能把后事料理周全？"

让两人没有想到的是，罗天生和姜美兰已恩断义绝。当罗钢拨通了母亲的电话，告诉了父亲去世的消息，刚开口说要让母亲送父亲，姜美兰就打断儿子的话说："对不起儿子，你父亲的后事只有你料理了，我不能回去帮你；你若需要钱，我可以给你卡里打钱。"

罗钢和母亲的通话，徐燕听得很清楚，她同情地看了会儿罗钢，断然说："我陪你回家。"

一种从没有过的暖流滋润着罗钢凄苦的心，他情不自禁地拉住徐燕的手："你就是我的亲人！"

8

罗钢和徐燕回到村里，罗天生还没有下棺。罗钢见父亲直挺挺地躺在炕上，身上蒙着白布。徐村长说："我昨天下地回来，路过你家门口，听到院内扑通一声，我从门缝往里看，见你父亲倒在茅坑旁。我进院扶起你父亲，他满嘴酒气，呼吸微弱，把他扶到炕上没几分钟，就咽了气。"罗钢发懵地问，"我父亲的后事怎么料理？"徐村长说："你父亲是彻底把你母亲伤了，我想你母亲不会来。你家又没什么亲属，就你一个后生，我看怎么简便怎么办吧。给你父亲换上寿衣，火化后再埋。"

好在临回村前，在徐燕的提醒下，罗钢给父亲买了寿衣。在给罗天生穿衣前，徐燕没在乎尸体散发的难闻的气味，她端盆温水，将罗天生的身子擦拭了一遍。徐燕的举动，让罗钢感动地念叨，"爸爸，儿子和女朋友为你送行，愿你在天之灵祝福我们……"

出殡完，罗钢思绪纷繁地坐在院内。对于罗钢而言，近期发生的挫折与憧憬、悲痛与欢喜相交织的事情，使他恍如在梦中，自己喜欢上徐燕，却不曾想险些摊上命案，是徐燕出资帮助自己平息了事端。母亲离开自己三年多，竟跟继父开办了生猪养殖场，这也给自己的未来带来好的光景；更不曾料到的是，自己外出打工没到几个月，父亲竟撒手人寰，在母亲不肯出面自己茫然之际，徐燕毅然跟自己回家料理父亲的后事……

徐燕拿起扫帚，屋里院内地打扫了起来。没过多长时间，她从屋里出来递给罗钢一个鼓囊囊的信封说："这是在褥子底下发现的。"

罗钢从信封里抽出一封信和十多张百元钞票。他打开信，见父亲在信中写道：

罗钢我儿：

当你看到这封信的时候，或许我已离去。我的懒惰、暴躁和喜欢酗酒，注定我是个失败的人，不仅使你母亲离我而去，我也没有照顾好你，我是个不称职的父亲！我儿，我对不起你！

半年前，我感觉到身体大不如从前，干会儿农活就累得直喘，总觉得自己的胃像装个铅块似的沉甸甸的，每天只能喝一小碗粥。我知道自己病了，并且病得不轻。我就剩下你一个亲人，当时我多么地想你呀！可你却在县城一待就是几年，有时过年都不回家。两个月前，你回家待上没几天，就说到外地打工，我很舍不得你走。可又一想，你在家看我病快快的样子，无奈地目睹我可怜地死去，对你无疑是个煎熬，还不如眼不见心不烦地走了好。

几天前，我到县城医院做了检查，确定是胃癌晚期。检查的当天，你打电话说你回家了，你问我检查身体怎么样？你说你在省城挺好的，让我放心。其实我心里清楚，你出门两个月，没有先打电话就直接回家，肯定是遇到了难事。可我既没能力又没钱，我能做的，就是不给你增添负担，不说出病情而已。

我想到自己不行的那一天，不打扰不麻烦任何人，自己把手机一关，往炕上一躺，等待着死神的降临……

爸爸

看罢信，罗钢感伤地说："爸爸说对不起我，其实我也是个不孝的儿子，从没体贴过爸爸，没设身处地地为爸爸着想过。"

"你爸爸已去，你就别想那么多了。"徐燕问，"工作你已辞了，日后你有什么打算？"

"我母亲和继父开了个养猪场，母亲让我到养猪场帮忙。"罗钢深情地盯着徐燕，拉起她的双手说："徐燕，你跟我一起去吧？"

徐燕思忖了下，点头"嗯"了声。

9

姜美兰见儿子领回一个漂亮的女朋友，不由得面带欣喜。然而，当她在餐桌上从儿子嘴中得知，徐燕曾干过按摩师，脸色便沉郁了下来。

早晨，罗钢从卫生间出来，被母亲叫到房间。姜美兰说："儿子，我跟你商量件事？"

母亲从没用商量的口吻跟罗钢提起话题，罗钢笑了下："妈，什么事你就说呗。"

姜美兰说："儿子，你领回的徐燕，我看跟你不合适。"

罗钢不解："怎么不合适？"

"我觉得你跟她接触时间短，不了解她。"姜美兰说，"她干按摩已有几年，岂能洁身自好？况且她的家庭情况，咱也不了解。我就你一个儿子，我可不想让你随便找个女人做媳妇。"

母亲的话，出乎罗钢所料，他说："妈，徐燕是个好女孩，我虽然跟她接触时间不长，但我了解她，她几年前做按摩师，只是出于考虑多挣些钱，好替父母偿还哥哥结婚欠下的债务。她挣的是干净钱，她在洗浴中心是唯一不出台的女孩，她在我摊上祸事和困顿的时候，能倾其所能地帮助我……"

姜美兰打断罗钢的话："你摊上什么祸事了？"

"就是上次我管你要钱的事。"罗钢把事情和盘托出说："我在洗浴中心当服务生，遇到一个对徐燕耍流氓的男子……当时没找到你之前，徐燕给我拿了6万元钱。"

不曾想，姜美兰听了儿子的话，对徐燕反感更大："这都是因为她而引起的祸事，她应当拿钱。像这样的女孩更不能要了，你要是跟她好，说不上还会摊上什么事……"

罗钢觉得母亲不可理喻，他不满地说："妈，你要是不能接纳她，我就不能跟你在一起了！"他转身离开了母亲。

罗钢没有吃早饭，就叫上徐燕说要回东林。徐燕看着罗钢生气的样子，就问怎么了？罗钢说："你就别问了。"

姜美兰见儿子要走，既不舍又心疼地说："你真的走啊！难道妈的话你就听不进去吗？你怎么这么固执啊！"

罗钢纠结地说："妈，您说的话我怎么会听不进去呢？但看您说的是什么事。我希望您能理解我！"

姜美兰对儿子的话无言以答，她客套地跟徐燕话别："徐燕，日后有机会常过来。"

徐燕说："好的阿姨，您多保重身体！"

罗钢在火车上很是沉闷，徐燕问，"你母亲是不是不同意咱俩交往？"罗钢说："咱俩交往是咱俩的事，她同不同意只是参考。"徐燕还想说什么，罗钢说："咱俩别谈不愉快的事……"

两人在东林各自重新找了工作，罗钢在一家医院当保安，徐燕到了一家商贸公司当收银员。两人租了房子，同居在一起。

两人对未来充满了憧憬。徐燕在工作之余，学起了会计，她要考取会计资格证。她对罗钢说："省城的工资高一些，待我俩在省城有了些积蓄，就回到兴隆县买个房子，把婚结了。"

10

  罗钢晚间睡觉时,被徐燕的一声声咳嗽唤醒。徐燕咳嗽已经有几天了,罗钢睁开眼,关切地对仍在台灯下看书的徐燕说:"你这几天咳嗽,是不是病了?"

  "我有些感冒,没事的。"

  "感冒了,应多注意休息。睡吧。"

  "好吧。"徐燕冲罗钢嫣然一笑,合上书。

  早晨,徐燕在洗漱的时候,她剧烈的咳嗽后,咳出一口血。

  被徐燕的咳嗽声引来的罗钢,见到洗漱池里的血,不禁担心地说:"怎么还吐血了?不行,你得上医院看看。"

  徐燕感觉到胸痛,她点下头。

  罗钢领着徐燕到了自己所工作的医院,经过一番检查,大夫看着胸片说:"肺部左侧有个约5厘米左右的肿瘤。"

  罗钢听了大夫的话,大惊失色:"是癌症吗?"

  "癌症是指恶性肿瘤。"大夫说,"是良性还是恶性的,需要做手术经病理检验才能确定。"

  罗钢问:"那什么时候住院做手术?"

  大夫说:"当然尽早住院做手术为好。"

  徐燕倒显得沉稳,她看了眼手表说:"谢谢大夫,我会及早过来住院。"

  罗钢神情焦虑地对徐燕说:"我看你今天就办理住院手续吧。"

  "我还有工作呢,不能说住院就住院呀。"徐燕拽了下罗钢,出了医生办公室。

  两人默言地走到医院门口,罗钢跺下脚说:"你怎么不着急住院啊!"

  徐燕转身正言说:"难道我不想住院治疗吗?可是钱呢?你以为我的病像感冒发烧似的一治就好吗?咱俩现在只有几千元钱,而我住院手术，至少得几万元钱；若我的肿瘤是恶性的话，后续治疗花费还要高。"

罗钢显然没有徐燕考虑那么周全，他被徐燕一连串的发问，问得没话了。

徐燕略显无奈地说："我的病，待筹够钱再说吧。"

罗钢无力地点头："好的，咱俩先筹钱；我给我妈打电话，你给你哥打电话。"

徐燕点下头，叹口气走了。

罗钢从兜里摸出手机，拨通了母亲的电话。姜美兰本已不赞成儿子和徐燕交往，她一口回绝了儿子。她在电话里说："我不会掏钱给一个跟我不相干的人。"罗钢倍感失望地挂断了电话。

晚间回家，罗钢见徐燕像有心事的样子站在窗前背对着自己。徐燕说："我给我哥打电话了，我哥说他没多少钱，他给我卡里打了3000元钱。"她想到自己在省城干按摩省吃俭用帮父母偿还哥哥结婚时欠下的债务，现在父母不在了，而哥哥对在自己危难之际的求助，却持敷衍和漠视的态度对待自己，她心里涌上一种透彻的凉意。

罗钢也不得已地说："我母亲说她不给我拿钱。"徐燕似乎预料到罗钢要说的话，她淡淡地说："我知道。"

双方家里都不肯出钱给徐燕治病，罗钢有种绝望的感觉，他从徐燕身后抱住她，徐燕转身，他见她已泪流满面。他爱怜地将徐燕搂紧，内心充满悲戚地说："徐燕，都是我不好害了你，若是我不闯那么大的祸，你不包赔那6万元钱，现在也不至于你有病却没钱治。"

"你怎么能说你害了我呢？以后不要再提这事好吗？"徐燕在罗钢耳边轻轻地说："你是为我而闯的祸。只有关心我、喜欢我、怕我受欺负的人，才会为我而闯祸。"

"好，我以后不提这事。"罗钢的话说完，徐燕没有再说什么，两人只是静静地搂抱着，用身体的依偎来相互安慰各自孤苦的心灵。

11

已有一段时间没跟罗钢联系的贺加宽，这天给罗钢打来电话，问他现在干什么呢。罗钢说在医院当保安。贺加宽说："晚间下班我请你喝点。"罗钢虽不愿理会贺加宽，但他在省城就这么一个朋友，他想到了向贺加宽借钱，就说："那我下班后给你打电话。"

晚间，罗钢和贺加宽进了一家狗肉馆。罗钢看着穿着一身光鲜的贺加宽，说出了自己和徐燕的难处，问贺加宽能否借他些钱。贺加宽先是说，"真没想到你能和徐燕走到一起；怪不得，当初我提起徐燕，你险些跟我急眼。"他接着冷笑了下说："你管我借钱？我还不知道管谁借钱呢？我现在没工作，满大街的晃荡，哪有钱。"罗钢问，"夏威夷酒店洗浴你不干了？"贺加宽说："夏威夷洗浴一个月前，因涉黄被公安机关查封了，何经理涉嫌容留卖淫，被抓了进去。"

两杯白酒下肚，贺加宽眨巴下眼睛说："我有个来钱道，你干不干？"

罗钢问："什么来钱道？"

"夏威夷酒店有个仓库，里面有不少铜铁之类的东西……"

罗钢瞪着眼睛说："你说去偷？"

"小点声。"贺加宽左右看看，见没人注意他俩，继续说："那个仓库没人管，我在夏威夷干了一年多，我常去那拿点小件东西卖；现在就剩大件了，我自己整不动。"

为钱而焦虑的罗钢，显然被打动了："真没什么事吗？"

贺加宽不在意地说："嗨，我干一年多都没事，咱俩在一起干就有事了？"

罗钢独自喝了一口酒，犹豫着。

贺加宽见罗钢有些动心，就计划马上动手："仓库里有个铜水箱，能有个三四百斤，咱俩今晚就弄出来怎样？"

一个声音在罗钢脑海中响起:"罗钢,徐燕的病情等不起啊!虽然你不想做违法的事,但能不能为了给徐燕治病,去冒这次险……"这个声音让罗钢无所适从,他双手抱着头,闭上了眼睛。

贺加宽看着罗钢的神态,笑了:"至于这么痛苦吗?这也不让你送死去!"他端起酒杯说:"这杯干了,咱俩就走。"

从狗肉馆出来,罗钢木讷地跟着贺加宽上了出租车,向夏威夷酒店驶去。

贺加宽说的仓库,在夏威夷酒店一楼的后院,仓库楼上是歌厅,歌厅嘈杂的音响掩盖了两人偷盗的声响。贺加宽像到自己家似的竟拿出把钥匙,不仅打开了后院门,还捅鼓了半天打开了仓库的门。在黑暗中,他指着靠墙的一个圆形物说:"这个就是铜水箱,咱俩把它骨碌到后院门口就行。明早我找辆车把水箱拉到废品收购站去。"

罗钢恐慌得不得了,好不容易和贺加宽磕磕碰碰地把水箱挪动到门口。两人走时,罗钢问,"明早咱俩几点过来?"贺加宽说,"你就不用过来了。"

第二天下午,贺加宽在医院门口把3000元钱给了罗钢。

12

人一旦获得过不义之财,那么他会时常惦记再次获得。罗钢晚间值班的时候,看见一辆奥迪轿车副驾驶位置车门的玻璃留有一条缝,他近前见副驾驶座上有个拎包。他意识到包里可能有钱后,心猛然间跳得厉害。他想拎走车里的包,可他目测了下,胳膊根本伸不进车里。

罗钢见过奥迪轿车车主,男车主每天晚间都到住院部内科病房护理父亲。因罗钢的手伸不进奥迪轿车,他曾打消过拎包的想法。可半夜,他竟鬼使神差地到了16楼的内科病房,通过虚掩的门,见那个男车主躺在父亲病床边另一张床上张着嘴睡得正酣。

寂静的深夜,加上车主的毫无戒备,使偷窃的欲望犹如一团火苗,逐渐燃烧了罗钢的全身。他宽慰着自己，开奥迪的人有钱，即使损失点什么，他也不会在意，或许都不会报案。他欲罢不能，下楼在花池里找到一根铁丝，把铁丝的一边弯成钩状，再次来到了奥迪轿车前。

罗钢这次很沉着，他打着手电，将铁丝伸进车里，精确地勾到拎包的拎手，顺着车窗缝拽了出来。他回到值班室，打开拎包，见里面有两沓没拆封的钱，他既忐忑又激动，浑身打颤。

当罗钢下了夜班走出住院部时，猛然发现街面的电线杆上，有一个监控探头正对着医院的院落，那辆仍旧停着的奥迪车处正在探头前方的5米开外。他脑海里呈现出显示器上自己作案的情景，吓得双腿有些瘫软，他招手打了辆出租车逃离了医院。

徐燕已上班，家里静静的。罗钢环视着洁净、充满温馨的小屋，又想象着自己被警察押着走进看守所的高墙……难以承受自己所酿成的过错，抬手给自己两个重重的嘴巴，自问："罗钢，你怎么了？怎么会去偷啊？"

此时，罗钢的手机响起，手机上显示"亲爱的"三个字。他慌乱地接听电话，口吃地问："徐燕，什、什么事？"

徐燕说："早饭在电饭锅里，你吃了吗？"

"没，还没吃。"

徐燕听出了罗钢的反常："你怎么了？"

"我，没、没怎么。"

"你是不是有事瞒我。"徐燕关切地问，"到底发生了什么事？"

罗钢难以承受地终于说："我为了给你凑住院费，拎了别人的包……"

罗钢叙述完偷窃的经过，电话像掉了线似的没了声音。他问："徐燕，你还在吗？"

"在。"徐燕平静地说，"你哪也别去，在家等我。"

罗钢看着房门，既盼望着徐燕回来，又怕敲响房门的是警察。

20分钟后，随着开锁的声音响过，徐燕气喘吁吁地拉开了房门。她的第一句话是："罗钢，你在家我就放心了。"

显然罗钢已有打算："我把钱留家里，你先去住院；我出外躲躲。"

"不，我不能用脏钱去看病。"徐燕一反常态，严厉地说，"你应当去自首。"

罗钢吃惊地说："难道你不爱我了吗？你怎么想让我进监狱？"

"我怎么会不爱你呢？"徐燕直视着罗钢说："正因为我爱你，我才让你去投案自首。否则的话，你会重判的。"

13

徐燕领着罗钢到医院附近的派出所投案自首，返回了两次盗窃所得23000元钱，并检举了第一次盗窃时的同伙贺加宽。

警察审讯罗钢和办理羁押手续达5个多小时，当罗钢被警察押往看守所的时候，他见徐燕呆呆地坐在派出所门外花池子上等着他。

因是投案自首，两个押解的警察网开一面地让两人说了几句话。

罗钢念念不忘徐燕的病情，由此他和徐燕的分别有种生离死别之感，他说："你的病该怎么办呀？"

"我会想办法凑钱看病的。"徐燕抚摸着罗钢手腕上的手铐，虽满脸痛苦，但仍透着希冀说："你好好改造，争取早点出来。"

罗钢用力点下头，泪眼朦胧地说："我对不起你……"

徐燕用手挡住罗钢的嘴说："不要说对不起，你的过错都是因我而引起……"她哽咽着没再说下去。

一个警察拍了下罗钢的肩膀，示意他上警车。

罗钢抽回被徐燕紧握着的手，上了警车。警车启动，徐燕在警车后大声说："我会给你请律师，我会常到看守所看你……"

听着徐燕渐行渐远的声音，罗钢苦不堪言抬起被手铐束缚的双手捂在了脸上。他抬起头时，看到了警车外看守所的高墙。

随着铁门"咣当"的声响，罗钢被关进了看守所的监区。一个慈眉善目的老警察对他说："你跟我来。"

在走廊里一张摆放笔记本电脑的小桌前，老警察坐在椅子上。他让罗钢坐在对面的塑料凳上。老警察说:"我叫郝振铧,你日后管我叫郝管教吧。"他问,"你是因为什么进来的?"

"我是因为盗窃进来的……"罗钢叙述了两起盗窃案的作案经过。

郝振铧把谈话内容记录在笔记本电脑里,他叮嘱罗钢在看守所里要遵守监规,不要和其他在押人员发生矛盾,有情况及时向管教报告等话,而后给他件印有东林看守所字样的号服让他穿上,把他关进了9号监室。

在罗钢的想象中,高墙里押着的人都是恶人。他进了监室胆怯地蹲在地上。一个戴着值班员号牌的在押人员近前,给他一本监规小册子,让他随其他在押人员一道,盘腿直腰坐在板铺上反省。他为没挨着欺负而庆幸。

晚间,罗钢吃了块发糕喝了碗菜汤。睡觉的时候,由于看守所不熄灯,罗钢一时不习惯便难以入睡;到清晨,他才迷糊着。可他没迷糊多长时间,就梦见管教郝振铧领他到医院看见病榻上已奄奄一息的徐燕,他伏在徐燕身上大哭……他惊醒后,心中萌生一个想法,"我若跟徐燕结婚的话,母亲或许能帮徐燕治病。"

郝振铧再找罗钢谈话时,罗钢满是忏悔地说了自己犯罪的因由。郝振铧叹口气,目光中有些许同情。

罗钢说了自己看似异想天开的想法:"我现在唯有一个办法,让徐燕的病情得到医治,那就是我跟徐燕结婚……郝管教,我在看守所里可以跟她结婚吗?"

郝振铧颇感意外,思忖了一下说:"看守所里还没有出现过类似的情况,我想应当可以,不过现在不行,因你的案件正处在诉讼环节。"

14

两天后,贺加宽被警察抓获。

徐燕跟聘请的刘律师来到了看守所。律师去见罗钢,徐燕到门卫室掏出兜里仅有的500元钱，给罗钢买了盒饭票。

徐燕曾打听过看守所里的情况，别人都说新进去的人处境都不会太好。她仰望着高墙电网，脑海中浮现着罗钢手持抹布蹲地擦地板；给别人端洗脚水；啃着难以果腹的一小块发糕……

刘律师出来，徐燕问："罗钢在里面怎么样？是不是整天挨欺负？"

刘律师打开轿车门说："上车说。"

两人进了轿车，刘律师启动了车说："我看罗钢还可以，不像挨欺负的样子。"她沉默了会儿说："罗钢说他盗窃就是为了凑钱给你看病，当他听说请律师需花5000元时，他执意不让你请律师，问律师费是否可退；他也不让你给他存钱，他说在监室里吃发糕能吃饱。"

刘律师是徐燕通过朋友介绍认识的，她犹如慈爱的大姐般对待徐燕，她收取徐燕的律师费是减半的；故而，徐燕无论是出于对罗钢的情感还是感激刘律师的关照，刘律师是必须得请的。徐燕说："刘律师，你不必多心，我聘请你是不会改变主意的。看守所里的饭菜即使能吃饱，但营养也跟不上啊，罗钢只是顾虑我多花钱，就什么也不考虑了。"她接着问，"刘律师，你说我给罗钢存的钱，他能花着吧？"

"现在看守所里的管理，既严格又人性化。你给他存的钱，你放心，他能花着。"

刘律师的话，让徐燕担心罗钢或许得挨欺负的心结，得以释然。她问："罗钢会怎么判？"

"从我目前了解的情况看，罗钢盗窃两次，属投案自首并退赃；再一个他检举的贺加宽，盗窃5次，盗窃数额达4万余元。"刘律师说，"若是法院在罗钢自首并退赃的基础上，再认定他具有立功表现的话，他应当会判缓刑或拘役。"

"这么说他要是判缓刑的话，就会很快出来了。"徐燕往好的方面想着。

"罗钢和贺加宽的案件并不复杂，诉讼期也就一个月左右。他若是判缓刑的话,一个月后就会出来。"刘律师说:"罗钢让我转告你,他要跟你尽快举行婚礼……他说,他跟你结婚后,他的母亲会帮你治病的。"

罗钢的想法让徐燕始料不及,她何尝不想自己的病能够早点医治呢?可她又不愿让罗钢的母亲勉为其难答应。她一时没言语。

刘律师见徐燕没说话,就开导说:"罗钢的想法是对的,你俩既然相互选择了对方,举行婚礼很正常啊!他母亲帮你治病,也属常理之中。"

15

一个月后,法院审理了罗钢和贺加宽的盗窃案;罗钢因盗窃罪被判处拘役三个月,贺加宽被判处有期徒刑三年。

徐燕接到刘律师的电话,得知可以见罗钢后,在单位请了假,坐上公交车到了看守所。

在接见室里,徐燕见罗钢已等候在隔着一层厚玻璃的另一侧。两人朝思暮想、相互牵挂虽仅一个多月,却恍若分别很久,有许多话要向对方说,可又如鲠在喉一时不知说什么好。两人相互深情地凝视着,双手情不自禁地贴在玻璃上,想透过厚重的玻璃感受到对方的温度。在徐燕眼里,罗钢除了身上那件印有东林看守所的号服和稍短的头发外,仍如以往般阳光和帅气。

默然了会儿,罗钢拿起了台上的电话,又指了下徐燕跟前的电话。徐燕接起了电话,罗钢在电话里说:"亲爱的,你现在身体怎么样?"

徐燕缺乏气力地说:"我现在身体还可以,就是觉得有些胸闷。"

罗钢提出在看守所里两人结婚的事。徐燕说:"过三个月你释放后咱俩结婚。"罗钢哀求地说:"你的病情不能等啊!你就答应我吧。咱俩举办婚礼,我母亲就能给你出钱看病了。"罗律师曾开导过徐燕和罗钢结婚的事,徐燕踌躇地说:"在看守所里怎么举办婚礼呀?"

罗钢说："我曾问过郝管教，他说这事虽在看守所里没有过先例，不过或许能行，前提是你得找所领导提出申请……"

徐燕被罗钢的话打动了，她找到了郝振铧，表示愿意跟罗钢在看守所里结婚。郝振铧领徐燕到了所长高启云的办公室。

高启云听了情况后，对徐燕说："虽然你和罗钢在看守所里结婚事出有因，但对于罗钢在看守所里安心改造也是有益的。在押人员的教育改造工作不仅是监管民警的事情，也需要家属的大力配合。看守所将力争促成你和罗钢的婚事。你留下联系方式，回去等候消息吧。"

徐燕不曾想到自己和罗钢的婚事竟会引起看守所如此重视，她临走时满是感激地鞠躬说："谢谢高所长、谢谢郝管教。"

高启云在征得监管支队领导同意后，派出郝振铧到婚姻登记处咨询。

婚姻登记处的工作人员一听看守所在押人员要在看守所里结婚，颇感意外并一时难以答复。两天后，婚姻登记处工作人员给郝振铧打电话说，登记处领导作出决定，只要男女双方同意，婚姻登记处可以派出工作人员到看守所进行颁证仪式。

罗钢通过亲情电话，把已定在星期日在看守所里跟徐燕结婚的事告诉了母亲。姜美兰得知儿子因盗窃进了看守所，唏嘘一番，痛心疾首地说："对不起儿子！我真不该干涉你和徐燕的交往，你走到今天的地步都是妈妈的错……我一定参加你和徐燕的婚礼。"

星期日上午，看守所会议室里爱意浓浓，罗钢和徐燕捧着鲜红的结婚证书喜极而泣。这一场特殊的婚礼感动了所有在场的人。高启云作为证婚人，向他们表示祝贺的同时，还送上了祝福的鲜花。

罗钢和徐燕走到姜美兰的跟前。姜美兰搂抱着儿子和儿媳，对儿子和儿媳相继说："儿子你放心，妈会竭力把徐燕的病治好。徐燕，明天我就领你到医院办理住院手续。"

一直外表坚强，给罗钢以精神寄托的徐燕，内心的无助和憋屈顷刻间释放出来，她泣声地叫了声"妈"，泪雨滂沱地哭了起来……

16

罗钢拘役期满释放，走出了看守所的铁门。

停在在看守所门前的一辆别克吉普车打开了车门，徐燕和姜美兰面带笑意地走下车来。

姜美兰对罗钢说："儿子，你终于出来了。东林咱们不待了，你和徐燕跟我都到养猪场。"

罗钢欣喜地说："那太好了！"他打量着面色红润的徐燕，"你的病治的怎么样？"

"我肺部的肿瘤已切除，还好是良性的。我昨天刚出院。"徐燕说，"多亏妈妈这几个月的悉心照顾。"

罗钢惊喜地拍着巴掌："太好了！"他冲母亲说："谢谢妈妈！"

"我是你妈还谢什么。"姜美兰说，"咱们上车。"

三人上车，姜美兰启动了车。罗钢望着车窗外东升的旭日，心中展望着美好的未来。

疑似命案

1

　　张丽红原是丹江市公安局刑侦支队队长，半个月前调到距离丹江200公里的兰岗县公安局任局长。她年龄已近五十，相夫教子的阶段已过去。丈夫郭晓峰事业有成，在丹江市委组织部任副部长；儿子郭成去年大学毕业，在丹江市通过公务员考试进入了人民银行。唯独让她惦记的就是有哮喘病跟妹妹在一起生活的母亲。

　　张丽红虽然昨晚回丹江看完母亲返回县公安局半夜才睡，可长期形成的早起的习惯使她早五点便睁开了眼睛。

　　张丽红洗漱完穿了套便装，出了办公室。

　　在县公安局院内，值班的刑侦大队长杜山打着太极拳见张丽红往外走，就停下太极拳的招式："张局出去呀？"

　　张丽红说："今天不是有集吗，我到集上看看。"

　　杜山考虑到近期集市发生几起扒窃拎包案件，就说："我陪你去吧？"

　　张丽红知道昨晚值班的民警处理一起伤害案件，很晚休息。她说："不用，我自己可以。有事我给你打电话。"

　　"好的。"杜山虽这么应着，但他停下了太极拳，向办公楼走去。

出了县公安局的大门，张丽红边向两公里外的集市走着，边环视着还并不熟悉的街景。

张丽红身材高挑，容貌俊秀；从外表看，要比她的实际年龄年轻十多岁。她穿上警服，绝对是英姿飒爽；她换上便装，显得时尚、俏丽。她走在街上，不时引得别人的注意。

十月份正是集市的旺季，道中间的人摩肩接踵，道两旁比平时多了卖货的农用车。作为公安局长的张丽红，她逛集市的目的是观察社情和了解当地风俗；可二十余年形成的职业习惯，仍使她犹如捕捉猎物的鹰，把目光时不时地投向路人的神情。

在一个小吃摊前，张丽红在板凳上坐下，买了碗豆浆和两根油条。她喝了口豆浆，刚用筷子夹了根油条送到嘴边，忽见前面餐桌边，一个穿灰夹克的男子哈腰在一个吃饭的中年女子身后，用镊子从对方衣兜里夹出粉色的钱夹。

张丽红放下筷子，疾步上前抓住灰夹克拿镊子的手："警察，别动。"她趁灰夹克一愣神的瞬间，在他的衣袖里翻出了粉色的钱夹。

不曾想，灰夹克有同伙。一个秃头男子隔着两张餐桌拿起调料盒掷向张丽红，张丽红侧脸虽躲过了调料盒，可调料盒里的一些辛辣粉末却撒在了她的脸上，她闭眼掏手绢的片刻，灰夹克挣脱了她的左手，钻进人群中。

张丽红盯住了秃头，她用手绢擦了下眼睛，忍着眼睛的极度不适，从正要跑掉的秃头的侧后，伸出右脚将秃头绊倒在地。她继而在地摊上拿起一根绳子，将秃头双手从身后绑缚上。

虽然没人伸手帮助张丽红，但人们对扒手的愤恨是共同的，有人见张丽红以麻利的身手制服了扒手，便报以掌声喊："抓得好，这小子每逢集上就出来偷。"

对灰夹克跑掉持有些许遗憾的张丽红，见杜山和两民警押着灰夹克走了过来。张丽红不无夸赞地说："没想到你们能过来，真有你们的！"

"其实集上发生扒窃案后，我们逢集都过来。"杜山说，"这俩窃贼不像当地的，我估计最近几起扒窃案都是他俩干的。"

不出杜山所料，把俩窃贼押回局里一审，俩窃贼果真是外地流窜来的，平时打工，逢集就偷。

没几日，新来的女公安局长在集市抓贼的故事，便带有演绎成分地在县城里传开。张丽红看似一次平常的抓贼，却契合了百姓心中的期盼，那就是亲民、爱民；能关注涉及百姓切身利益的扒窃拎包这样的小案，这样的公安局长差不了。

2

张丽红在办公室，忽听楼下像是有吵闹声。她推开窗户探出头，见保安正往大门外推搡着一个妇女。那妇女大声说："凭什么不让我见公安局长。"

听到妇女的声音，张丽红也产生了跟对方一样的疑问，保安凭什么不让她见我呢？她转身拿起办公桌上的电话拨通了门卫室："我是张丽红，让门口的妇女到我办公室来。"

保安说："张局长，这个女人胡搅蛮缠……"

张丽红没听保安的解释，撂下电话。

张丽红的办公室在四楼，没过一会儿，她就听见走廊里传来"嗵嗵"的脚步声。她拉开办公室的门，见一个长相端庄、穿戴也不失体面的中年妇女，气喘吁吁地奔了进来。

"大姐你坐。"张丽红把中年妇女让座在沙发上，又给她倒了一杯水。

中年妇女喝下水，缓了口气说："张局长，谢谢你能见我。"

张丽红和蔼地问："你叫什么名字？你找我有什么事？"

中年妇女瞬间双眼噙着泪水，脸部抽动，心中似乎蕴藏着极度的委屈和悲愤："我叫丁金荣。"她期待地看着张丽红说："在我没跟你说具体事情之前，你要答应我，我举报的案件，你要一查到底。"

"如果是公安机关管辖的范围，我一定会一查到底。"张丽红安抚地说，"有话慢慢说。"

丁金荣抑制着自己的情绪，缓缓地说："我到这是举报双龙乡党委书记苗跃东,他害死了我的丈夫……"

张丽红不免暗自吃惊。

丁金荣说,她的丈夫谭伟原是双龙乡小学民办教师,1月16日学校放寒假那天,校长韩冬雪邀请谭伟到家做客,那天晚间谭伟没有回家。因韩冬雪的家胜利村离她家有五公里的路,她以为丈夫喝多了住在了韩冬雪家。不曾想第二天一早,邻居敲门告诉她,她丈夫在地里躺着呢。她出门随邻居去看,见丈夫已死在离家不远的一片开阔地里。她当即报了警,经县公安局民警了解,谭伟在韩冬雪家吃火锅,本来三两的酒量,结果喝了一斤多;民警认定谭伟是酒喝多后,回家途中跌倒睡着了冻死的。她当时对民警的认定没有异议,就买个棺材把丈夫入殓了。一个星期后,乡小学教导主任祁民对她说,她丈夫那么大的活人即使酒喝多了,也不能冻死呀!说不上是让人害死的。祁民说,喝酒那天当晚,他在韩冬雪家酒后出外边方便时,见到了匆忙走过的乡党委书记苗跃东。丁金荣说到这,两眼透着愤恨说,"我丈夫定是苗跃东害死的,因为他跟我丈夫有仇……"她说苗跃东之所以跟她丈夫有仇,是因为十多年前,她在还没破产的县百货大楼当副经理时,曾跟苗跃东有过一段婚外情,后来被丈夫发现,丈夫曾跟苗跃东动过手……她说,"因为丈夫死的事,县市公检法我都跑遍了,现在还没给我答复。张局长,你若不再给我答复的话,我就到省城和北京上访了。"

张丽红神情凝重地说:"我会给你答复的。"

丁金荣听了张丽红的话,满是希冀地握着张丽红的手说:"听到你在集市上抓贼的故事,我就觉得我的事快见亮了,因为你拿百姓的小事当事,我反映的人命关天的大事,你定会当回事!我今天一来找你,还真见到了你。"她说着从挎包里掏出一份材料递给张丽红。

3

杜山应张丽红的要求,带着"1·16"案件的卷宗走进了张丽红的办公室,张丽红接过卷宗叙述了丁金荣上访案件。

杜山说："丁金荣就是无理访，张局，你可不能听她的。她到县公安局上访时，就已经给了她答复，她丈夫并非他杀。她到别的部门上访，别的部门也曾调查过，但都同意县公安局的结论。"

张丽红问："对苗跃东调查过吗？"

"调查过，苗跃东否认他和丁金荣有过婚外情，当然也就否认他和死者有过矛盾。韩冬雪请客那天晚间，苗跃东是去过韩冬雪家所在的胜利村，可苗跃东是到他的姨家，他姨庄岩也予以了证实。"

"以目前仍旧用没有进展的调查结果来答复丁金荣，她肯定不会买账的。"张丽红思忖着说："若是我们对尸体进行解剖，以科学的结论答复她，证明她丈夫不是被杀的，她就没有再上访的理由了。"

"丁金荣不一定能同意解剖。"杜山说，"当初我们出现场时，曾提出过对死者解剖，可被她拒绝了。"

张丽红看了眼办公桌上的卷宗说："待我看过卷宗再考虑怎么应对吧。"

"1·16"案件的卷宗21页，共有6份笔录，除了跟谭伟喝酒时的3个当事人，再就是丁金荣、苗跃东和庄岩。苗跃东上他姨庄岩家没有旁证，丁金荣和苗跃东是否有婚外情，也仅此一个说有，一个说没有。张丽红一眼看出"1·16"案件没有按照程序去做，搞得很不像样子。她继而想：民警或许搞案件时，先入为主地认定死者就是冻死的，便走个过场；再一个，苗跃东毕竟是乡党委书记，民警调查时可能顾忌给其造成负面影响，就没采旁人证言而应付了事。

张丽红虽然为办案民警想到了开脱的因由，但心里仍旧充满强烈的疑问，难道死者真的不是被杀的吗？这疑问，让她忽地对周边的人有种不信任的感觉。她想到了刚入警的刑侦大队内勤王烟，她拿起电话打给了王烟，让王烟到自己的办公室来。

王烟是个清秀的女孩，她见到张丽红不免有些拘谨。张丽红对王烟说："我找你是让你协助我查一起案件。"

王烟说："你有什么事，安排我去做不就得了。"

"有些事，也许不像你想象的那样简单。"张丽红说，"你家不是胜利村的吗？你明天跟我到胜利村……"

张丽红通过王烟的父母了解到，庄岩和老伴无儿无女，她虽是苗跃东的姨，但苗跃东也就逢年过节来看看她。

张丽红和王烟走进了庄岩家。庄岩家凌乱，破败，唯一值钱的物件就是桌上的一台彩电。两人进屋时，庄岩正披散着灰白的头发，给躺在炕上生病的老伴喂饭。

庄岩转过身来见到两个女警察，眼神透过一丝慌乱。王烟说："大娘，你不认识我了，我是村头家老王家的女儿王烟啊。"

"啊，是烟呀。"庄岩边说着边用衣袖擦着炕沿说："来，坐、坐。"

王烟把张丽红介绍给了庄岩，庄岩一听是公安局长到了自家，禁不住地说："局长啊，我可没犯违法的事呀……"

没等庄岩说完，她老伴在炕上欠着身子说："几个月前，你收你外甥五百元钱，替他撒谎就是违法。"

本来想对庄岩做其思想工作的张丽红，见一进门就有所收获，便对庄岩劝慰地说："大姨，有什么事别憋在心里，说出来就好了。"

庄岩说："我那外甥，在1月份谭伟冻死后，进门哀求我让我掩盖说头一天晚间曾到了我家里，毕竟是亲外甥，我就在警察面前撒了谎……"

张丽红又通过县百货大楼退休人员了解到，十多年前苗跃东跟丁金荣关系的确非同一般。

4

张丽红虽认为苗跃东即使当初跟谭伟有过矛盾的话，但也不至于去谋害对方的程度。可苗跃东为何不说实话呢？再则若把苗跃东当作嫌疑人的话，那首先应确定谭伟是否是他杀。

张丽红组织召开了由纪检和刑侦部门参与的案情分析会。她把自己的调查情况公布后，或许人们对丁金荣怀疑苗跃东持不可能的态度,与会人员听了张丽红的话,都颇为惊讶。杜山针对案件调查的不细致做了深刻的检讨。张丽红说:"1·16"案件,若没有对丁金荣作出合理、满意的答复,她仍会上访;她的上访,目前我们不能确定为无理访。我们要对谭伟开棺验尸,如果验尸证实谭伟是他杀,将由纪检委配合刑侦大队进行案件调查,因为苗跃东毕竟是党员干部,我们的调查结果必须让上访人和群众信服。

张丽红约见了丁金荣,征求丁金荣对谭伟开棺验尸的意见。丁金荣涕泪涟涟地说:"人都说入土为安,没想到我丈夫入土了,还不得安宁!难道非得开棺验尸吗?"张丽红明确地说:"你上访不就是怀疑苗跃东害死了你丈夫吗?不开棺验尸的话,我们怎么认定你丈夫是让人害死的。你要是不同意开棺验尸,那你必须放弃上访。"丁金荣沉默了半天说:"那好吧,我同意开棺验尸;不过苗跃东是领导干部,他跟县公安局的人上下都熟悉,我要求开棺验尸必须由上级公安机关的法医进行。"张丽红答应了丁金荣的要求。

张丽红邀请丹江市公安局法医付饶对谭伟进行尸检。一个阳光明媚的上午,一辆警用面包车驶入了胜利村外的一片坟地,张丽红随刑事技术人员下了车。丁金荣和事先得知信儿的村民已早早地候在坟地多时,他们见到警察到了谭伟的坟墓前,便围拢了过来。

几个警察拿着锹镐没几下就把没多少堆土的坟墓挖开,棺材板随之被揭开。一股腐尸的气味弥散开来,但周围的人没有后退的。张丽红见死者面部因腐烂有些残缺,不过尸体的衣着还是完整的。

丁金荣冲着死去的丈夫跪下,双手合一地嘴里絮叨着,"谭伟呀!我不是不让你安生啊,是因为你死得不明不白,我才让警察给你解剖的……"丁金荣的神态和她的话,让村民们认定,她的丈夫就是被害死的。此时的张丽红在村民的眼里,就是在世的包青天!人们把期待的目光投向了她。

照相机镁光灯闪烁之后,付饶下到了棺材里……

对死者解剖完后,回到县公安局,张丽红问付饶:"发现问题了吗?"

付饶表情凝重地点下头说:"解剖头颅发现了问题,死者的颅顶部和前额部，有大量的皮下出血；割开头皮以后，颅骨没有骨折，打开颅骨，发现皮下出血对应的部位没什么问题，但是发现颅底骨骨折，那么死者死亡的原因是由于颅底骨骨折造成的颅脑损伤死亡。我的鉴定是，钝性物体作用，致颅脑损伤死亡。"

张丽红说："也就是说，死者是被人打死的？"

付饶说："可以这么认定。"

5

既然死者是伤害致死，丁金荣又指出了嫌疑人是苗跃东，且苗跃东还曾掩盖事实真相。那么对苗跃东的后续调查必须得做下去，张丽红刚安排完刑侦大队的工作任务，门卫室就打来电话说："张局，丁金荣又来了，她要见你。"张丽红说，"让她上来吧。"

来过张丽红办公室两次的丁金荣，没有了以前的拘谨，大大咧咧地往沙发上一坐问："张局，我丈夫的死因鉴定出来了吧。"

"鉴定出来了。"张丽红没有隐瞒地说，"鉴定结果是，钝性物体作用，致颅脑损伤死亡。"

丁金荣思忖着重复了一遍张丽红说的鉴定结果，脸上呈现出兴奋状说："那就是说，我丈夫就是苗跃东打死的了？"

"话不能这么说，现在还没有证据证明害死你丈夫的案犯是苗跃东。"张丽红说："不过我们已把这个案件当成命案侦破。"

"案犯肯定就是苗跃东了。"丁金荣问，"那我丈夫的被害案，什么时候能破？"

丁金荣先入为主，咄咄逼人的架势，让张丽红有些反感，同时，她揣测丁金荣与苗跃东积怨已久。她怀疑苗跃东害死她丈夫，不排除有积怨发泄的成分。张丽红说："我无法限定案件侦破的期间，案件若有进展，我会及时告诉你。"

丁金荣露出了泼妇的劲头说："苗跃东可是手眼通天的人物，你们要是徇私放纵了他，我还会上访的。"

"我们会以事实为依据,以法律为准绳对待案件,这你放心。"张丽红冷下脸来,"我这还有工作,你回去听信儿吧。"

丁金荣看到了张丽红目光中的透着凛冽,她讪讪地说了句:"好,我回家听信儿。"就离开了张丽红的办公室。

办公桌上的电话响起,张丽红见显示的号码是丈夫的手机,她拿起了电话。

郭晓峰问:"你们是不是在调查双龙乡党委书记苗跃东?"

张丽红说:"是,因一起上访案件调查他。"

"就是丁金荣的上访案件吧。"郭晓峰说,"那个丁金荣是个泼妇,她说苗跃东害死了她丈夫,完全是诬告……"

张丽红打断丈夫的话说:"你打这个电话什么意思?"

郭晓峰说:"你不知道,关于调查苗跃东,兰岗县委主要领导给我打电话,说苗跃东今年年末换届选举要竞选副县长;他让我转告你,说不要因一起无中生有的上访案件,再影响一名干部的仕途发展。你刚到兰岗县任职,对这起上访案件要慎重。"

张丽红耳边响起丁金荣说的"苗跃东可是手眼通天的人物"的话,苗跃东不仅事先知道公安局要对他的进行调查,还竟对自己如此了解,能通过县委领导把工作做到自己丈夫,身为丹江市委组织部副部长的郭晓峰身上,这让张丽红隐约感到丁金荣的上访案件有些棘手。她默想下说:"既然丁金荣是针对苗跃东的上访,所以我们必须得找苗跃东了解情况,你告诉他到公安局来找我。"

6

苗跃东走进了张丽红的办公室,他四方大脸,身材魁梧,身着一身西装。他谦恭地握下张丽红的手说:"张局长,给你添麻烦了。"

"对于我来讲是工作,谈不上麻烦。"张丽红把苗跃东让座在沙发上说:"丁金荣上访的事,想必你也知道;况且我们经过对死者的尸检,发现谭伟是因伤害致死,所以我们不得不严肃对待丁金荣的上访。"

苗跃东说:"这我理解。我希望公安机关能查清事实,还我一个公道!这半年多我让丁金荣搅得够呛。"

张丽红问苗跃东1月16日晚间到胜利村干什么去了?苗跃东支吾了半天说:"那天晚间我到胜利村刘红家里去了,因刘红当天晚间乘8点的火车到北京走亲戚,她让我送她。"张丽红说:"那你当初为什么没说实话?还让你姨为你掩饰。"苗跃东嗫嚅地说:"我虽然跟丁金荣的事情败露后,跟妻子离了婚,但刘红是个寡妇,我顾忌别人说三道四。"张丽红说:"丁金荣为什么一口咬定是你害死的谭伟呢?"苗跃东叹了口气说:"事情的缘由都怪我生活不检点,丁金荣原先的确是我的情人,有一次我俩在宾馆约会被谭伟跟踪发现,谭伟打了我两拳,我没有还手就跑了。过后丁金荣打电话跟我说,因我俩的关系被她丈夫发现,她名誉受损,让我给她五万元钱,当时被我拒绝了。她上访说我害死了她丈夫,是她借丈夫的死挟恨报复。"

苗跃东跟谭伟发生冲突的事,丁金荣的上访材料上都有陈述,但上访材料没有她向苗跃东要五万元钱的情节。张丽红说:"你跟我谈的这些,我们都得做好笔录和核实,也好向丁金荣答复。"

苗跃东为难地说:"若是丁金荣知道我1月16日到胜利村刘红家,她肯定会大肆散布不利于我的消息。"

苗跃东已证实自己是花心男人,张丽红鄙视地看着他说:"如果不答复丁金荣,或者说丁金荣对答复不满意,她仍会上访。所以我们必须对丁金荣说真话。"

苗跃东深知,自己毕竟是领导干部,跟哪个女人好,若是没人抖落出来不会有什么事;要是有人抖落出来,那大多不会有好的结果。张丽红的话,使他愁眉苦脸地一时不知说什么好。

张丽红没理会苗跃东的表情,她给杜山打过电话,而后让苗跃东到一楼刑侦大队做笔录。

经刑侦大队调查,刘红证实,1月16日晚间苗跃东的确到她家,送她到火车站坐8点的火车到北京,她一周后返回。刘红还拿出了往返北京的火车票。

谭伟在韩冬雪家喝酒,是晚间8点钟往家走的;这个时间段,苗跃东送刘红正在火车站。排除了苗跃东的嫌疑,由于没有其他线索,案件的侦破只能搁置。为了安抚丁金荣,使她不再上访,张丽红没有让丁金荣再到公安局来,她和王烟经打听到了丁金荣家。

　　丁金荣在家开了个超市,因周边住户少,超市内很冷清。王烟说:"丁大姐,我们张局长来看你来了。"

　　正看着电视的丁金荣从椅子上站起,对两人笑意盈盈地说:"没想到公安局长能到我这寒酸的地方来。"她见两人拎了一袋子大米,忙不迭地说:"哎呀!还给我拿东西,快放下。"

　　张丽红和王烟放下了手里的大米。张丽红近前握了下丁金荣的手说:"今天来,主要的是跟你说说你上访的事。"丁金荣问,"案件破了吗?"张丽红说:"目前还没破。"她接着把案件的查证情况说给了丁金荣。丁金荣说:"苗跃东真他妈不是个东西,勾搭我后,又勾搭刘红。"她说:"张局长,你们破不了案,是不是得给我个说法。"张丽红疑惑地问,"你想要什么说法?"丁金荣环视了下室内说:"你说我这超市一天也卖不上几个钱,还要供儿子上大学;你们能不能包赔我五万元钱。"王烟插话说:"丁大姐,你这个要求没道理呀!"张丽红说:"你有困难,我们会力所能及地帮你,但你提出包赔钱的说法,这在公安机关没有先例。"丁金荣脸色撂下来说:"反正你们不包赔我钱的话,我还得上访……"

　　张丽红回到县公安局,打电话给苗跃东,告诉他丁金荣要求包赔五万元钱。苗跃东沉吟了下说:"我给她五万元钱。"

7

　　苗跃东走进了丁金荣的超市,丁金荣冷眼看了他一眼说:"苗大书记怎么到我这小店来了。"

　　苗跃东点燃一支烟说:"丁金荣,公安局向你通报案情了吧?"

　　"通报了,怎么的?"

"公安局既然跟你通报了案情,你心中的疑问也解开了,日后你就不要上访了。"苗跃东大度地说:"咱俩曾经好过,我也没害过你,过去的事就让它过去了。你若有困难,可以跟我提。"

丁金荣忽然伤感起来,她抹了下湿润的眼睛说:"当时咱俩的事情被我丈夫发现后,你知道我当时过的怎样的日子吗?我工作的单位百货大楼破产了,我没有经济来源,整天还被丈夫打骂;我管你要钱,就是想自己干点啥,不靠丈夫养活受窝囊气。哪曾想,你却没理我。"她瞟了苗跃东一眼,带着嫉妒而讥讽地说:"哪像你呀,官当得滋润,跟我断了关系,又勾搭上了别的女人。"

苗跃东感喟地叹口气说:"咱俩的事闹得沸沸扬扬,我妻子跟我离了婚,我净身出户,那时我拿不出那么多的钱啊!"他吸完一支烟,又续上一支说:"现在我给你拿五万元钱,你好好供儿子上学吧。"

丁金荣不相信般地问:"你真的能给我拿钱?"

苗跃东点下头,把拎包放在柜台上,从拎包里拿出五沓钱……苗跃东唯恐丁金荣拿他和刘红的关系说事,他对丁金荣开诚布公地说:"我和胜利村的刘红马上就结婚了,你往后别再上访了,消停地过日子,遇到合适的男人,再组织个家庭。"丁金荣唏嘘一番说:"你放心吧,我不会再做有损你名誉的事了;我这个命,难以遇到合适的男人……"

8

丁金荣一段时间内没再上访。两个月后,苗跃东通过县人大会的选举,当上了县政府副县长。

张丽红本以为丁金荣上访的案件已化解,可不曾想的是,翌年春节刚过,丁金荣到省政府上访;她这次上访没有提及苗跃东,只是说丈夫死得冤,要求公安机关破获丈夫被害案。

丁金荣的所为,在张丽红眼里无疑是无理访,她批示给丁金荣行政拘留十五天。

丁金荣刚拘留三天，杜山走进张丽红办公室汇报说，丁金荣在行政拘留所吵监闹狱，并要求见你。张丽红思忖：难道丁金荣有什么隐情要跟我说？她从椅子上站起说："到行政拘留所。"

丁金荣被管教民警带进了值班室，她捂着小腹，脸上满是痛楚。她见到张丽红双手作揖地说："多谢张局长来看我。"待丁金荣坐在椅子上，张丽红问，"你找我什么事？"丁金荣环视了下两边人说："我能单独跟你说话吗？"张丽红用眼睛示意了下杜山，杜山和值班民警出了值班室。

丁金荣说："张局长，你是不是觉得我是个胡搅蛮缠的人？其实我也不想上访。"

张丽红没对她所说的"胡搅蛮缠"的话题进行评价，而是问："你不想上访，那为什么还上访呢？"

"我知道上访会给张局长带来麻烦。"丁金荣说，"可我不上访，心里憋屈啊！"

张丽红诧异地盯着丁金荣："你为什么心里憋屈？"

丁金荣涕泪涟涟地说："上天对我不公啊！大年初五，我家房子因电线老化起火烧塌了。那天晚上我串门到邻居家，否则我也烧死了！现在看来，当时莫不如烧死好。我一个孤儿寡母人家，房子和开超市的货物是我全部的家当，你说我怎么活啊！房子被烧，我住在冰冷的偏厦子里，又想到丈夫被害，心里愈发憋闷，就想，这世上，有没有让我见点亮的公理！于是，我才跑到了省城上访……"

丁金荣的话，打动了张丽红，她从兜里掏出纸巾递给丁金荣说："你说的这事，我还真不知道。"

丁金荣用纸巾擦拭了下眼泪说："我拘留后，小腹疼得厉害，管教只给了我几片止疼片。我要求到医院检查，管教说我没病装病，以此逃避处罚。我知道，只有你才能帮我，我没办法才整日在监室里大喊着说要见你，管教说我违反监规，给我带上了手铐。"她说着，把两个袖口撸起，露出了手铐的勒痕。

"我让民警带你到医院检查。"张丽红开导说："你的心情我能理解，但你也多理解些公安机关，你丈夫的被害案我们虽正竭力侦破，但你也得有个心理准备，我们不是所有的案件都能侦破的。你家房子被烧，我可以协调民政部门帮你修复房子。"

张丽红入情入理的话，让丁金荣带着些许感动地说："张局长，我真不该再去上访啊！你说，我要是找你聊聊，是不是就能解开心结了……"

张丽红从行政拘留所出来，她对杜山说："到丁金荣的家里。"

杜山把警车停在丁金荣家的房前。张丽红下车围着房子转了起来。丁金荣家的房子房架已被烧塌；通过破碎的玻璃窗可以看到，丁金荣家的超市里的物品烧得一塌糊涂，看样子当时没抢救出多少东西；她家的小屋，炕上的被褥，也被火燎的仅剩下点棉花。依托西房山墙的偏厦子，因较矮没被火烧到。张丽红从偏厦子门玻璃向里望去，见窄窄的偏厦子里，放有一张单人床和一个铁炉子，铁炉子旁是锅碗瓢盆和几颗烂白菜。

眼前的情景，使张丽红心里酸酸的。她掏出手机给辖区前进派出所朱所长打了电话，让他过来一趟。

没过几分钟，朱所长赶到。张丽红指着丁金荣的房子说："丁金荣的情况想必你也了解，现在交给你一个任务，动员所里民警和周边邻居，帮着把丁金荣家的房子修复起来；让她从行政拘留所出来后，有住的地方。"朱所长抵触地说："丁金荣上访还有理了，还帮她修复房子。"张丽红严肃地说："难道你想让丁金荣没地方住，还接着上访吗？"她缓和了下语气说："丁金荣是有不对的地方，但她现在处在这种困境，我们应当帮扶她。"朱所长被张丽红说得低下了头。张丽红说："至于修复房子所需费用，你要协调民政部门给予补助。"朱所长抬起头表态说，"张局长你放心，半月内，我将组织人把房子修复好。"

刚落实了丁金荣房子的修复工作，张丽红接到行政拘留所打来电话，说丁金荣经县医院诊断为子宫囊肿，需住院治疗；可丁金荣无力支付医疗费用。张丽红又赶赴医院，给丁金荣垫付了五千元钱住院押金。

9

时值北京"两会"开幕在即，不解决丁金荣上访的问题，她极可能再到北京上访。上级公安机关要求必须把上访案件解决在基层，由此丁金荣的上访案件带给张丽红很大的压力。张丽红虽帮助丁金荣修复被烧的房子资助她住院看病，但在她看来，若彻底打消丁金荣上访的念头，还得力争把她丈夫的被害案予以侦破。

张丽红再次对"1·16"案件认真梳理后，不得不认定，"1·16"案件通过排除苗跃东嫌疑的补充侦查，着实再找不着像样的抓手。她思忖：难道这起案件就成为不能破获的积案吗？好在张丽红的思维并没有把谭伟的死完全框定在刑事案件内，她萌生另一种想法，那就是谭伟的死或许不是一起案件。一个除与老婆相好的男人发生过矛盾外，跟其他人连隔阂都没有的乡村教师，每天学校和家里两点一线的生活，有谁会害他呢？继而她推测，谭伟的伤，极有可能不是他人造成的。

张丽红打电话给东林省公安厅法医何旭东，邀请何旭东到兴隆给谭伟做尸检。何旭东爽快地说，我明天就到兴隆。

何旭东到了兴隆，先是在宾馆里研究了一宿卷宗。翌日上午他对张丽红说："你的推测是对的，死者的伤不是他人造成的。"

张丽红眼睛一亮地问："何老师，您仔细说说。"

何旭东说："死者的伤两种情况能够形成，一个是从高处往下坠，因为颅底骨和脊椎骨是相连的，比方说一个人从高处跳下，往往头部轰鸣，就是颅底骨和脊椎骨相作用的结果，是下边的力向上的作用，如果作用大了，就会造成颅骨骨折致死。还有一种情况是，上面的力向下作用，也可以产生这样的情况，就是说头作用到承受客体上，形成一个力，也可以造成颅底骨折死亡。这种伤害是打不出来的。死者的伤形成的过程是，死者生前喝多酒后，头重脚轻，头部戗在地上造成的。"

"那这么说，丹江市公安局法医付饶的死者死亡鉴定原因也没错，只是死者伤的形成，他没有搞透彻。"

"我说的只是初步判断。"何旭东说，"只有尸检后，才能定论。"

张丽红说："何老师昨晚肯定没休息好。上午您先休息，下午尸检怎样？"

何旭东点头说："好。"

下午，再次开棺验尸验证了何旭东的初步判断。

10

张丽红和王烟来到了县医院，在病榻上打点滴的丁金荣，二话没说起身下床就要给她磕头。张丽红忙扶起她说："你这是干什么？"

"你是我的恩人啊！"丁金荣说，"你帮我修复被烧的房子，给我垫付医药费，我不知如何感激你，只有磕头才能表达我的谢意！"

张丽红问："你的病好些了吗？"

丁金荣说："我的病好多了，腹部不疼了。大夫说再观察两天就可以出院了。"

张丽红考虑到丁金荣的生活保障说："出院你怎么维持生计？"

丁金荣愁苦地摇下头说："超市也没了，有点钱也给上大学的儿子寄去了。怎么维持生计，我也不知道。"

"你也是有一定文化的人，我们可以给你争取公益性岗位，你到街道办事处工作怎么样？"

丁金荣喜出望外地说："那太好了！"

"我今天来，还想跟你说件重要的事情。"张丽红说，"你丈夫的死，我们已经查清。"

丁金荣愕然地问："谁害死了我丈夫？"

"没人害死你丈夫，你丈夫的死不构成刑事案件。我们邀请了东林省公安厅的法医……"张丽红把第二次对谭伟的尸检结果说给了丁金荣。

丁金荣听了张丽红的话,坐在病榻上发呆。

张丽红盯着丁金荣问:"我的话你听明白了吗?"

"嗯。"丁金荣应了声后,捂脸泪雨滂沱地恸哭起来。

丁金荣倏然间的情绪变化,让周边的人面面相觑。

王烟开口想要劝慰,被张丽红的眼神制止。张丽红知道自己的话,指戳丁金荣的软肋,她的哭或许是悔过的表现。

丁金荣哭了会儿,拿起身边的毛巾擦了下脸说:"其实我压根就没有怀疑我丈夫是被人害死的,他一个乡村教师,谁会害他呀?我上访把矛头指向苗跃东,只是出于个人的私利,不曾想,苗跃东为了息事宁人,给了我五万元钱。家里着了火,损失那么大,我又想,我以丈夫死的冤,要求公安机关破获丈夫被害案为由,告你们公安局,肯定还会得到好处……我以泼妇心态胡搅蛮缠,你们却这样真心地待我,并最终把我丈夫的死因搞清。我给你们添了这么大的麻烦,心里愧疚啊!"

"你有这种认识就好。"张丽红问,"日后你不会再上访了吧?"

"我再上访还是人吗?"丁金荣抬起右手说:"我发誓,日后再上访……"

张丽红打断丁金荣的话说:"不要发誓,日后好好过你的日子。"

丁金荣破涕为笑。

几日后,丁金荣来到县公安局,送给张丽红一面锦旗,上面写着:巾帼英雄,心系民众。

毒　戒

1

　　半夜的时候，沈芳困得坐在椅子上头往胸前坠；若不是她今天的生意少，她早就回出租屋睡觉去了。门响，沈芳抬起了头。

　　进来一个高挑的30岁左右的男子，面目俊朗。他看了眼沈芳，问："你给我洗头？"

　　沈芳点头。男子便躺在了躺椅上。

　　沈芳问："按摩吗？"

　　男子说："你按得怎样？"

　　"按了你不就知道了。"

　　男子看了沈芳，见她满是自信的样子，就说："那你就给我好好按按。"

　　洗过头，按摩时，男子感觉到了舒服，他问："你叫什么名字？"

　　有的发廊分隔成一个个单间，存在色情服务，洗头妹也是出台小姐，小姐都有化名；而沈芳所在的发廊，是个守规矩的发廊，没有色情服务，故而沈芳没顾忌地说："我叫沈芳。"

　　"啊，沈芳。"男子说，"简单易记的名字。"

　　"你是做生意的吧？"沈芳问。

"我开润滑油商店。"男子问,"你多大了?"

"19岁。"

男子惊诧地侧过头说:"这么点岁数就出来打工,不容易啊。"

男子的一句"不容易"的话,让沈芳内心有些酸楚的同时,也有些感动。她说:"生活所迫,没办法。"

男子没有再说别的,但他显然对沈芳的话有所触动,握了下沈芳正给他按摩的手。

男子按完摩,给他一张写有高向东名字的名片和200元钱小费。沈芳从没收过200元钱的小费,她欣喜地把钱装入兜内说:"谢谢你,高老板。"

高向东说:"没什么,你按得不错,下回来还找你。"

在回出租屋的路上,沈芳给同在一个发廊打工,先走一步的何晓燕打电话,问她晚间吃点什么?何晓燕说:"我在男朋友这里,不回去了,谢谢你。"沈芳在路上给自己买了个酱鸡大腿。

半年前,沈芳刚来到这个南方城市东河时,她和何晓燕曾同在一家大排档打工,后来何晓燕领她到洪都发廊才算是安顿下来。她和何晓燕同租了个小屋。

沈芳回到出租屋,吃下夜宵,想尽快躺下睡觉,可她的困意尽消。她望着旁边何晓燕的床,心想,处个男朋友真的挺不错。她想到这,脑海中不由得浮现出高向东俊朗的容貌。她自语:怎么能想比自己大十多岁的男人,他只不过多给了自己200元钱小费而已。

在脑海中驱走了高向东,沈芳不由自主地又想到了奶奶……

沈芳是个不幸的女孩,她家住东北丹江市的郊区,小时候对父母没什么印象。十多岁时,抚养她的奶奶告诉她,她母亲在她1岁的时候,得癌症去世了;她父亲在她3岁时,因抢劫杀人被警察抓走后枪毙了。奶奶是沈芳唯一的亲人,虽然父母过世得早,可有奶奶的呵护,沈芳的童年时光算是衣食无忧。好景不长,沈芳15岁那年,在煤矿退休的爷爷去世了,奶奶家一下子陷入了困境,虽有民政部门给些补助,可仍难以维持家里的正常开销,她夏天早晨与奶奶种地,冬天天不亮就与奶奶到附近的锅炉房捡煤核。后来奶奶干不动活了,就到二爷家住了；本来学习不错已念到高中的她，也只好辍学了。她到中介所找工作，她被骗了几次中介费后，被一个女的以到南方城市东河酒店工作为由，带到了东河。到了东河，她才得知所谓的在酒店工作，就是在夜总会当小姐。她不想用自己的身体挣钱，就逃出了夜总会在一家大排档打工，继而与同在大排档打工的何晓燕到了洪都发廊。出来半年多，她最牵挂的是奶奶！

沈芳睡着的时候，眼角挂着泪花。

2

沈芳不擅打扮，穿戴朴素，属那种外表看并不俏丽，但若观察实则是五官端庄的女孩。通常来按摩的人是不会注意她的，可有一天，她却被一个头发染黄的男孩注意上了，并发现了她的美。

黄毛是在晚间酒后随一名中年人来的，沈芳在给黄毛按摩时，黄毛一双色迷迷的眼睛紧盯了她半天说："小妹，你长得可以呀。"

沈芳没作声。

黄毛把手先放在了沈芳腿上，接着在她身上开始摩挲，甚至把手伸到了她胸部。

沈芳表示不满地借上卫生间的机会，给黄毛晾了好一会儿，可她回来时，黄毛并没表示不满，而是笑嘻嘻地说："晚间请你吃夜宵呀？"

沈芳说："我们发廊有规定，不允许跟客人吃饭。"

"你们发廊定的什么屁规定。"黄毛见沈芳卷了他面子，就神经质般变脸骂骂咧咧地说："你他妈的按摩不会使点劲呀？"

沈芳默然地加大了手劲。

黄毛结账临走时，睨视着沈芳说："我会再找你的。"

黄毛扔下的话，让沈芳有些恐慌。

黄毛对沈芳真上了心，这之后的几天，他每天晚间都来洪都发廊找沈芳按摩。有时他来时沈芳正给别人按摩，他就一直等。待等到沈芳给他按摩,他就黏黏糊糊地说那句常说的话,"我真的喜欢你,你就跟我处吧。"沈芳曾婉拒说自己处男朋友了。黄毛怒睁双眼说,"哪个男的跟你处朋友,我就把他腿给打折。"黄毛的话,吓得沈芳再不敢在他面前说自己有男朋友了,只能黄毛说什么她听什么,小心翼翼地给他做着按摩。只要黄毛一来,她怕黄毛约她吃夜宵她不去而在门口截她,她就在发廊将就一宿。

沈芳很无助。何晓燕说:"你不是跟我提到过叫高向东的老板吗?你给高向东打个电话,看他能否帮你。"沈芳虽觉得高向东帮自己希望渺茫,但她还是无奈地给高向东打了个电话,高向东在电话里听了黄毛纠缠她的事,不由哈哈笑着说:"你让我当护花使者没问题,我今晚就到你那按摩去,我看看黄毛是个怎样的无赖。"沈芳听了高向东的话,似乎一块石头落了地。

晚间不到7点,高向东就来到了洪都发廊。这时沈芳只为等高向东没有接别的活,她忙把高向东让到躺椅上,她边热络地跟他唠着边给他按着摩。

没一会儿,黄毛到了发廊,他在旁边等了会儿沈芳,又感觉沈芳跟所按摩的客人不是一般的关系,似乎觉得自己再等下去挺无聊,便走了。

按摩完,高向东起身对沈芳说:"我为了到你这来,饭都没来得及吃。你陪我吃点饭去吧?"

通常情况下,发廊女在工作时间跟客人外出,就意味着出台(即色情服务),而这家发廊是不允许出台的。好在吧台后的老板了解沈芳的情形,听了高向东的话,就冲沈芳望过来的征询意见的目光点了点头。沈芳不免欣喜地说:"好,我陪你吃饭。不,我应当请你客才是。"

高向东笑着说:"好哇,你请我也可以。"

沈芳临出门时想:黄毛别领人等着我和高向东。

正如沈芳所料,黄毛领着两个人在洪都发廊门口还真等着她和高向东。黄毛等人挡在沈芳两人之前,指着沈芳说:"我曾跟你说过,哪个男的跟你处朋友,我就打折他的腿。"

"别别……"沈芳怯怯地说着,一双手紧拽着高向东的胳膊。

"别怕。"高向东安抚地挪开沈芳的双手,近到黄毛跟前,"我就是她的男朋友,我看你怎样打折我的腿。"

黄毛想看到高向东知难而退的举动,没曾想对方竟对自己叫起板来。他脸上透着畏惧神情顺着高向东过来的脚步,往后退了两步。

黄毛或许觉得自己太丢份,他色厉内荏地骂了句:"看我怎么收拾你。"便挥拳向高向东打来。

高向东肯定是会点功夫的,他右手抓住黄毛击过来的拳头,顺势一扭,就把黄毛的右手背在了身后,而后向前一推,黄毛就重重地趴在地上。

高向东又握拳怒视另外两人,另外两人已被高向东利落的身手镇住了,他俩拽起黄毛,落荒而去。

高向东在三人身后喊:"你们再骚扰我表妹,我对你们不客气。"

两分钟前心跳到嗓子眼的沈芳,此时舒畅而又兴奋地拍打着高向东说:"我什么时候成你表妹了?"

高向东调侃地说:"你若不承认你是我表妹,我可就不管你了。"

"好,表哥就表哥。"沈芳说,"这回我真得请你吃饭了。"

"那好,上车吧。"高向东指着街对面的一辆桑塔纳说。

沈芳长这么大,还没有交上过有车的朋友,她蹦蹦跳跳地上了车。

在一家大排档,沈芳点了些海鲜,她问高向东喝点什么?高向东说:"我开车不能喝酒。"沈芳要了一大瓶可口可乐,两人边吃边聊了起来。

沈芳问高向东的年龄。高向东说今年29岁。沈芳说:"我往后不管你叫高老板了,管你叫高哥吧。"高向东说:"好啊。"

沈芳羡慕地指着高向东开的桑塔纳:"你这车得十多万吧?"

"这车新的也不值十多万。"高向东说:"这是别人欠我5万元钱,顶账给我的。"

"你开润滑油商店一年挣不少钱吧?"

高向东打着哈哈说:"就挣个生活费。"

"你刚才很威猛,"沈芳问,"当过特种兵吧?"

"你说对了,我真的在部队当过特种兵。"高向东说,"刚才黄毛那三个小孩,我也就是吓唬吓唬他们。"

"在你眼里黄毛可能是小孩,可他威胁我的时候,我还是挺怕的;我在这举目无亲的,没办法才给你打的电话。"

"你是哪的?"

"我家是东北丹江的。"沈芳对高向东信任地说:"我要是不辍学外出打工,今年应当高考。我父母都去世了,奶奶没能力供我念书,我才出来打工的。"

高向东很是同情地看着沈芳。

两人吃完饭,高向东开车把沈芳送到了出租屋。

临别时,高向东说:"我明晚请你唱歌怎么样?"沈芳从小就喜欢唱歌,她兴奋地说:"好呀,我在这地方还没去过歌厅呢。"高向东说:"那你明晚等我电话。"

3

沈芳进了出租屋,发现已经几天没回出租屋住的何晓燕,正坐在床边神情沮丧地抽烟。

沈芳问:"白天看你好好的,怎么现在郁闷地抽起烟来了?"

"我觉得身体不对劲,今天下午到医院检查,才知我怀孕了。"何晓燕说,"我给大宝打电话,他还不接我电话。"

何晓燕说的大宝,就是她倒卖汽车的男朋友。沈芳开导说:"大宝没接你电话,或许他手机没在身上。"她把何晓燕叼在嘴上烟拿下说:"你就别糟蹋自己了,睡觉吧。"

何晓燕虽比沈芳大两岁,但历经的事没沈芳多。两人躺下,何晓燕问:"你说我该怎么办呀?"

沈芳不假思索地说:"当然是把肚子里的孩子打掉了。"

"你怎么能这么说,我以为你能帮我出主意,怎样让大宝接受我怀孕的现实呢。"何晓燕说："既然我怀孕了，大宝就应该娶我，我要借此跟他结婚。"

何晓燕的话，让沈芳不好再说什么。不过她心里嘀咕，"你是一个外地女孩，大宝和他的家庭可不容易接受你。"她又想，"有了男朋友，若是谈不好的话，也挺烦心的。"

何晓燕面临的难题，让沈芳对男女情爱有了另一番认识的同时，脑海中不由得浮现出高向东的面容，她憧憬地想，"我跟高向东接触应当不会出现何晓燕的难题，他肯定是已婚的人，我不可能和他要孩子。我也谈不上让他娶我，只要他能呵护我，开心快乐就好。"

沈芳带着甜蜜的笑酣然睡去。而何晓燕，则直视着棚顶，难以入眠。

清晨，鸟儿清脆的叫声透过小窗口传进屋内，唤醒了沈芳。沈芳一骨碌爬起下床，把整个窗户打开，深呼吸着清新的空气，望着楼下绿树成荫雅致的街景，她心情有种从没有过的畅快。

"把窗户关上吧，吵死了。"没睡多长时间的何晓燕睡眼蒙胧地说。

沈芳忙把窗户关上，到卫生间洗漱去了。

在南方这个陌生的城市里，沈芳清净温暖的所在处就是出租屋了；而此时，离她上班的时间还有近三个小时，可她那颗被初恋的情感撩拨得无法安稳的心，却使她不愿在出租屋里多待一会儿，她想在街道上散着步或在公园的一隅静坐，来慢慢体会内心美妙的感觉。

沈芳没想到，她快到洪都发廊时，黄毛不知从哪闪了出来。她紧张地说："你、你想干什么？"

"你别怕，我喜欢你，我不会伤害你。"黄毛神情戚戚地说，"虽然你不理会我，但这并不妨碍我要告诫你的一句话。"

黄毛的神情，让沈芳的心安稳了下来。她不知黄毛想说什么，她诧异地看着他。

黄毛说："昨天帮你的人叫高向东吧？"

沈芳没正面回答，只冷漠地说："他叫什么，跟你没关系。"她不愿再听黄毛说什么，绕开他向前走去。

黄毛在她身后急切地说:"我打听了,高向东是个吸毒的人,他还跟黑道有往来。"

黄毛的话,沈芳压根没有听进去;在她眼里,黄毛的所为,是对她和高向东的关系羡慕嫉妒恨的表现。

晚间,高向东打电话后开车接的她。两人吃过饭,到了一家歌厅。

高向东点了一首《传奇》唱着:"只是因为在人群中多看了你一眼,再也没能忘掉你容颜,梦想着偶然能有一天再相见,从此我开始孤单地思念……"

唱到动情处,高向东拉过沈芳的手。沈芳情不自禁地依偎在高向东的怀里。

两人欢唱到半夜,高向东把沈芳送到出租屋。沈芳下车前惜别地望着高向东。高向东说:"我明天领你到海边,看夜色下漂亮的岸边景致。"沈芳愉悦地连点两下头。

4

沈芳虽到东河有一段时间了,但她却没有去过海边。当她兴奋地坐进高向东的车里,想着这个城市叫东河的名字,不由得问:"这个城市临海,可为什么叫东河呢?"

高向东说:"这个城市临海,也临东河;这个城市是东河的入海口。我带你先到入海口看看吧。"

沈芳没有逛过风景区,至于入海口海与河的交界是怎样的景色,她压根没见过也没听说过,她问:"到了入海口,茫茫的都是水,能看出哪是海,哪是河吗?"

"当然能看出哪是海,哪是河了;到了入海口,你会看得一目了然。"

高向东没有说出海与河的交汇是怎样的景致,让沈芳有些急不可耐:"到入海口还有多远?"

高向东换挡加速说:"能有20公里吧,一会儿就到。"

半小时后,高向东把车开到一处公路边停下说:"下车吧。"

沈芳下了车,高向东指着前方说:"这就是东河的入海口。"

沈芳顺着高向东所指的方向新奇地看着,只见路基下不远处是一片芦苇荡,接着是一片白茫茫的水域,水域上方飘着朦胧的雾。沈芳说:"就像我刚才说的,茫茫的都是水,哪能分别出海与河来。"

"今天天气不晴朗,有雾。"高向东说:"不过你仔细看,还是能分别出海与河的。"

沈芳半天终于看清楚些说:"我看到右边的水浑黄,左边的水蓝。"

高向东说:"水黄的是河,水蓝的便是海了。"

"我从没见过这海与河交汇的景色。"沈芳出神地眺望着说。

待沈芳观望了会儿,高向东说:"我领你到海边海滨广场吧。"

沈芳含情地看着高向东,"嗯"了声,随他上了车。

两人先吃了饭,高向东把车停在海滨广场外侧的停车场时,天色已是月朗星疏。

步入海滨广场,尽展沈芳眼前的是,在华灯的辉映下,花卉、帆船的造型,桥头的雕塑,给人以宜人、憧憬、浪漫的情调。海堤上洁净的水磨石路面,反射着路灯的幽幽光亮;三三两两的游人谈笑风生,情趣盎然。高向东指着一直向东延伸的海堤说:"这是东河的十里长廊。"

"我从没见过这么美的景致……"沈芳话没说完,挎包里的手机响了起来,她掏出手机接听电话。

电话是跟沈芳二爷在一起生活的奶奶打来的,奶奶说二爷家的条件不错;她始终为沈芳过早辍学而内疚,她问沈芳还想上学不?如想上学的话,就回丹江接着上学。奶奶的话,让沈芳的眼泪瞬间流了下来,她何尝不想上学呢?可她知道自己不可能再迈入学校的大门了。她说:"我已经辍学半年多了,即使上学也跟不上课程了;再则念大学还需高昂的费用,我现在打工挺好的,不打算再上学了。"她哽咽地说:"谢谢奶奶您还惦记着我!您在二爷家生活安逸我也放心了,您要保重身体呀！"奶奶那头似乎也带着哭腔，说话有些含糊听不清楚。

高向东从沈芳只言片语中听出了电话的内容，当沈芳泪眼婆娑地挂断电话，他一把搂紧了沈芳。此刻，沈芳从来没有觉得自己如此孤单，除了身边的这个男人，她一无所有。

两人默然相拥了会儿，高向东说："其实我也挺苦的。"

"你怎么苦？"在沈芳看来，高向东是让人仰慕的事业成功的有钱人。

"从部队转业，想跟人合伙干点什么，结果把父母辛苦积攒的三十余万元拱手让人骗了；现在做的润滑油生意，也是勉强支撑着。"高向东说："我和妻子结婚6年了，因感情不和，妻子竟连孩子都不想要。"

沈芳作为跟高向东亲密的女孩，自然关心他的婚姻，她问："那你日后跟妻子怎么办？"

高向东模棱两可地苦笑说："过一天算一天吧。"

听了高向东的话，沈芳有些沉郁。

高向东亲吻下沈芳的额头说："别想那么多，咱俩在一起高兴就好，你说呢。"

沈芳若有所悟地向前蹦跳着说："我听你的……"

不曾想，当两人从海滨广场走到停车场时，高向东的桑塔纳不见了。桑塔纳在沈芳眼里是巨大的财产，她像吓着一般呆立在那。

高向东跺了两下脚，沮丧了会儿，转过身看到沈芳六神无主的表情，就宽慰地说："我想换新车，那辆破桑塔纳我早就不想要了，丢了倒省心了。"

沈芳不安地说："都怪我，你若不陪我，车也不会丢。"

"车不开了，我们可以喝酒呀；走，咱俩喝酒去。"高向东搂着沈芳向街对面的一家酒店走去。

沈芳虽和高向东喝了不少酒，但高向东订好房间，她和他步入客房，向他献上处女之身时，并非酒精的作用。

5

大宝让何晓燕打胎；而何晓燕以肚子里的孩子为砝码，要跟大宝登记结婚。大宝的家人不同意儿子跟外地来的发廊妹结婚，两人的关系由此陷入僵持。

何晓燕以怀孕需要照顾为由要与大宝生活在一起，大宝只好勉强地租了个房子。何晓燕搬出出租屋，与大宝住在了一起。

这天沈芳给客人洗头，见何晓燕腆着微凸的肚子，怅然若失地躺在按摩椅上不知想什么。

沈芳闲下来，坐在何晓燕的身旁问："大宝对你还好吗？"

"他给我买些零食和熟食扔在冰箱里就等于对我的照顾了。"何晓燕说："他每天晚间都喝得醉醺醺的，很晚回来。"

沈芳同情地说："你把自己赌在这个男人身上，你觉得希望大吗？"

何晓燕倔强地说："反正我不管，我已经怀了他的孩子，他和他的家人必须对我负责。"

沈芳见劝说无望，不禁摇了下头。

何晓燕像想起了什么，瞪着眼睛问沈芳："你和那个常来按摩的高老板关系到什么程度了？"

沈芳虽把已婚的高向东当作自己的恋人，但她还是轻描淡写地说："他是有家室的人，还能发展到什么程度；我们只是普通朋友而已。"

"不会吧，我看这段时间，他每按完摩，你都随他出去。"何晓燕说："男人都是吃腥的，他不喜欢你，岂能跟你接触。"

沈芳没做过多解释，她摸了下何晓燕的肚子转个话题说："你肚子也大了，别再撑着；我看你还是休息的好。"

何晓燕沉郁地说："大宝也不给我钱花，我若不挣点钱，不行啊。"

"你不是有些积蓄吗？别为了挣点钱，把自己的身子搞坏了。"沈芳说："况且你肚子大了，找你洗头和按摩的人肯定会少的。"

何晓燕想了会儿，点下头："你说得对，我明天就不来了。"

"你还有些物品在出租屋里，你什么时候拿走呀？"沈芳想让何晓燕把她的一大堆物品拿走，好把房子收拾下，以便迎接高向东。

"我今晚就过去取。"

这时过来一个客人要洗头，沈芳说："晓燕，你洗吧。"

那客人看了眼何晓燕的身段，指了下沈芳说："还是你洗吧。"

沈芳给客人洗头时，何晓燕走了。

沈芳晚间回到出租屋，见何晓燕已把她的物品拿走。沈芳又把屋子收拾了下，而后给高向东打电话，让他到出租屋来。

高向东说陪一个客户吃饭，他说了个饭店的名字，他让沈芳过去。沈芳知道高向东是和妻子一同经营润滑油商店的，她说："客户会认识你妻子，我去不好吧。"

高向东有些不耐烦地说："你哪那么多的话，让你过来你就过来。"

沈芳出门打了个出租车，奔向高向东说的饭店。

沈芳到饭店的时候，发现高向东跟客人喝酒时，像伤风感冒似的流鼻涕。她问："你感冒了吧？"

高向东拿着餐巾纸擦着鼻涕说："是有些感冒。"

客户说："那今天的酒就到这，撤吧。"

高向东说："今天没陪好你，改天再喝。"

高向东在饭店门口送走客户，对沈芳说："我妻子回娘家了，你今晚到我家吧。"

"她娘家离这远吗？"沈芳担心地说："她不会半夜回来吧？"

"她娘家离这150公里，你就放心吧。"高向东说着，挥手打了辆出租车。

高向东的家是三室的房子，装修的也很漂亮。沈芳挨个屋看过，心里说：我这辈子若住上这样的房子，该有多幸福啊。

高向东把沈芳引进洗漱间说："你洗澡吧；你洗过，我洗。"

高向东趁沈芳洗澡的功夫,他拿出吸毒工具吸食起了毒品。他已吸毒多年。

沈芳洗完澡,披着浴巾走出洗漱间时,眼前的一幕让她惊呆了。只见高向东坐在客厅的沙发上,右手托付着用饮料瓶改造的水烟袋,这水烟袋顶头有两根塑料管,一根被高向东叼在嘴里,另一根置于他左手拿着盛着白色晶体放在酒精炉上燎烤着的锡箔纸上面。

沈芳虽没见过眼前的场景,但生活的常识,使她即刻就猜出高向东在吸毒。她惊悚、恐惧地盯了高向东片刻,而后无措地跪在高向东的跟前,哭泣地说:"高哥,你怎么吸毒啊?你若是这样,你会把一切都毁了。"

高向东的注意力都在吸食的冰毒上,沈芳的一跪,让他惊诧地放下水烟袋,吹灭酒精灯;而后装出神情自若的样子说:"我有腰间盘突出的病,有时疼得受不了;别人给我了点这个东西,我就吸点看有没有止疼作用。好了,我不吸了,你起来吧。"

沈芳扑在高向东的怀里说:"高哥,你真的不能再吸了。"

高向东搂着沈芳说:"不吸了,不吸了。"

6

何晓燕给沈芳打电话说,她不在东河市内住了,搬到郊区浦安镇去住了。沈芳问,"你怎么不在市内住了呢?"何晓燕说自己妊娠反应得厉害,老是呕吐;大宝的奶奶住在浦安,我们就在浦安租了房子,他奶奶好能照顾我一下。沈芳说:"大宝的父母接纳你了吗?"何晓燕说还没有,仍旧不让大宝跟我领结婚证;她说走一步算一步吧。何晓燕说的走一步算一步,让沈芳想起高向东说的跟妻子过一天算一天的话,都透着一种牵强和无奈。她想,何晓燕不打掉肚里的孩子,真是给自己找麻烦。

沈芳把出租屋装扮成温馨的家,她如家庭主妇似的学做了一些菜;每当高向东晚间闲暇,她都把高向东约到她的出租屋来,给高向东做上几样菜,启开一瓶白酒让高向东慢饮;有时,她也陪着喝两口。一次高向东说:"你真好,我真想娶你为妻,而后生个孩子。"沈芳问,"你喜欢男孩女孩?"高向东说:"我喜欢女孩。"沈芳说:"你若哪天娶了我,我定会给你生个孩子。"高向东承诺说:"我会娶你的。"

高向东似乎为自己的承诺做着准备,他领沈芳到商店买了只有新人才穿的色泽鲜艳的衣物,还花了3万元钱给沈芳买了个钻戒。高向东买的东西,让沈芳喜出望外。

转眼到了年末,沈芳要回丹江,和奶奶在一起过年。

沈芳离开东河那天,高向东到车站送别。在站台,高向东把装有5000元钱的信封装在沈芳的衣兜里说:"多买些东西,孝敬孝敬你奶奶;别忘了给你二爷买几瓶好酒。"

沈芳泪眼婆娑地搂紧高向东说:"真不想离开你。"

高向东在沈芳的话中听出来了另外一层意思,他说:"外边再好,也不如家里;你若在丹江想干点什么的话,需要我帮助,给我打电话。"

沈芳没说什么,只是紧紧地搂抱着高向东。直至开车铃声响起,她才上了火车。

回到丹江,奶奶看到沈芳衣着光鲜,手上还戴着光亮亮的钻戒,并给自己和她二爷买回不少东西,以为孙女在外边出息了,脸上整日荡漾着开心的笑容。

沈芳知道在发廊做按摩不是体面的职业,她对奶奶和亲朋好友说自己在东河一家公司打工,并还管点事。她对自己职业的隐瞒,使她在别人艳羡的目光中,有一种衣锦还乡的荣耀。

在丹江的日子虽然过得惬意,她也曾想不再回东河,在丹江干点什么;可她对高向东的思念,让她春节刚过,便踏上了回东河的火车。

沈芳想给高向东一个惊喜,临走时没给高向东打电话。

沈芳到了东河刚出火车站,就抑制不住地给高向东打电话,可他的手机关机。沈芳给高向东发了短信:我已回东河,给我回话。

回到出租屋，沈芳泡了一碗方便面，算作自己的午饭，而后她出屋奔向菜市场。沈芳想做几个丰盛的菜，与高向东共进晚餐。

不曾想到的是，沈芳在一下午的时间边忙活边给高向东打电话，可高向东的手机一反常态地仍旧关机。

沈芳心想，难道高向东出了什么事？

沈芳出门打辆出租车，去了高向东的润滑油商店。润滑油商店关门，去了他家，沈芳在他家屋外观察了半天觉得屋内没人；她又以防碰见高向东的妻子，编好打听人的理由敲了几下他家的门，屋内没有反应。

或许高向东陪他妻子回娘家了，沈芳这么想着回到了出租屋，沮丧且又倍感孤寂地自斟自饮起来。

7

高向东犹如人间蒸发了般，手机始终处于关机状态。沈芳在发廊一没客人时，就带着耳麦听储存在手机里的《传奇》歌曲，当听到"想你时你在天边，想你时你在眼前，想你时你在脑海，想你时你在心田"这一段歌词，脑海中浮现着高向东在歌厅里唱这首歌时自己依偎在他胸前的情形，她不由得潸然泪下。

过了正月十五，街边店铺开业的鞭炮声，让沈芳想到高向东的润滑油商店也该开业了。她去了高向东的润滑油商店，见店铺的卷帘门已卷起，门口满是鞭炮放过的纸屑。她满是欣喜地透过门窗玻璃向里张望，以期能看到高向东的身影；可里面只有一位老者。

沈芳走进了润滑油商店，问老者怎么能联系到商店的老板高向东。老者说高向东已不是这家润滑油商店的老板了，他春节前就把商店兑出了。沈芳吃惊片刻问，"那他现在在哪？你能联系上他吗？"老者说不知道他在哪。接着他把一张名片递给她说："你打他手机吧。"她接过名片，见上面印的是自己熟悉的手机号。她把名片还给老者问，"高向东怎么把商店出兑了呢？"老者说他儿子兑的商店，他听他儿子说，高向东好像跟妻子闹离婚，两人为了分家产，就把商店出兑了。

老者的话，让沈芳不免自责起来，她认为高向东跟妻子闹离婚，是跟她有直接关系的。她内心萌生的自责，使她想见到高向东的念头愈发强烈；她要找到高向东，给他以爱人般的抚慰！

其实高向东跟妻子离婚，跟沈芳是没有关系的。高向东不是因沈芳的出现而跟妻子离婚，他的妻子也没有发现沈芳的存在。高向东跟妻子离婚是源于两人个性的不合；再后来，他妻子更无法忍受跟一个难以戒除毒瘾的瘾君子生活一辈子。

没有了妻子的羁绊和生意的打点，高向东一身轻松地把手机关闭，一头扎进歌厅和宾馆的吸毒人群中。春节后，由于警方打击毒品违法犯罪的力度加大，高向东便躲进了女吸毒者菲菲的家中，两人整日吞云吐雾地鬼混。毒品麻醉的思维和眼前的菲菲，使高向近乎忘记了沈芳。

这天上午高向东外出联系毒品开了手机，沈芳的电话才打了进来。高向东听到沈芳的声音有些惊讶，他说："你怎么这么快就回来了？"沈芳说："我想你，已经回来一个多星期了，你在哪？我要见你。"高向东说："半个小时后，你在洪都发廊门口等我。"

过了一个小时，沈芳在洪都发廊门口才见到刚买回毒品的高向东。沈芳紧紧搂住高向东，过了片刻她抬头摸着他满脸的胡须，看着他蜡黄的脸问："高哥，你最近病了吗？"

高向东恍惚地"啊"了一声说："我没病。"

"你手机为什么关机呀？"

"我手机坏了，刚修好。"高向东撒谎说。

"你怎么离婚了？润滑油商店也兑出去了，那你现在干什么呢？"沈芳说："你离婚是因为我吗？"

高向东此时一门心思回菲菲的家吸毒，他面对沈芳一连串的追问，有些不耐烦地说："待哪天我再跟你详细唠，我有事，先走了。"

沈芳怔住了，她没料到自己朝思暮想的人，竟忽然间对自己如此冷漠。

高向东挣脱沈芳的双手，挥手打出租车。

沈芳不想让高向东这么走，她说："中午咱俩吃点饭吧？"

高向东头也没回地说："没时间，我真的有事。"

就在高向东截了一个出租车上车时，沈芳又说："你晚间到我那吧？"

"再联系。"高向东扔下这句话，关上车门，坐出租车走了。

沈芳望着远去的出租车，费解、不满、憋屈的情绪让她泪流满面。她哭泣地自语："高哥，你为什么对我这样啊！"

高向东在沈芳眼前的出现，犹如她的一个梦境；之后，高向东的手机还是关机。

东河已变成沈芳的伤心地，她给快要临产的何晓燕打电话说要到浦安镇去。何晓燕说："好呀，我在浦安正好没人陪。"

沈芳退了出租屋，坐了两个多小时的长途客车到了浦安。她在浦安租了房子，找了家发廊接着干按摩。

8

何晓燕生了个女孩。大宝跟她说："我家两代单传，你若生个男孩，或许我父母能接纳你；可你现在生个女孩，我父母肯定不会同意咱俩的婚事。"何晓燕生孩子，大宝的父母没有照面。而大宝也只伺候何晓燕至孩子满月，扔下两万元钱离开了她。大宝的奶奶也不再理会何晓燕。何晓燕只能咽下自己酿的苦果。

何晓燕抱着孩子搬到了沈芳的住处。两个女人一个生了孩子被男友抛弃，一个跟无常的男友联系不上同病相怜，经常哭得一塌糊涂。沈芳问何晓燕日后怎么办？何晓燕看着怀里的孩子说："我想回四川老家，可不知孩子该怎么办？"沈芳说："你不想要孩子的话，你只能把她送个好人家。"何晓燕说，"那你就帮我联系下，有合适的人家，我就把孩子送人。"沈芳摸着孩子胖嘟嘟的小脸问，"毕竟是自己的孩子，你真的舍得送人呀？"何晓燕黯然神伤地低头说："我哪舍得呀！可不送人，我日后又该咋办？"沈芳想起高向东曾说过喜欢小孩，她不由得说："要不我先给你抚养孩子……"

沈芳没有间断过给高向东打电话，高向东的手机大多处于关机状态，偶尔开机，他也不接沈芳的电话。这天沈芳吃晚饭时，又给高向东打了电话，对方开机可仍是不接电话。当沈芳回到发廊给客人洗头时，她放在身旁的手机响了起来，她见来电显示是高向东的名字，就匆忙地边冲洗手上的洗发香波边对客人说了声"对不起，我先接个电话。"

高向东在电话里说："不好意思，这段时间烦心的事不少，我想自己静一静。所以没接你电话，也没跟你联系。"高向东的电话给沈芳带来了欣喜，他的话，又让她想到他的离婚和润滑油商店的兑出，这些定会使他失意。由此她内心的失落和不满似乎瞬间消融了，她说："高哥咱俩也不是一天两天的了，我能够理解你。"高向东问，"你在哪呢？你现在怎样？"沈芳说："我现在浦安镇，还干按摩；我现在不怎么样，你不在身边，日子过得没滋味……"沈芳说着说着，眼泪便流了下来。高向东听到沈芳的哭泣，他在电话里也唏嘘地说："我这段时间又何尝不想你呢！"他接着说："我最近做点生意，钱不够，你能不能借我些？"沈芳没犹豫地说："我这有两万元钱，我明天就给你送去。"高向东说："那你明天到东河，就直接到我家里吧。"沈芳说："好。"

高向东醉生梦死三个月，钱也花得差不多了，被菲菲撵出了家门。高母知道儿子吸毒，她跟沈芳一样，在焦虑中经过几个月的寻找，才找到儿子。高母为了管束儿子，防止他再吸毒，搬到了儿子的住处。高向东在母亲苦口婆心地说服下，答应不再吸毒做点生意，他这才给沈芳打了电话。

沈芳敲开高向东的家门时，见到的不是高向东，而是高母。高母说："你是沈芳吧？我是向东的母亲。向东出去了，他让你在家等他。"

沈芳点头说着："伯母好。"就进了屋内。

沈芳虽没见过高母，高向东在她面前也没说过自己的母亲，可高母慈眉善目,让沈芳感觉很亲切。高母把沈芳让座在沙发上,两人开始聊了起来。高母说:"我儿子能找到你这样年轻漂亮的女朋友真是他的福分。"她问沈芳家是哪的?做什么的?沈芳说家是东北丹江的;说起工作,她虽觉得自己做发廊女没怎么样,可她为了免于高母的误解,她只含糊地说在东河打工。当高母得知儿子跟沈芳已接触一年多的时间,她就打开话匣子不加掩饰地说:"若是我儿媳对我儿子好些,我儿子也不会染上毒品,他俩结婚不长时间就闹别扭,要离婚;我儿子心中痛苦,就接触上了毒品。"高向东在沈芳面前吸过毒,可她不知高向东是个瘾君子,她问,"他染上毒品多长时间了?高母说有两年了。"高母的话,让沈芳暗自吃惊和心情倍感沉重。高母似乎看出了沈芳的心绪变化,她爱抚地拉过沈芳的手说:"毒品是可以戒除的,况且他吸的是冰毒,据说这种毒品不会顽固性地成瘾;你既是我儿子的女朋友,那咱娘俩就一同帮他戒毒吧。"高母说完这句话,眼中盈着泪水。或许受高母的感染,沈芳以一种责无旁贷的神情点下头说:"他日后肯定会戒除毒瘾的。"

  高向东是下午回的家。沈芳和他进了卧室,她掏出两万元钱,头一次在高向东面前摆出正色面容说:"你母亲把一切事情都告诉了我;这两万元钱,我希望你真的能用在生意上,不要再去买冰毒。"

  高向东挡住沈芳递过来的钱说:"既然我母亲对你实话实说了,你了解到了我不好的一面,你现在离开我还来得及。"

  沈芳踌躇一下说:"我离不开你,我相信你日后能把毒戒掉。"

  高向东把沈芳揽在怀里,动情地说:"以前我有对不起你的地方,但日后我不会让你失望的。"

9

  沈芳把何晓燕的事跟高向东说了,她说,"我想收养何晓燕的孩子。"显然高向东是真喜欢孩子的,他说:"孩子定会给咱俩带来欢乐,那你就把孩子抱回来吧。"高母听沈芳说要收养别人的孩子,也没说什么。

几天后高向东找了个轿车，拉着沈芳到了浦安镇。事先得知沈芳来抱孩子的何晓燕，提前已退出出租屋，买好了回四川的火车票，她把孩子交给沈芳，抹了下眼泪，头再也没回地背着背包走了。

沈芳知道，何晓燕不会再找她认领自己的孩子了；无论日后是否情愿，自己必须把怀里的孩子视为己出。

高向东凑过来，轻抚下孩子的脸蛋说："还蛮招人喜欢的。"

孩子可爱地向高向东笑着。

孩子的笑，让沈芳愈发心酸，她把脸贴在孩子的脸上说："可怜的孩子！"

高向东则显得兴高采烈的样子说："抱孩子上车回家。"

在返回东河的途中，高向东说，"在见孩子她奶奶前，咱俩先给孩子起个名字吧。"沈芳说，给女孩起名，要起个雅些的。她连想了几个名字，最终给孩子起了个两人满意的名字，诗婷。

高母也喜欢诗婷；不过她考虑问题多些，她说："是不是得把这孩子办个收养手续什么的？"高向东说："我和沈芳都没有领结婚证，办收养手续也不合适。"沈芳刚够办结婚证的年龄，只不过高向东拖着没跟她办结婚证，所以沈芳说："待过段时间再说吧。"高母说："那这孩子咱对外人得交代个来处吧？"高向东说："若别人问，就对外人说，这孩子是我在外边捡的，咱先抚养着。"高母说："也只能这么说了。"

三代人生活在一个住处，犹如和睦的一家人。

沈芳觉得按摩不是体面的职业，不想再干按摩；再则诗婷还小，需要照顾，她便没有外出工作。

高向东对沈芳的感情透着一种愧疚和怜爱，一次他抚摸着沈芳的头说："傻孩子，你怎么会喜欢上我呢？"沈芳诧异地看着高向东问，"难道喜欢你是错误的吗？你不是待我也不错吗？"高向东被沈芳的话所感动，他紧紧搂抱着沈芳说："我会待你好的！"

高向东仍做润滑油生意，与原先不同的是他不是自己干，而是跟别人合伙做生意。为了跟沈芳正经过日子，也为了少些花销，他很想戒毒，他暗中逐渐减少吸毒的次数；当实在忍耐不住时，就在宾馆包个钟点房吸毒。

高向东虽然吸毒的次数少，但也不可避免地与其他涉毒人员打交道，这天高向东向毒贩买了冰毒进了一家宾馆刚要吸，就被抓了毒贩随后跟踪他的警察抓获。

沈芳得知高向东被抓的信儿后，忙跑到派出所求警察从轻处理高向东。警察说："通过毒贩交代，高向东吸毒已成瘾，最好的办法就是给他强制戒毒。"沈芳说："高向东是家里的顶梁柱，他要是进去的话，家里将没有经济来源。"警察了解了下情况，认定沈芳说的属实后，就给高向东作了行政罚款处理放了。

高向东回家，高母说："你若孝敬让我多活几天的话，你就把毒戒掉。"沈芳说："你不是说不让我失望吗？你怎么还做让我失望的事呢？"高向东任凭母亲和沈芳的数落，就是一言不吭。

高向东吸毒被派出所处理的事，他的生意伙伴得知后，断然拒绝再跟他合作，很干脆地跟他结清了账目。

接连的打击，终于使高向东在沈芳和母亲面前说："我日后不会再吸毒了。"

高向东沮丧、低落的神情，使沈芳疼爱地说："你近期就不要干什么了；把毒戒了，养好身体，再找别的生意做。"

"唉！"高向东内心繁杂地叹了一口气。

沈芳以为是高向东为生计而愁，就说："你在家静养，我外出打工。"

高向东看了眼母亲说："我妈的身体也不好，你别外出打工了，你还是在家照看孩子吧。"

高母说："短时间，孩子我还是能照顾的。"

"不是有你在家吗？"沈芳抱起在高母怀里的孩子指着高向东说："诗婷，叫爸爸。"

诗婷似乎听懂了沈芳的话，果真不清晰地叫着："爸、爸。"

高向东面露惊喜亲吻着诗婷的小脸说："诗婷会叫爸爸了，让爸爸亲亲。"

10

  沈芳在一家医院买了不少戒毒的中药，让高向东定时服用。高向东不想吃药，他不耐烦地说："我不吃药，也能把毒戒了。"沈芳把药端到高向东的跟前劝慰说："吃了这药，最起码能减轻你对毒品的依赖性，改善戒毒症状，减少痛苦；听我的话，还是把药吃了吧。"沈芳如此说，高向东只得把药吃了。

  沈芳虽只有按摩的技巧，但她为让高母看得起，找了份卖服装的活儿。为了增强高向东的体质，她不计白天工作的辛苦，每天下班都买些鱼肉和鲜菜回家照着菜谱烹饪。插不上手帮忙的高母，看着眼前的准儿媳对待自己儿子这么好，内心很是欣慰。

  高向东在家静养了不到一个月，就又开始外出。这天沈芳回家做完饭了仍不见高向东回家，就问高母高向东是什么时间出去的？高母说他上午就出去了，接着高母忧心忡忡地说："谁知道他干什么去了？我真怕他再跟原先的吸毒人员有联系。"沈芳说着不能吧！一边拿起手机给高向东打电话。高向东没等沈芳问什么，就在电话里说马上回家了。

  过了10多分钟，高向东回了家；他草草地吃了几口饭后，就说要睡觉。沈芳随他到了卧室，他急切地扒沈芳的衣服要做爱。沈芳挣脱着说："妈妈和诗婷还没睡，你这是干什么？"高向东把沈芳摁倒在床上，神情恍惚地说："咱俩的事，跟别人睡没睡觉有什么关系。"沈芳断定，高向东吸毒了……

  高向东的反复，让沈芳很伤心。可高向东嘴硬地说，自己没有吸毒。沈芳说："那你从现在起不准离开家。"高向东说："我外出散步总可以吧。"沈芳说："你外出散步必须一个小时内回家。"高向东无奈地答应了沈芳的要求。

  这之后的一段时间，沈芳一天往家里打多个电话，查高向东是否外出。高向东似乎很遵守沈芳的要求，一段时间真的没有长时间外出过。

这天沈芳所在的商店组织店员外出旅游两天，沈芳第二天两点多回到了家里。她打开房门，屋内没有诗婷叽叽喳喳的声音，静悄悄的。沈芳推测诗婷是被高母领出门玩去了，那么高向东怎么也没在家？她见自己和高向东住的卧室门紧闭，心里便觉得诧异，难道……沈芳的心悬了起来。

虽然沈芳不愿往不好的方面想，然而她推开卧室门，自己不想看到的一幕仍就出现在眼前，只见高向东昏昏沉沉地仰靠在床边，他前面的地板上放着吸毒用具。显然高向东是刚吸食完冰毒。

眼前的情景犹如一根划着的火柴点燃了沈芳的愤怒，她拿起地板上酒精炉等吸毒品用具，狠狠地摔在了地板上。摔东西的响声，惊醒了昏沉中的高向东；他睁开眼，看着沈芳涨红的脸和被摔毁的吸毒用具，起身理直气壮地推了沈芳一下，大声呵斥："你他妈的干什么？"

"我干什么？"沈芳说，"你别问我干什么，你说你干什么了？"

高向东似乎清醒了些，说："我不就是忍不住了溜点冰吗？有什么呀？"

"你吸毒你失去了多少，难道你不长记性吗？"沈芳想说你失去了婚姻，转而又考虑到高向东的离婚或许与自己有关，她长吁了一口气说："你失去了经营很好的商店；你被警察处罚成为有污点的人；你还失去了生意的伙伴，你再吸毒，你还会失去更多……"

沈芳的话，直击高向东的软肋，他软了下来，露出些许可怜相说："媳妇，一下子戒毒我真的很难熬啊！"

"难道你就这样下去吗？"沈芳眼噙泪水失望地出了卧室。

这时高母抱着诗婷进了房门，沈芳抱过诗婷，拿起挎包和外衣说："诗婷咱们走。"

高母觉出气氛不对，问："你这是上哪去？"

沈芳哽咽地扔下一句话："问问你儿子吧。"便推门而去。

11

沈芳抱着诗婷出了高向东的住处，茫然四顾不知去哪。她在街边踌躇半天，才想到得先找个地方住下。她挥手打了辆出租车，不曾想刚上车，高母出现在车后喊："沈芳，沈芳。"

沈芳抑制着内心繁杂、不舍的情绪，狠了狠心对司机说："开车。"

沈芳从后视镜上看到，高母望着远去的出租车，双手拍着大腿，嘴里不知说着什么……

虽有沈芳在，可诗婷跟高母常住一起有了感情，她哭闹着嘴里不间断地咿呀着："奶、奶！"一个小时后才睡下。

如果沈芳要离开高向东，摆在沈芳眼前的难题无疑就是诗婷；她打开因高母不断打进电话而关闭的手机，情不自禁地拨着何晓燕的手机号，可她的手机里却传来"你所拨打的号码是空号"的提示音。

沈芳怅然若失地站在窗前，她看到楼下路过的情侣或一家三口温馨的景象时，不由得想起她跟高向东交往的一幕一幕：他身手不凡地打跑了纠缠自己的黄毛；他兴致勃勃地驱车为满足自己的新奇去看河海交界的景致；他陪自己游玩把桑塔纳车丢了后，对自己说出"我想换新车，那辆破桑塔纳我早就不想要了，丢了倒省心"的宽慰的话；他买了昂贵钻戒后给自己戴到手指时那多情的目光……

沈芳扪心自问："难道就这样离开高向东吗？"继而她痛苦地泪流满面自语："高向东，你为什么要吸毒啊！"

沈芳手里的手机响了起来，她清楚地知道这又是高母打进来的电话，这次她没有犹豫地接了电话。电话里高母焦灼地说："沈芳，你在哪呢？你快回家吧！"

"向东不改吸毒的毛病，你让我怎么办啊！"

"他会改好的，他肯定会改好的。"高母说："妈求你了，快回家吧；你不回家他寻死觅活的……"

听到高母说高向东寻死觅活的话，沈芳问："难道向东要自杀吗？"

高母带着哭腔说："我刚拼了老命把刀从他手里抢下来。"

沈芳不可能再无动于衷了，她说："妈，你别着急，我马上回家。"

当沈芳抱着熟睡的诗婷回到高向东的住处，看到屋内一片狼藉；客厅内的沙发七扭八歪，地上散落着茶杯和拖鞋；高向东左腕处缠着渗血的纱布，脸色蜡黄地躺在三人沙发上酣睡。

高母从沈芳的怀里接过诗婷，把她抱到卧室放下，转身返回客厅，对发呆的沈芳说："我没能把你找回来进家后，我气得指着向东说，沈芳这么好的媳妇让你气走了，没有她对你的约束，你迟早死在毒品上。他听了我的话后，情绪激动地拿起茶几上的水果刀就割腕，我连哀求带拼着老命才把他手里的水果刀抢下。"

沈芳不曾想她离开这个家只有几个小时，竟发生了如此让人惊心的事情。她心疼而又内疚地近前盯着高向东缠纱布的左手腕说："伤口深吗？"

"不要紧的，只是一道浅口。"高母拽下沈芳说："到隔壁屋，咱俩说说事。"

两人进到高母的卧室坐在床上，高母爱抚地把沈芳额前的头发缕到一边说："你这么年轻，你跟向东在一起受累了。"

沈芳没作声，不过高母的话，让沈芳倏然觉得自己很憋屈，泪水再次簌簌而下。

高母又把沈芳的右手握在自己的双手里问："我老太太是个通情理的人，如果你确实难以忍受向东的话，你可以有自己的选择。"

沈芳把头靠在高母的肩头，她用无言的方式，表示自己难舍高向东和这个家。

"今天向东虽做了过激的举动，但我从中能看出，他难以离开你；他对自己难戒的毒瘾也充满着自责。"高母说："向东接触的人，不少是吸毒人员，他想要根除毒瘾的话，必须得离开东河；我有个打算，那就是让向东跟你到丹江，好彻底把毒瘾戒掉。"

沈芳点头："妈，我听你的。"

12

高向东本不愿离开东河，但他又没理由拒绝母亲和沈芳的要求，况且自己目前还没有正经的生意做，只得答应随沈芳去丹江。

临行那天，守寡多年的高母把一个塑料袋递给高向东说："这里有6万元钱，你拿着。"

高向东知道，塑料袋里的钱是母亲所有的积蓄，他推挡着说："妈，我哪能要您的钱呢？"

"这钱还是拿着吧，到丹江有好的营生就干干。"高母说着把塑料袋装进了沈芳的挎包里。

母爱的无私，让高向东感到羞愧，他说："妈，我对不起您！"

"哎，"高母喟叹一声说："哪个做母亲的都希望自己的孩子好，你把毒戒了，再孝敬我还不晚。"

高向东一脸的难过，沈芳也甚是怅然。

高母打破尴尬的气氛说："到点了，你们走吧。"

沈芳抱起沙发上的诗婷，和高向东拎起大包小裹默然地出了家门。

在小区门口上出租车时，高向东对母亲说："妈，您保重；有什么事及时给我们打电话。"

高母挥着手："放心吧，妈不会有什么事的。"

出租车启动后，沈芳坐在后排座上扭头看着高母，高母孤寂地站在路边擦拭着眼角。沈芳脑海中浮现出自己几天前因高向东吸毒领诗婷出家门时，高母在出租车后拍着大腿，嘴里不知说着什么的场景；不由想到跟高母一同生活期间，她慈爱地所做的点点滴滴，禁不住眼睛也湿润了。

沈芳的家是平房，因长久没人居住，略显荒凉和破败，得拾掇后才能住人。沈芳和高向东租了个房子暂住。他俩白天把诗婷放在奶奶和二爷那，开始拾掇房子。高向东干活很像回事，和泥抹灰都可以。沈芳赏识地看着高向东干活的样子，心想，他若戒除毒瘾，真是挺完美的男人。

不曾想的是，两人房子没拾掇完，沈芳有了食欲不振、恶心、晨起呕吐等一系列反应。高向东说："你怀孕了吧？"沈芳虽跟高向东在一起尽量采取避孕措施，但她仍不确定地说："说不上哪次不小心就怀上了。"高向东领沈芳到医院一番检查，大夫说已怀孕7周。高向东兴奋得不得了地说："怀上了就生下来，没想到我这么快就要当父亲了。"沈芳面露愁容说："咱俩没婚姻登记，你现在又是这么个情景，真不适合生孩子。"高向东下着保证说："我肯定能改好的，这你放心。"他接着提议，"莫不如咱俩拾掇完房子就办理婚姻登记，而后在你家举行结婚仪式。"高向东的提议，是沈芳接触他以来始终向往的；目前她虽觉得条件不成熟，但也只能如此了。她答应了高向东的提议，她又跟奶奶说，奶奶说这样最好了，要不你不清不白地领回家一个男的过日子，也不是那回事。高向东把两人要结婚的事打电话告诉了母亲。高母没异议地赞同。

一个月后，两人在沈芳亲友的祝福下，举办了结婚仪式。

高向东承包了一家两层楼的旅店，和沈芳一同经营。旅店的生意虽不是很好，但收入也够三人生活了。

高向东在失去了毒品环境的诱惑下，坚持吃沈芳给他买的戒毒中药，戒毒还算成功，一段时间来犹如常人。诗婷也会走了和说些简单的话，很招人喜欢。高向东常拍着沈芳的肚子说："你若是生个男孩的话，咱俩可就儿女双全了。"沈芳对未来充满憧憬地说："那我就给你生个儿子。"

13

一场意外打破了沈芳平静的生活，一天高向东领着诗婷在街边玩耍，他松开诗婷的手在烟摊买烟的工夫，一辆摩托车将走向道路中间的诗婷撞到；摩托车飞驰而去，诗婷倒在地上满脸是血，昏迷了过去。

诗婷被摩托车撞成脑出血，在医院检查后被推进了手术室。沈芳和高向东相依相偎地在手术室外等候。沈芳泪眼朦胧地哀叹说："诗婷若是有个好歹，我该怎么办呀？"

"大夫说没事的，你就放心吧。"高向东说这话，也在安慰着自己。

"或许我当初不应该收养诗婷。"

"别想那么多了。"高向东看了眼手表说："都7点半了，我出去买点晚饭咱俩在这吃。"

"你买了你自己吃吧，我吃不下。"沈芳把目光投向了手术室的门。

当不到两岁的诗婷头上缠着纱布，满脸浮肿，且身上插着点滴管被推出手术室转到重症监护室后，虽有出来的大夫说过手术很成功，不会有后遗症的话，但沈芳的内心还是逐渐沉到低谷。她在重症监护室的窗外注视了会儿诗婷，便瘫软在高向东的怀里。

两天后，苏醒过来的诗婷在重症监护室冲沈芳笑的时候，沈芳的心终于得以释然。

由于没有找到撞倒诗婷的肇事者，给诗婷的治疗花光了高向东从东河带来的钱。天渐渐地凉了，他们开的旅店生意清淡。高向东变得沉闷。沈芳也郁郁寡欢。

这天高向东吐口："我回东河想办法挣点钱。"

沈芳断然说："不行。"

高向东沉默了会儿，说："我知道你怕我回东河再吸毒。你放心我不会吸毒了，我在这待了4个多月已经把毒彻底戒了。"

沈芳不信任地看了他一眼，没作声。

高向东知道沈芳在犹豫，他开导地说："丹江这真没什么好的生意可做，东河地处沿海可不同，挣钱的机会多。再则你肚子也挺大了，日后生孩子需要费用，你说我不回去挣点钱怎么办？咱俩经营的这个小旅店，即使挣点钱的话，也只够咱们生活的，也攒不下钱呀……"

　　高向东的一番话打动了沈芳，她目光中透着期望和乞怜地说："你可以回东河，但我告诫你一点的是，你为了我肚子里的孩子，可不能再接触毒品了！"

　　高向东一副悔过自新、慨然担当的样子说："媳妇你放心吧。没有你的宽容和担待，就没有我今天脱离毒品后，身康体健的清爽生活；就没有我作为一个男人即将当父亲的那种企盼和自豪。我如果再接触毒品，那我是人吗？"

　　高向东的表白，让沈芳眼中泪光闪闪。

14

　　高向东走后，沈芳近乎每天都跟他通话。一个星期后，高向东含糊地说跟别人合伙做生意，接着就汇给沈芳两万元钱。沈芳没问高向东做什么生意，她只是再三叮嘱不要和原先认识的那些瘾君子在一起。

　　在沈芳的旅店里长住着一个倒卖蔬菜的老板叫匡海清，他和沈芳和高向东都挺熟；匡海清在高向东走后，常领些不三不四的男女到旅店神神秘秘地开几间房，在房间里一待就是一天两天。沈芳推测出匡海清等人在房间里吸毒鬼混。匡海清的行为虽让沈芳担心怕警察查出再牵连自己，但匡海清能给自己带来些收入，她也就睁一只眼闭一只眼地由着他了。

　　这天匡海清叼支烟到沈芳跟前搭讪，他问："诗婷现在怎么样？最近怎么没看到她？"

　　沈芳说："诗婷现在恢复得挺好；向东走了，我也没时间照顾她，她现在跟奶奶在一起呢。"

　　"你说那么点的孩子，竟会让摩托车撞了。"匡海清说："你说那骑摩托车的人也缺德，还逃了。"

　　沈芳想着花的几万元钱医疗费，附和着说："真像你说的，那骑摩托车的人真缺德，他撞了孩子不露面，我和向东因给孩子治病都倾家荡产。"

高向东在没走之前显然跟匡海清谈过些什么，匡海清说："向东是个聪明人，他回东河肯定能找到挣钱的道。"

"谁知道呢。"沈芳觉得匡海清等人在房间里鬼混，自己应当提醒他下，她转个话题说："匡老板，你常领朋友到我这小旅店来，我不反对；不过……"

匡海清抬手示意让沈芳把话挡住，而后说："沈芳，你放心，即使出什么事，我肯定不会连累你的。"

"有你这话就好。向东不在家，我挺着大肚子经营这个小旅店指着生活呢，我不想再摊什么事呀！"沈芳说这话时，心里酸酸的。

"我虽然市里有房子，但我老哥一个，在你这有吃有喝的还挺顺意。"匡海清脸冲着天棚，带着些许感慨地说："人无聊的时候就想些别的，那天我朋友来拿点冰，结果我就有些上瘾；我日后我也不想跟朋友玩这个了，玩不起呀，在丹江，冰这玩意太贵了。"

匡海清的话，让沈芳自然想到了吸过毒的高向东，不由深有感触地说："毒品这玩意沾上了难戒，还是不吸为好。"

"你说的是呀。"匡海清手里的手机响起，他边接电话边向门口走去。

匡海清虽然不想让别人听见自己接听电话，可沈芳还是听出来，是他身边的瘾君子找他溜冰。沈芳想，"高向东回来，我得让他离开这，要不高向东十有八九把握不住自己。"

晚间，奶奶领诗婷给沈芳带来了饭，并陪她住。哄诗婷睡觉的时候，沈芳摘下诗婷头上的帽子，轻抚着她头上因开颅手术留下的疤痕，问："还疼吗？"

"不疼。"诗婷大眼睛忽闪着说："找爸爸。"

"爸爸挣钱去了，挣钱给诗婷买好吃的。"

诗婷懵懂地点头，之后嘴里说着"好吃的。"就扭头拿床头柜上的棒棒糖。

沈芳把住诗婷伸出的手说："诗婷乖乖，闭眼睡觉。"

诗婷顺从地闭上了眼睛，不一会儿就睡着了。

沈芳出了屋关上房门想给高向东打电话，她手拿着手机刚要拨电话，高母的电话打进了她的手机里。高母在电话里第一句话就焦虑和气愤地说："我那不争气的儿子整天不着家，像是又吸毒了……"沈芳听了高母的话，心里一沉，不过她仍将信将疑地劝慰高母说："向东在丹江都已经彻底戒毒了，他不会再吸吧？"高母说："他已经两天没回家了，你给他打电话问问他干什么呢。"沈芳拨通了高向东的手机，没等她说话，高向东在电话里急切地说，"我还想给你打电话呢，你赶快给我凑点钱汇过来。"沈芳问，"你要钱干什么？"高向东说："我赌博输了。"沈芳说，"你怎么还赌上博了？"高向东说："回来没找到正经生意，就推起牌来；前段时间赢，这几天输了，还欠了别人高利贷8万元钱……"

两个电话让沈芳如雷轰顶，她顿感头晕晕沉沉的。这时，楼下有客人喊："服务员，拿瓶开水。"

服务员晚间已下班，沈芳只得自己下楼给客人打开水。可她刚迈下两层楼梯，就眼前一片昏花，栽倒后顺着楼梯滚落下去……

15

沈芳醒过来，发现自己躺在病房里。奶奶在床边有气无力地说："你可醒过来了，吓死我了。你吃点饭吧？"

沈芳的确饿了，她饥肠辘辘，她跟奶奶点了下头。

奶奶把饭盒端给她的时候，她动了下身，忽觉得自己的身体很轻巧。她摸了下扁平的腹部惊慌地问："奶奶，我孩子呢？"

奶奶说："你流产了。"

沈芳放下饭盒，欲要下床："我孩子在哪？我孩子在哪？"

"5个多月的孩子是不能存活的，孩子让医院处理掉了。"奶奶把沈芳按回床上说："别想别的，先吃饭吧。"

沈芳拽过奶奶的手，悲恸地哭着说："奶奶，我可怎么办呀？"

奶奶不知道高向东吸毒和赌博欠钱的事,她只认为沈芳因流产而伤心,她宽慰地说:"沈芳,流产对女人来说不算什么的;日后你还可以怀孕嘛。"

沈芳想跟奶奶说出自己的憋屈,但病房有别的病人,她欲言又止无助地闭上眼睛直摇头。

"这孩子是怎么了?快吃饭吧。"奶奶端起饭盒,索性用勺舀起粥喂沈芳……

沈芳在医院只住了两天就出院了,她拖着羸弱的身子回到旅店;好在奶奶昼夜都在旅店,帮她做不少事,她才能够有静养的时间。

沈芳把自己因精神受刺激而摔倒流产的事告诉了高向东,高向东在电话里哭泣地自责说:"沈芳,我对不起你,我不是人啊!"沈芳说:"我也凑不到多少钱,你赌博欠人高利贷怎么办呀?"高向东说已把房产证押给人家了。沈芳哀求地说:"你想办法还是把房照赎回来吧。"高向东说:"没问题的,房照会赎回来的。"

沈芳看匡海清不缺钱的样子,想管他借钱。这天沈芳对匡海清说:"匡大哥,能否借我点钱?"匡海清说:"好说,你借多钱?"沈芳支吾了下说:"借个三万五万的。"匡海清说:"你要说借个三千五千的,我这有;多了我拿不出来。"接着他问,"借钱干什么?"沈芳叹口气,有所隐瞒地说:"屋漏偏逢连绵雨,孩子被撞了,花了一大笔医药费,本以为向东回东河能挣点钱,结果他跟别人做生意还亏了本。"匡海清思忖着说:"你老公家那边冰毒便宜,你倒腾冰毒到这,挣几万元钱跟玩似的。"沈芳吓着似的瞪了匡海清一眼说:"你说什么呢?"匡海清不在意地笑着说:"有什么呀?没什么风险,我认识卖冰毒的多了,我看警察抓到他们也至多罚点钱。"沈芳没再接话说什么。

匡海清的话带给沈芳很大的诱惑,对钱财的急切需求,加上她周遭出现的安然无恙的瘾君子,终于使她的心活泛了起来。她给高向东打电话把匡海清的话转告了他。高向东说:"如匡海清能直接接货物的话,是压根没风险的,你问问他每克多少价钱能要。"沈芳说:"那我就明天问问他。"高向东说:"你现在就打电话问他。"沈芳给匡海清打电话，匡海清说："每克不能高于1000元，你有多少我要多少；不过我得先看看货。"沈芳把价钱告诉了高向东。高向东说："那太好了，每克咱能赚400元钱。"沈芳听着高向东的话，仿佛看到了他兴奋的神态，她说："我跟你说向东，这是我不得已而为之的事情，你把房照赎回来，咱们就此打住。"高向东说："那是，那是；我理解媳妇的良苦用心。"接着两人商量了怎么运货。

没几天，一封特快专递邮件的书里夹带着少些冰毒到了沈芳的手里，沈芳把冰毒给了匡海清。匡海清尝试后说，"不错，你让你老公运货吧。"

16

半个月后，从东河托运来的一辆山地自行车搬进了沈芳开的旅店。沈芳让奶奶领诗婷到外边玩会儿，她把准备的抬钩秤、扳手等工具拿了出来，而后给匡海清打电话问他在哪？匡海清说在外边。沈芳说："货到了，你拿钱回旅店到我住的房间来。"匡海清说："好嘞，我马上回去。"

沈芳出了房间等匡海清，匡海清从外边一进来，沈芳紧接着就要锁旅店大门。匡海清阻止说："你一锁门会让人起疑心的。"沈芳犹豫了下，没坚持锁门。

进了房间，沈芳把房间的门锁上。她指了下装有自行车的外包装盒，对匡海清说："你先把外包装打开。"

匡海麻利地拿剪子剪开包装带，打开了外包装。

沈芳紧张得浑身颤抖，她把扳手递给匡海清说："把自行车座卸下来。"

匡海清顺着沈芳拿抖动扳手的手，盯到她的脸说："别慌啊，没事的。"

"你快点吧。"沈芳待匡海清接过扳手，她为使自己镇定下来，端起一杯水喝了下去。

匡海清卸下自行车座和前车把，从钢管里掏出了用铁丝穿起来的一袋袋的冰毒。

沈芳的心脏要从胸腔里跳出来似的，她捂着胸难以自持地坐在床上说："那有吊钩秤，你称称吧。"

匡海清称过冰毒说："200克。"

沈芳急切地说："你把钱给我，货你快拿走。"

当匡海清拉开皮包往外拿一沓沓百元钞票时，门外的走廊突然传来嘈杂的脚步声，他慌促地边把钱装回皮包边说："你快把货藏起来。"

沈芳刚拿起冰毒，门被撞开，冲进来几个持枪的警察……

沈芳和匡海清被警察押出旅店的时候，奶奶正领着诗婷回来。眼前的场景，让奶奶吃惊地僵立在门口。当戴手铐的沈芳被推上警车，诗婷像是看懂一切似的，"哇"地大哭着往前冲，奶奶哈腰紧紧地把她揽在怀里。

奶奶吃惊的面容，诗婷嘹亮、悲伤的哭声，定格在沈芳的脑海中。

奶奶看着沈芳被警察带走，不可能不给高向东打电话。高向东接了电话，便消失得无影无踪。

17

4个月后，沈芳涉嫌贩卖毒品一案，在丹江市人民法院开庭审理。

沈芳知道，旁听席上肯定坐着自己的亲友；她在被告席上很想看看奶奶和诗婷，可她刚一扭头，就被法警制止。

检察机关公诉人念着起诉书："被告人沈芳，女，1990年1月12日出生，身份证号码为871……汉族，初中文化，个体，住丹江市城东区。2011年9月6日，因涉嫌贩卖毒品被丹江市公安局刑事拘留，同年9月23日经本院以涉嫌贩卖毒品罪决定逮捕，当日由丹江市公安局执行……经依法审查查明：2011年8月中旬被告人沈芳跟无业人员匡海清商议买卖毒品，双方商定以每克1000元购买甲基苯丙胺（冰毒）200克。沈芳提供甲基苯丙胺样品后，双方商定交货时间和地点。2011年9月4日14时许，被告人沈芳在其所经营的旅店与匡海清交易甲基苯丙胺时被公安民警抓获，当场缴获甲基苯丙胺200克……"

沈芳在看守所里得知，贩卖毒品500克以上就有可能被判处死刑，因而沈芳认为自己必死无疑。在她眼里，开庭就是终结自己生命的一个程序。她神情木然，公诉人所念的起诉书她没在意听；法官的问话，她不加思辨机械地回答。她虽神情木然，可内心却是思绪纷繁，她有种幡然悔悟创巨痛深的感觉，这感觉使她对自己的无知和单纯充满了恨；她一遍遍地问自己，你为什么要为冥顽不化的瘾君子殉葬？

律师的辩护，终于让沈芳的脸上透出关注。律师说，被告人沈芳没有前科犯罪，她孝敬奶奶，与亲朋和睦，并收养别人遗弃的女孩诗婷，这一切均证实她心底单纯善良；她的犯罪是在匡海清的启发下产生的，没有想到自己的行为会对社会和他人，以及对自己所造成的严重后果，其主观恶意不深。另一方面，沉重的家庭负担及坎坷的生活经历，影响和促使了被告人实施了犯罪行为……

律师的话，让沈芳感动，且让她心里萌生了对生的希望；她自问，自己能有活的机会吗？

开完庭，沈芳走出法庭时，寻觅到了不远处的奶奶和诗婷，奶奶满脸憔悴，诗婷也瘦了许多。沈芳泪流满面大声说："奶奶我对不起您！诗婷我的孩子，妈对不起你！"

奶奶对远去的沈芳喊："沈芳，你会活下来的！"

半月后，丹江市中级人民法院下达了刑事判决书，沈芳犯贩卖毒品罪，判处有期徒刑15年，剥夺政治权利三年；并处罚金人民币5000元。

沈芳把判决书揣在胸口，心中百感交集地喟叹，我终于活下来了！我感谢政府给我重新做人的机会！